Prêtre-éducateur depuis plus de 40 ans, Guy Gilbert est l'auteur d'une trentaine de livres dont les plus connus sont *L'Évangile selon saint Loubard*, *Jusqu'au bout !* et *Rallumez le feu !*. Celui qui proclame que « la rue est son Église » aide quotidiennement des dizaines de jeunes en perdition. La Bergerie de Faucon, qu'il a restaurée en Provence, les accueille et leur offre la chance d'une nouvelle vie grâce à un encadrement compétent.

Guy Gilbert

CŒUR DE PRÊTRE, CŒUR DE FEU

Philippe Rey

Merci à toi, cher lecteur, de m'écrire par le biais de mon éditeur. Mais évite la pommade sinon je risque de ne plus pouvoir enfiler mes santiags.

Merci à mes équipiers, Didier, Fredy, Jean-Yves et Brigitte, de m'avoir poussé à écrire ces pages, en m'engueulant pour biffer certains mots et en me corrigeant, inlassablement. Ils devraient être canonisés par Benoît XVI. Et à mon neveu, Thierry, qui, arrivé à la dernière heure, a tapé l'ultime chapitre.

TEXTE INTÉGRAL

ISBN 978-2-7578-2399-6
(ISBN 978-2-84876-173-2, 1re publication)

Un prêtre doit être grand et petit,
Noble d'esprit, comme de sang royal,
Simple et naturel, comme de souche paysanne,
Un héros de la conquête de soi,
Un homme qui s'est battu avec Dieu,
Une source de sanctification,
Un pécheur pardonné,
Un homme maître de ses désirs,
Un serviteur pour les timides et les faibles,
Qui ne s'abaisse pas devant les puissants
Mais se courbe devant les pauvres.

Manuscrit du Moyen Âge
trouvé à Strasbourg

À chaque conférence, avant de commencer un échange, je demande aux prêtres, souvent nombreux, de venir me rejoindre sur scène. Alors soutanes, clergymen, vêtements civils (rarement blousons noirs) fleurissent autour de moi. Je les présente ainsi : « On n'a pas la même gueule, mais c'est la même Église. » Un tonnerre d'applaudissements jaillit toujours. Car tout est dit. Cette présentation vaut tous les laïus du monde pour affirmer ma solidarité sacerdotale.

Je dédie ces pages aux vieux dinosaures de l'Église, comme aux jeunots fraîchement ordonnés.

À tous ceux parmi nous qui ont eu le courage de rester dans l'Église, comme à tous ceux qui ont eu le courage de la quitter.

Aux prêtres qui sont emprisonnés dans le monde parce qu'ils ont voulu demeurer fidèles à l'Église.

Je pense à d'autres prêtres en prison, qui expient des crimes inexpiables.

Je dédie ces pages à leurs victimes. Je sais que beaucoup d'entre elles n'auront pas assez d'une vie pour se reconstruire face à ce qu'elles ont subi, et qui est indicible.

Aux chrétiens qui veulent quitter l'Église parce qu'elle s'est tue en camouflant les pires délits de ses prêtres, cette Église qui, aujourd'hui, demande pardon au compte-gouttes.

À l'intrépide et prophétique Monseigneur Duval qui m'a appelé au sacerdoce.

Aux évêques de La Rochelle, de Digne et de Paris : ils m'ont dynamisé, ont accepté ma pauvreté aussi bien que mes dons, ont veillé sur moi avec une paternité forte, lucide et constante. Même si parfois ils devaient se demander quel oiseau rare avait pondu l'Église, ils m'ont fait confiance. C'est une force inestimable quand l'on ne correspond pas au portrait-robot du prêtre et que l'on fait partie tout de même du sérail ecclésial.

Aux personnes qui m'ont dit que le type de ministère que j'incarne leur a fait découvrir l'Église dans sa diversité. Que catholiques, protestants, orthodoxes, anglicans, musulmans, bouddhistes ou athées soient remerciés pour leur regard d'amour vis-à-vis du sacerdoce que je vis. Ils m'ont appris que l'autre a une vérité qui me manque. Cette vérité m'a fort enrichi et interpellé durant des années ; aujourd'hui encore j'ai toujours soif de la connaître.

Aux contemplatifs. Me retirer très régulièrement dans un monastère avec eux est une nécessité absolue. Les contemplatifs soulèvent le monde grâce à leur prière qui monte inlassablement vers Dieu. Elle est inestimable. Mais si passer deux jours, tous les dix jours, dans le silence d'une abbaye, me fait un bien fou, dès le troisième jour je ressens le besoin de foncer rejoindre mes ouailles : les fourmis apostoliques me démangent trop.

À Benoît XVI.

Il ne lira pas ces pages, dévoré qu'il est par sa tâche apostolique. Je te dis ma fidèle affection, Benoît. Je t'ai rencontré deux fois au Vatican. Ton humilité, tes yeux si doux sont ceux d'un vieillard sur qui est tombée une charge pas possible. Tes toiles d'araignées, tissées par quarante ans de bureau à la Curie, sont évidentes. D'où les impairs qu'on n'a pas manqué de te renvoyer à la figure, car ta communication est parfois trébuchante.

« Laissez piailler les moineaux », aimait dire le pape Jean XXIII. Sage conseil.

N'est pas Jean-Paul II qui veut ni qui peut. Mais tu restes pour moi une lumière, une force. Les attaques incessantes dont tu fais l'objet te rendent encore plus sympathique à mes yeux.

« Mon joug est doux, et mon fardeau léger », disait le Christ.

Ton pas léger, que j'ai toujours admiré, nous montre que tu vis bellement cette phrase de ton maître.

Enfin, je dédie ces pages au père Henri Macé. J'ai vu le Seigneur au bout de ses doigts, quand il célébrait l'eucharistie. J'avais treize ans, c'était hier. Soixante-deux ans après, c'est la même magie.

Introduction

De la soutane au blouson noir

On m'avait conduit, le visage en sang, chez les sœurs du Sacré-Cœur-de-Montmartre pour me soigner. J'en avais pris plein la gueule. Morsure à l'épaule, cheveux arrachés, arcades sourcilières éclatées.

C'était il y a quarante ans. J'arrivais à Paris à tire-d'aile d'Algérie où j'étais prêtre depuis cinq ans. Je quittais mon presbytère plein du parfum entêtant du jasmin pour atterrir dans les noires rues du XVIIIe arrondissement. J'étais projeté de l'Algérie que j'aimais tant vers un nouveau ministère dans le diocèse de Paris.

Nommé vicaire à la paroisse Saint-Jean-Saint-Christophe dans le XIXe, j'étais à plein temps éducateur de rue avec une équipe de prêtres du XVIIIe.

Je passais d'un univers lumineux baigné par le soleil d'Algérie, au cœur de la jeunesse de Blida, à celui des rues d'un quartier parisien particulièrement violent.

Absolument pas préparé à cette mission, je sentais pourtant que c'était là que je devais être. La jeunesse algérienne chaleureuse, dynamique et volontaire m'avait fort peu préparé au choc que me réservait celle de Paris.

Des coups d'abord

Je tentai d'apprivoiser une équipe d'adolescents particulièrement violents, appelés en ce temps-là « voyous ». Mon outil de travail : une moto 500 Honda Four ! Rien de mieux dans les embouteillages parisiens pour rejoindre autour des bouches de métro des jeunes toujours au bord d'une agression, parce que perdus dans leur quartier.

Quelques mois avec eux m'enchantèrent, malgré les nombreuses difficultés. Comprendre leur langage, le « verlan », et leurs mœurs était ma priorité. Aller les trouver là où ils étaient, c'était notre tâche.

Jean-Claude Barreau, prêtre surdoué avec ce type de jeunes, avait lancé une technique d'approche, alors inédite. Il m'avait invité à rejoindre son équipe. Avec l'accord des évêques d'Alger et de Paris, je m'y coulai très vite sur ma moto.

Survint l'incident brutal qui allait faire basculer d'un seul coup ma présence auprès des hordes de rue. Un chef de bande fêtait son anniversaire dans une famille d'accueil. Soudain il m'insulte grossièrement devant les autres. J'essaie de savoir pourquoi. Sa réponse est simple, immédiate : « Descends, on va se battre ! » Impossible de refuser. Je connaissais leur code. Une insulte publique non lavée à coups de poing dans l'instant, c'était passer pour une lavette. Je devrais partir et les quitter si je refusais l'affrontement physique.

Descendre les onze étages en ascenseur, avec l'offenseur qui s'était muni d'un poids d'un kilo trouvé sur le meuble de sa famille d'accueil et voulait me le balancer dans la figure, fut un rapide calvaire. Le deuxième fut plus long. Comme un fauve, le jeune me jetait sur la pelouse. Je me défendais comme un lion mais je ne savais pas me battre. Les coups pleuvaient. Le mec, particulièrement violent et habitué à se bagarrer depuis son plus jeune âge, avait un avantage certain sur moi.

Baigné d'amour par ma famille, adouci par mes treize ans de séminaire, je n'étais pas préparé à cette épreuve-là. Les séminaristes prennent-ils des cours de karaté pour exercer leur mission évangélique ?

Toute la bande de jeunes assistait au pugilat. L'un d'eux arrêta la bagarre et nous sépara. Je pissais le sang, mais j'avais tenu tête à l'agresseur qui, lui, n'était qu'égratigné.

Je le revis le lendemain. Il ne me donna aucune explication à l'insulte lancée la veille. Son seul commentaire : « Tu ne sais pas te battre, mais tu t'es battu jusqu'au bout. Tu es l'un de nous maintenant. » C'est alors que j'ai commencé à comprendre.

La violence de ces jeunes est au cœur de leur vie. C'est leur façon de dire : « Mes parents m'ont battu depuis que je suis petit. On ne m'a jamais dit qu'on m'aimait. Dans la rue c'est toujours le plus fort qui gagne. Je suis le chef et toi, l'éducateur, t'as pas à aider à sortir de la merde mon pote que je protège et que j'entraîne dans mes magouilles… »

Ce jeune, au fond, m'a permis par son interpellation brutale de vivre ensuite quarante ans de souffrances dingues et de joies immenses. Il m'a appris à être à ma place : les servir. Il m'a appris à les connaître au plus profond de leurs angoisses, de leurs peurs, de leurs désespérances. Il m'a appris à les écouter inlassablement. À ne jamais les lâcher. À les aimer à en crever. Gratuitement. Avec tant d'autres, il a fait de moi le prêtre que je suis. Il m'a enfin appris à comprendre la phrase lancée par Jean-Paul II trente ans plus tard : « Vivez l'inculture de votre peuple. » Dans ce monde très dur où je vis depuis tant d'années, il faut parfois user de ses poings sans jamais haïr. Mon éducation familiale si tendre, si belle, si lumineuse d'amour m'y avait préparé, avec l'Évangile, le roc qui m'a façonné. Merci à toi, Daniel, mon agresseur (mort d'overdose dans une ruelle de Pigalle quelques mois après). Tes coups étaient un appel ; ton agression, j'ai mis longtemps à la comprendre. Mais tant d'autres de tes frères, pétris de violence, m'ont montré le seul chemin valable vers vous, peuple de jeunes : un amour gratuit, total.

Merci à l'Église de m'avoir placé sur une zone de fracture, là où mes dons pouvaient s'exprimer. Église d'Alger et de Paris, vous m'avez donné l'audace de les vivre, tout en restant enraciné en vous. « Un pied dans la rue, un pied dans l'Église, m'avait recommandé Mgr Duval, mon évêque d'Alger, et gardez bien les deux pieds là où ils sont. » Pari tenu.

Le blouson noir ensuite

Dès mon arrivée, une aventure intégrale m'attendait tous les soirs, dans les rues de Paris, à la rencontre des jeunes voyous. On connaissait leurs horaires nocturnes. Parfois, ils nous appelaient à la permanence d'accueil. Pas de portables en ce temps-là. Mais, fins limiers, ces jeunes savaient où nous trouver. Et nous aussi.

À moto, pas de soutane évidemment. Je l'avais revêtue en 1957, je la quittais quelques années après. Le clergyman auquel je tenais m'authentifiait clairement comme prêtre à Paris. Les jeunes voyous agglutinés autour de ma moto à des heures tardives suscitaient la curiosité des policiers, évidemment. Leurs blousons de cuir et leurs mobs pétaradantes redoublaient la méfiance des pandores qui ne manquaient jamais de les interpeller. Les jeunes, agressifs à leur égard, les recevaient en termes particulièrement choisis. Ce qui entraînait, comme aujourd'hui, l'hostilité de la maréchaussée.

Certains flics les traitaient de « sales bicots, sales négros, sales voyous ». Moi j'avais droit à des « mon père » très respectueux. Je ne le supportais plus. Une nuit je dis à la bande : « Je ne suis pas un diamant dans de la merde, j'en ai marre d'être respecté quand vous, vous êtes insultés. – Eh bien, prends mon blouson, me répond un jeune Arabe, tu verras bien s'ils te respectent ! »

Le lendemain soir, j'ai « vu ». Assimilé par les poulets à un chef de bande, je répliquai avec verdeur et me retrouvai au commissariat. Le ton était monté à un degré que je préfère ne pas développer. Le commissaire m'ayant reconnu, le policier qui m'avait insulté le premier s'excusa platement.

Ma réponse jaillit : « Tout à l'heure j'étais de la merde, maintenant tu t'excuses parce que tu apprends que je suis prêtre. Tes excuses, tu peux te les foutre où je pense. Je suis simplement un humain, que tu dois respecter. Le prêtre n'a pas besoin de respect supplémentaire. »

On s'en est tenus là. Je décidai alors de m'acheter un blouson noir. Un Perfecto. C'est le meilleur et ça dure. Nanti de ce blouson qui ne m'a plus jamais quitté (je porte actuellement mon septième en quarante ans), j'ai pu apprécier le regard des autres sur cette nouvelle tenue fort peu ecclésiastique. Deux histoires, parmi les plus significatives, vous diront combien la peur et l'humour se mêlent quand apparaît ce blouson.

Je prends le métro et m'assois à la seule place libre

à côté d'une dame d'un certain âge en train de lire tranquillement. Elle s'aperçoit de ma présence et met immédiatement son sac à main de l'autre côté. Je lui décoche : « T'inquiète pas, la vieille, je ne suis pas venu te faire ton sac à main. »

Les lèvres pincées, elle se tait. Je jette alors un œil sur le livre qu'elle lisait. C'était *Un prêtre chez les loubards*, mon livre qui venait de sortir !

« Intéressante lecture, lui dis-je.

– Qu'est-ce que ça peut vous faire ? me répond l'ancienne, excédée.

– C'est moi qui l'ai écrit… »

Elle se retourne, me fixe, me reconnaît, s'excuse, et replace son sac à main de mon côté ! On a babillé tout le reste du parcours.

Aujourd'hui, arrêté de temps à autre à un péage par un policier, je me vois invité à me ranger sur le bas-côté. Je lui demande alors si c'est à cause de mon blouson. « Mais non, mon père, me répond le policier. Ma femme est l'une de vos fans. Un autographe lui ferait tant plaisir ! » Je pose donc ma griffe sur un de mes livres, ce qui remplit de joie le pandore.

Je les aime bien, les policiers, parce qu'ils sont au cœur de la souffrance humaine. Je le leur dis souvent quand je les vois passer à quatre heures du matin dans mon quartier, et je devine parfois leurs yeux embués. Ils ont tant besoin qu'on les rassure : « Merci d'être des gardiens de la paix, et de veiller sur nous. »

Ce blouson noir qui me colle à la peau depuis quarante ans signifie mon combat et sa pérennité. Pour les jeunes d'aujourd'hui, il est une armure et une histoire.

Quand je suis à la Bergerie de Faucon, et que je travaille dans mon parterre de fleurs en jogging, parfois les jeunes viennent me chercher pour aller manger au village. « On dirait un petit vieux dans son jardin. On va au village, Guy, mets ton blouson ! » me disent-ils. Je leur obéis, nanti de ma cuirasse, ils sont fiers de moi, même s'ils ont eux-mêmes, depuis belle lurette, abandonné les blousons noirs. Ils préfèrent se fondre, comme tous les adolescents, dans la foule avec leur jogging, leurs Nike et leur capuche de moine. C'est bien comme ça. Jusqu'à quand garderai-je mon Perfecto ? Dieu seul le sait. Mais je me sens bien dedans.

Ah ! Ma soutane

Il était convenu au séminaire que le « saint habit », comme on appelait la soutane, il fallait le revêtir juste avant le service militaire. « Pour marquer que vous êtes un futur prêtre, et qu'on sache que vous appartenez à l'Église », me serinait le supérieur. Je revêtis donc le saint habit juste avant de partir pour la guerre en Algérie, en 1957. Mais je remarquai immédiatement à la fois des regards approbateurs devant ma tenue, et ceux, narquois, des anti-curés. Ça, je l'avais déjà deviné dans mon quartier de Rochefort-sur-Mer où je suis né. Avec ma soutane, du jour au lendemain, je n'étais plus le petit Guy, mais monsieur l'abbé, et vouvoyé aussitôt. J'avoue avoir été flatté par cette marque d'estime à laquelle je ne m'attendais pas. J'étais une « huile », un jeune homme repéré comme au-dessus de la mêlée.

Mais j'en reviens au service militaire... Quelques jours après les formalités d'usage, je me retrouvai à poil, tondu, puis revêtu de l'habit des chasseurs alpins de Barcelonnette où j'avais été incorporé. À partir de là, plus de privilèges, finies les courbettes. Refusant de faire les EOR (pelotons des élèves gradés), j'étais un troufion comme les autres. Je décidai seulement d'être infirmier, estimant que je serais plus utile muni d'une trousse de pharmacie que d'un pistolet 6. 35.

Je subissais les brimades comme les autres, pendant les classes très dures menées par des gradés qui nous prenaient pour de la chair à canon. Il leur fallait nous mater en quelques mois pour nous préparer à nous défendre et éventuellement tuer l'ennemi. Qu'ils étaient loin, le nid familial et la douce et dure béatitude du petit séminaire où j'étais entré à treize ans !

Je garde précieusement ma soutane depuis cinquante-trois ans. Je l'ai remise il y a peu de temps, au cours d'une rencontre familiale où nous étions priés de nous déguiser rétro. C'était marrant de happer, dans le regard de mes sœurs, la nuance de respect que ma robe suscitait sans que je le veuille. Ma soutane que j'avais réclamée bien ajustée m'allait comme un gant cinquante-trois ans plus tard… Le sport que je pratique depuis plus de soixante ans m'a permis de garder une ligne intacte.

Après le clergyman, je passai très vite au vêtement civil, au désespoir de mon père qui ne voulait plus, alors que j'étais jeune prêtre, que je bénisse la table familiale. C'était lui qui s'en chargeait. Je le refaisais après lui, pensant bêtement que seul le prêtre peut et doit bénir !

Aujourd'hui les soutanes fleurissent, les clergymen pullulent. Je me garde de juger mes confrères désireux de faire authentifier leur sacerdoce par un signe distinctif. Dans certains milieux, je le comprends parfaitement. Mais une simple croix sur un veston m'apparaît tout aussi signifiante. Ce n'est pas au mètre carré de chiffon que l'on mesure un témoignage.

Et pourtant, j'ai acheté un clergyman pour le mariage

du fils du roi des Belges, Laurent, qui m'avait demandé de concélébrer son union, en compagnie du cardinal Daneels. Bien m'en a pris. Dans la cour royale, notamment au festin des noces, il aurait été particulièrement décalé que je me présente dans mon blouson noir fatigué.

Lors de la visite au Vatican avec Nicolas Sarkozy et sa suite, j'endossai pour la deuxième fois mon clergyman. Je n'avais pas besoin de ma tenue de combat habituelle pour être reçu au Vatican par Benoît XVI.

Le signe vivant que nous sommes témoins du Christ est le seul qui illumine. Le Christ ne portait aucun signe distinctif : sa puissance d'amour, son regard laser de miséricorde transfiguraient chaque être rencontré. À nous d'être copie conforme de notre modèle. Pâle photocopie, certes, mais si nous avons le « cœur de Dieu » comme le suggérait le curé d'Ars, alors ce « cœur de feu » brûlera tout être, quel qu'il soit.

Point n'est besoin d'attirer le regard par un vêtement particulier. Ma croix sur mon blouson, offerte par un musulman, me suffit.

Invisible est l'immense croix intérieure que je porte, au cœur de ce peuple de jeunes perdus, angoissés, violents.

I

Être prêtre

1

Ma vocation

En 1948, à treize ans, lorsque j'ai annoncé à mon père que je voulais être prêtre, heureusement qu'il était assis, sinon il serait tombé le cul par terre. Parmi mes quinze frères et sœurs, j'étais un enfant particulièrement difficile et rien ne laissait présager qu'il me viendrait l'idée farfelue d'être curé.

Mon père, parfois, s'arrachait les cheveux à la perspective de ce que j'allais devenir. Puis il comprit ce soudain désir chez moi, « comme une envie de pisser », plaisantait-il par la suite.

Lui offrir ma vie

Ma vocation sacerdotale, je la dois, je crois, au fait d'avoir été formidablement aimé par mes parents, d'avoir admiré la manière dont ils vivaient. Pas un seul malade, pas un drame dans le quartier, sans qu'ils aient été toujours présents, attentifs, prêts à aider.

On était pauvres, mais on possédait la plus grande richesse, celle d'être tous également aimés de nos parents. C'est cela qui m'a donné le désir d'aimer. Dieu a dû greffer là-dessus cette envie folle que j'ai eue de Lui offrir ma vie. Je ne l'ai compris que bien plus tard.

Un incident bénin apparemment, deux ans auparavant, a peut-être été le déclic. J'avais été opéré de l'appendicite ; à l'hôpital, le soir, une religieuse nous faisait faire la prière. Elle nous a demandé de prier pour que l'un d'entre nous soit appelé au sacerdoce. J'ai senti mystérieusement que c'était pour moi… L'impression a disparu aussitôt. Et puis deux ans après, brutalement, ce désir fou.

Mon curé m'ayant fait sauter deux ans de catéchisme à cause de ma turbulence sur les bancs de l'église, je ne me risquai pas à aller lui annoncer ma soudaine et impérieuse vocation. Je m'adressai donc, en compagnie de mon père, à un autre curé.

J'entrai un peu plus tard au séminaire, rêvant de devenir un curé de campagne entouré de poules et de lapins. Mon père ne manqua pas de dire au supérieur que, à coup sûr, je rappliquerais à la maison dans les quinze jours. Je souris à ces souvenirs.

Et pourtant, ce n'est pas grâce aux curés de séminaire que j'ai gardé le cap. Souvent durs ou mesquins, peu portés, sauf quelques-uns, sur l'éducation, ils étaient faits pour tout, sauf pour édifier des jeunes. Je parlais trop en étude ou dans les rangs. Et puis j'inventais mille facéties qui n'étaient pas toujours du goût de mes supérieurs. Joseph, le jardinier, m'ayant fait un coup de vice, retrouva les trois cents poireaux qu'il avait amoureusement plantés, repiqués racines en l'air. Je verrai toujours le supérieur, me fusillant du regard et me demandant, sur l'heure, de remettre les choses en place. Ce qui fut fait, séance tenante. Point n'était besoin pour le supérieur de chercher l'auteur de la farce. Il disposait d'un service de renseignements remarquable, grâce aux petits cafteurs qui fourmillaient. Et puis ma renommée ! J'en ai bavé, et très vite, je me suis payé d'innombrables tours de cour, chapelet en main, marchant en rond et en silence pendant les rares heures de récréation.

L'arrivée de l'évêque était pour moi quelque chose de merveilleux. L'amnistie, à chacune de ses visites au séminaire, me redonnait droit à la parole.

Un climat fermé, des messes à gogo : solennelles, simples, demi-simples, des oraisons à n'en plus finir, des marches à pied le jeudi, trente kilomètres pour éviter les tentations contre la pureté… Tout cela entraînait un climat difficile et une piété toute relative. De plus, mes vacances étaient truffées de volets à demi ouverts derrière lesquels les bigotes du quartier fournissaient leur rapport au curé. « Vous avez fréquenté les jeunes filles ? » était l'accusation à laquelle j'avais droit à chaque retour de vacances.

« C'étaient mes sœurs », répondais-je invariablement à mes supérieurs. Comme j'en avais huit, il leur était difficile d'ergoter. On en restait toujours là.

Ma grande découverte

Je ne me suis jamais laissé faire durant les dix premières années de séminaire. J'étais souvent à la limite. Si je me maintenais du bon côté de la porte, c'est que j'avais découvert l'Évangile. Cela seul compta tout de suite. Effectivement, l'Évangile me fascinait. Les Béatitudes, les Paraboles, mais surtout le vingt-cinquième chapitre de saint Matthieu :

« Quand j'avais faim, as-tu partagé ton repas avec moi ? Quand j'étais étranger, m'as-tu ouvert ta porte ? Quand j'étais en taule, es-tu venu me voir ? Quand j'étais malade, m'as-tu apporté ton sourire ? »

« À chaque fois que tu l'as fait au plus petit d'entre mes frères, c'est à moi que tu l'as fait », dit Jésus.

Je relis toujours ce passage avec la même naïveté. Tout jeune, il m'a laissé pantois. Soixante-trois ans après, il me fout le feu au cul… avec la même jeunesse.

Première guerre

La guerre d'Algérie arriva pour moi. J'étais contre. Objecteur, mais « dedans », je dus partir. Des classes dures, parfois inhumaines… Notre caporal avait décidé de sanctionner les deux derniers arrivés de chaque vague d'exercices. C'était toujours le plus gros et le plus maigre qui étaient à la remorque. Avec un apprenti pasteur protestant très sportif, nous avons décidé de stopper à quelques centimètres de la ligne d'arrivée et de laisser passer celui qui en avait trop comme celui qui n'en avait pas assez. Ça nous valait chaque fois un jour de vaisselle dans l'eau glacée. À la vingtième fois, le caporal, écœuré, laissa tomber. Premiers combats, mais pas inutiles.

Vidé très vite de la compagnie des « cracks » (étudiants, futurs curés, fils de famille), je me retrouvai dans une compagnie disciplinaire où les fortes têtes voisinaient avec les Arabes. Je me sentais heureux dans ce nouveau milieu, sans savoir pourquoi. Et pourtant, au moindre prétexte, faire dix pompes avec le fusil à l'intérieur des bras, sur un sol archigelé qui nous arrachait la peau des mains dès la troisième traction, ça n'apportait pas franchement le bonheur.

Le combat continuait. Je choisis d'être infirmier. Un jour, accidenté durant le parcours du combattant, j'avais attendu deux heures debout à la porte de l'infirmerie, avec un coude gros comme une pastèque. Les infirmiers passaient, inactifs et à moitié soûls, plaisantant sur ma blessure. Alors que j'étais le seul à attendre, ils me rétorquaient, chaque fois que je leur disais ma douleur : « Chacun son tour. Attends comme les autres. »

Guéri, je demandai à être affecté à l'infirmerie. Après un patient travail, je fis vider par le médecin-capitaine cette bande de bouchers ripailleurs et d'ivrognes qui bouffaient le repas des malades.

Deuxième souffle

Au séminaire, j'avais parfois pensé quitter la route du sacerdoce. Pendant dix ans j'avais lu, écouté, chanté l'Évangile. Je l'avais trouvé beau, superbe. Mais très vite, le décalage entre cette lecture et ce que je voyais de la vie de certains de nos maîtres m'apparut considérable. L'Évangile parlait d'un ouvrier qui parcourait le pays avec une bande d'amis. Ils partageaient tout ce qu'ils avaient, soignaient, guérissaient les malades. C'étaient des histoires qui parlaient d'amour, de libération. Moi je vivais enchaîné, prisonnier d'un règlement parfois absurde, mesquin, où on était foutu à la porte parce qu'on se retrouvait à deux dans une piaule pour discuter…

La joie qu'on me disait de vivre n'était pas sur le visage de ceux qui me guidaient.

Cependant, certains prêtres m'ont marqué à vie. Éducateurs dans l'âme et prêtres témoins du Christ, ils m'ont montré, par leur vie, que l'appel que j'avais reçu, je devais le vivre.

Le départ en Algérie était paradoxalement pour moi une chance. Le choc fut immédiat, décisif. C'était un deuxième souffle, que je vis encore aujourd'hui.

Infirmier dans le djebel, je soignai des centaines d'Algériens, coincés dans cette guerre inhumaine, parqués dans un village, regroupés dans un marécage. L'hiver, l'eau envahissait les gourbis. La promiscuité, les maladies, les arrestations, la faim, tout était réuni pour fomenter la révolte et la haine. De plus, la torture était pratiquée, en douce, bien sûr. Comme je m'insurgeai, je fus muté dans la compagnie la plus dure. Je protestai violemment, mais rien n'y fit. L'aumônier me souhaita bon courage avec des mines de pucelle effarouchée. Il kidnappa mon rapport sur la torture et ne le remit jamais au général. Son hobby, c'était surtout le tennis.

Je maigrissais à vue d'œil car, pendant plusieurs mois, aucun autre infirmier ne me relaya au retour d'opérations. Je me tapais vingt kilos de trousse de secours au cours de marches atteignant quarante ou cinquante kilomètres par jour, sous un soleil torride.

À ce rythme-là, on me ramassa, six mois après, sur la ligne Morris, près de la frontière tunisienne. J'étais mort de fatigue, tout simplement. Mais toujours avec un moral d'acier. Et puis j'avais réussi, avec l'apprenti pasteur et un militant communiste, mutés dans ma compagnie pour les mêmes raisons que moi, à refuser la torture et à respecter l'ennemi. Notre seule présence rendait notre entourage plus humain. Cela m'a donné pour le reste de ma vie le désir de toujours combattre, de l'intérieur, quoi qu'il arrive et quoi qu'on en pense, avec tous ceux qui luttent pour la libération de l'homme.

Et puis surtout, grâce à l'extraordinaire partage offert par les Arabes que je soignais, j'avais découvert comment on pourrait vivre l'Évangile. Jamais je ne sortais d'un gourbi sans qu'on m'ait donné la dernière ration de couscous. Celle qui restait pour l'étranger. Je décidai de nouveau d'être prêtre ; et, par reconnaissance pour le peuple arabe, j'entrai à la fin de mon service au séminaire d'Alger.

Le rempart de ma soutane

Mes cinq années de théologie furent marquées par la guérilla dans les rues d'Alger entre le FLN, l'OAS, les barbouzes, etc. Un peuple se sentait abandonné, il devenait fou. Des séminaristes polycopiaient la nuit, dans leur chambre, des tracts appelant à la vengeance et au sang. J'ai assisté plusieurs fois à des meurtres, sous mes yeux. Je me souviens d'un ouvrier musulman, atteint d'une balle dans le dos alors qu'il revenait de son travail. Agenouillé par terre, je le tenais dans mes bras. Il me suppliait de rester. « Ils vont m'achever », disait-il. Son sang coulait à fines gouttes sur ma soutane. Je reverrai toujours les pieds des gens qui nous entouraient, silencieux. Ma soutane était le dernier rempart face à ces talons qui parfois achevaient le blessé sur place. Je suis resté jusqu'au bout, sans un mot.

L'archevêque d'Alger, le cardinal Duval, était pour moi un des rares phares qui illuminaient cette longue nuit de haine et d'incompréhension. Seul l'Évangile me maintenait dans le combat pour les écrasés, vers le cap de la paix, celui de l'amour d'où personne n'est exclu. Les écrasés n'étaient pas les seuls Arabes. Combien d'Européens aussi ont été torturés et égorgés ? J'ai vu la haine que suscite une guerre. Elle fomente l'horreur et tue les survivants pour le reste de leur vie.

Je me souviens de ma promesse

Je me souviens du 3 juillet 1965. Tout tremblant et éperdu de joie, j'étais entre les mains de l'évêque de La Rochelle qui m'ordonnait pour le service de l'Église d'Algérie. Il me demanda : « Guy, est-ce que tu promets de donner toute ta vie au service de Dieu, au service de l'amour, au service des autres ? » Je répondis en latin : « *Promitto.* » Il me semble que c'était hier.

Je me souviens aussi d'une cérémonie extraordinaire, en 1949. J'avais quatorze ans et j'assistais pour la première fois à une ordination. Je me demandais alors si je serais prêtre un jour.

J'étais fait pour être le serviteur de l'amour, mais surtout pour le donner. Que je sois en Provence, dans la rue avec mes jeunes ou sur un plateau de télévision, je fais toujours la même prière le matin : « Donne-moi la force de transmettre l'amour. »

J'ai le bonheur de vivre ce moment incomparable, cet instant merveilleux, le plus beau de ma vie depuis quarante-cinq ans : faire descendre l'amour dans mes mains nues. J'ai cultivé cette grâce. Jamais je ne m'y suis habitué. C'est un émerveillement chaque fois renouvelé pour moi de pouvoir prononcer à la place du Christ : « Ceci est mon corps, ceci est mon sang, faites ceci en mémoire de moi. » Quel immense moment ! Chaque fois qu'un prêtre fait descendre Dieu dans ses mains d'argile, il fait descendre l'amour. Il commémore la Passion et la Résurrection du Christ. On peut voir tous les films ou lire tous les livres du monde sur la Passion, quelque chose reste qui ne sera jamais filmé ni transcrit : la présence du Christ parmi nous.

Dans le secret, quand le prêtre dit seul la messe,

clandestinement dans les prisons de pays antichrétiens, ou devant des foules, chaque fois qu'il dit : « Ceci est mon corps, ceci est mon sang, faites ceci en mémoire de moi », le Seigneur revient.

En juillet 1965, je ne devinais pas l'extraordinaire aventure à laquelle le Seigneur me destinait. J'ignorais que j'irais vers les plus pauvres et les plus petits. Je ne savais pas encore que je serais un amoureux fou de l'Église.

Dans la cathédrale de Paris, lorsque j'assiste à l'ordination de jeunes prêtres, je me rappelle la mienne. C'est un des plus grands moments de l'année parce qu'il témoigne de la relève. Parce qu'il me rappelle aussi que j'ai été choisi. Je ne passe pas une journée sans en remercier Dieu.

Alain bouscule ma vie

En 1965, une nuit, tout bascule par la rencontre d'un enfant quasi abandonné, un poulbot des rues de Blida – la ville des roses où je venais d'être nommé. Tandis que je m'occupais d'un groupe important de jeunes Blidéens passionnants, je découvris à travers cet enfant ce que signifiait ne compter pour personne. Une nuit, vers une heure, je rencontrai sur le bord d'un trottoir ce gosse de douze ans. Ses yeux où s'entrechoquaient désespoir et solitude me fendirent l'âme.

« Comment t'appelles-tu ?
– Alain.
– Tu devrais rentrer à la maison, lui dis-je.
– Je ne veux pas…
– Pourquoi ?
– Je mange après le chien dans sa gamelle.

– Allez, monte ! »

Il enfourcha ma moto. Je l'accueillis cette nuit-là au presbytère. Je l'ai gardé… sept ans ! J'étais coincé. Je n'allais tout de même pas lui dire le lendemain : « Repars bouffer dans l'assiette du chien ! »

Il y eut d'abord un silence terrible qui dura un an. Il ne parlait ni ne répondait, il regardait juste au-dessus de moi comme pour parer à une menace. Je mangeais tous les soirs avec lui. Un jour je lui dis : « Alain, j'arriverai à neuf heures. Prépare la purée. » Comme j'étais en retard, il réchauffa la purée à dix heures. Il recommença à onze heures. Quand j'arrivai à minuit, il dormait le nez dedans. Il empestait la bière. Et c'est là, dans les vapeurs de l'alcool et du sommeil, qu'il me parla pour la première fois :

« J'ai fait un rêve, me dit-il. Une main se portait vers moi. Cette main, c'était la tienne. Si tu me lâches, c'est fini. »

J'appris qu'il était le fils d'une Allemande et d'un Kabyle. Que sa mère avait été répudiée, la famille ne voulant pas qu'il y ait une roumi dans la maison. Sa belle-mère était terrifiante. Elle le martyrisait, ainsi que ses deux sœurs. Alain, en tant que petit mâle, avait eu néanmoins la liberté d'aller où il voulait. Ses sœurs étaient frappées violemment. Lorsqu'il faisait très froid, leur belle-mère ouvrait les fenêtres. L'une des filles mourut d'une pneumonie, le corps zébré de coups.

Alain bouscula lentement ma vie sacerdotale. Il m'appelait sans cesse pour que j'aide ses copains, et je compris – ce fut une révélation –, que je devais me tourner vers les autres, surtout les plus fragiles.

C'est lui qui me conduisit auprès de ses frères des rues et qui, pendant quelques années, commença à faire de moi un éducateur. Le cardinal Duval, à qui j'en parlai, approuva cette insertion dans la rue. Il bénit, encouragea, dynamisa ce ministère totalement hors paroisse, mais en même temps totalement au cœur de l'Église.

« Il n'y a pas de prêtres dans la rue, alors allez-y », me dit-il.

Je n'ai jamais oublié. Mon amour de l'Église, je le tiens de ce saint homme.

Une folle aventure

Être prêtre, c'est une folle aventure. Après des années et des années de sacerdoce, plus que jamais je me dis que je ne pouvais pas faire autre chose de ma vie. C'est merveilleux pour moi de me lever le matin et de penser que je vais offrir de l'amour, comme humain, comme chrétien, comme prêtre. Le soir, je dis : « Seigneur, je n'ai pas assez aimé, à Toi maintenant de réparer les dégâts de la journée. »

J'ai fait un cauchemar dont je me souviens parfaitement. Au moment où j'étais appelé au sacerdoce, l'évêque me recalait. Dans la certitude de ma mission, dans ma joie à devenir prêtre, un refus de l'évêque m'éperonnait et je me débattais vigoureusement en plein sommeil.

Quand je jurai, le 3 juillet 1965, de me donner entièrement au service de l'Église, l'aventure a commencé. Fallait-il s'occuper d'une paroisse, d'un mouvement, ou travailler comme prêtre-ouvrier ? Fallait-il avoir des responsabilités précises pour être prêtre ? Non. Jésus a simplement dit : Il vous faut des prêtres. Et il a choisi ses apôtres. Pour quoi faire ? Annoncer l'amour de Dieu.

N'importe qui peut proclamer l'Évangile, à n'importe

quel âge. Ça ne pose aucun problème. Il y a beaucoup de laïcs qui s'y lancent. Mais le prêtre prêche autrement. Un laïc a un travail, une femme, des enfants… tandis que le prêtre est complètement détaché, livré à son peuple. Il est dans la lignée des apôtres et de leurs successeurs pour proclamer l'Évangile.

Le prêtre n'est pas forcément un orateur, c'est un prêcheur. C'est différent. L'orateur peut avoir du charisme, séduire les foules. Il sait utiliser le verbe et captiver son auditoire. Le prêtre est là pour célébrer. Il y a des laïcs qui animent les liturgies communautaires depuis Vatican II. Mais le moment capital reste celui où le prêtre dit : « Ceci est mon corps, ceci est mon sang. »

Personne d'autre ne peut faire cela à sa place.

Un homme appelé

Le prêtre est un pasteur. Vatican II a magnifiquement ranimé sa fonction. Il conduit la communauté des croyants. Il est voué à son peuple totalement et pour toujours. Être prêtre, ce n'est pas un CDD, il n'y a pas de sacerdoce temporaire. Imaginez si l'Église disait : « Tu veux être curé combien de temps ? Dix ans, cinq ans ? » Non, il s'agit d'un engagement pour toujours.

Certains prêtres sont moins doués que d'autres pour l'animation. Mais l'important est de faire l'union entre les chrétiens. Au cours de mes voyages, j'observe toujours le prêtre qui est là, son comportement avec les laïcs. S'il se préoccupe de tous, du plus petit au plus ancien, alors il a le charisme indispensable. Tel est le boulot du prêtre : unir la communauté.

Le prêtre ne choisit pas sa vocation. Je souhaitais devenir curé. Mais ce n'est pas moi qui l'ai décidé. C'est le Christ qui m'a appelé et l'Église qui l'a confirmé.

Quand je rencontre des mecs qui m'annoncent : « Je veux absolument être prêtre », je réponds : « Non, mon pote, c'est pas comme ça. C'est l'Église qui t'appelle. Tu vas aller au séminaire et on te dira oui ou non. » Le prêtre est un homme appelé.

Pas une enquête dans nos canards religieux sans qu'on parle des vocations, qu'on pleure sur le manque de prêtres ou qu'on envisage sérieusement une Église sans prêtres.

Nos évêques semblent paumés devant cette crise sans précédent. Qu'ils nous appellent à nous interroger, à prier pour la relève est leur devoir. Dernièrement, l'un d'entre nous a posé cette question : « Qui veut du métier de prêtre ? » Non ! Prêtre, ce n'est pas un métier ! Prêtre, c'est une folle aventure avec plein de risques… Pas de repos. La sécurité garantie… dans l'éternité. La retraite… quand on n'en peut plus. Une vie faite d'amour, de don total, de garde-fous qu'on fait sauter au fur et à mesure qu'on avance.

Une vie faite de cris, aussi, d'appels de détresse, de demandes incessantes. « Racoler » des ouvriers, c'est douter de Dieu. Il « appellera » toujours à venir bosser dans Son champ.

Ma vocation d'éducateur

Séminariste et âgé de seize ans, je faisais des camps, l'été, à la Cité des jeunes, en Haute-Savoie. Sans bien m'en rendre compte, j'allais d'instinct vers les enfants taciturnes ou violents. Enfin, vers ceux qui exaspéraient les jeunes moniteurs plus attirés par les gentils, les doux et les sans problème.

Plus tard, je courais avec ma soutane, le jour (parfois la nuit pour les jeux de nuit) dans les superbes forêts savoyardes. J'ai gardé le parfum envoûtant des sous-bois aux senteurs de sapins et de toutes les essences florales d'altitude.

Je m'installais sur un rocher avec la bande de jeunes que j'entraînais. On admirait, en silence, le mont Blanc. Ma vocation d'éducateur est née là. Un couple chrétien qui dirigeait la Cité des jeunes, Andrée et Abel, passionné d'éducation, a fait naître, par sa rigueur, son audace et son amour des jeunes, ce qui germait en moi sans que je le sache encore.

Oui, ma vocation d'éducateur a jailli dans ce lieu alpestre. C'est toujours chouette d'évoquer ses racines et de rendre hommage à ceux qui nous ont fait découvrir ce pour quoi on est fait.

Je me souviens d'un après-midi de solitude où j'avais su m'arracher à mes activités dévorantes. J'admirais la nature du haut d'un précipice. Et ma prière était celle-ci : « Seigneur, que ma vie soit au service des jeunes. »

Je savais déjà que c'était à leur contact que je fleurirais le mieux.

Aujourd'hui, je ne peux que rendre grâces. Je ne serai jamais assez reconnaissant à l'Église de m'avoir appelé à tout donner au service des adolescents. Et les plus durs qui soient.

2

Les trois vœux du prêtre

Les trois promesses du prêtre sont l'obéissance, la pauvreté et la chasteté. Elles l'engagent à vie, lui qui doit être le modèle du troupeau.

Vous auriez tort de croire que les prêtres ont une grandeur morale supérieure à celle de la moyenne de l'humanité. Ils doivent plutôt affûter leur spiritualité. Dans toutes les religions, le leader vit sa foi. Nous, prêtres, sommes d'abord des serviteurs. Nous parlons au nom du Fils de Dieu, nous sommes des passeurs de sa parole. C'est notre spiritualité de prêtre qui nous permettra de transmettre la parole de Dieu sans la marquer de nos délires ou de nos pulsions personnelles. Nous devons être pleins de l'esprit d'amour qui nous éclaire. Tout en étant très libres, nous sommes terriblement responsables.

L'OBÉISSANCE

Ma mission d'éducateur spécialisé m'a permis de rester dans le même peuple depuis quarante-cinq ans. J'admire mes frères prêtres qui sont obligés de changer de paroisse. Souvent, après avoir bien travaillé pendant dix ans, ils sont envoyés vers un autre ministère. L'évêque leur dit : « Il faut que tu ailles ailleurs, c'est important pour l'Église. »

C'est parfois une souffrance, un déchirement. J'ai la chance de ne pas avoir eu à vivre cette épreuve-là. J'ai connu d'autres souffrances, très fortes, mais pas celle-ci. Il est très difficile, après avoir vécu en osmose avec une paroisse pendant plusieurs années, de devoir s'en séparer.

Certains prêtres font une dépression s'ils doivent quitter leur paroisse. Parfois, il est vrai, c'est une erreur de l'évêque de déplacer le prêtre pour convenances personnelles, alors qu'il est parfaitement à sa place dans sa paroisse. Je garde encore cette blessure terrible : un prêtre vidé sans discernement de sa paroisse s'était pendu.

Au début de son sacerdoce, le prêtre sait qu'il va en baver. Certains ont été affectés dans dix endroits différents en cinquante ans de sacerdoce. Il faut une grande obéissance. Saint Paul disait : « Vous êtes les intendants des mystères de Dieu. » L'eucharistie ne nous appartient pas. Nous ne sommes pas propriétaires du mystère de la foi, nous en sommes les bénéficiaires et les transmetteurs.

Je ne suis pas un loup solitaire

L'obéissance, pour moi, est une des raisons d'aimer un peu plus l'Église. C'est un des piliers, une force. L'Église porte en son sein un trésor qui l'a conduite sur les plus durs chemins au cours de deux millénaires.

L'évêque est celui qui envoie. Pasteur et père, il conduit la barque de l'Église. Prêtres, nous sommes la couronne qui l'entoure, liés à lui dans le dialogue et la confiance filiale. La force d'un presbyterium uni est considérable.

C'est un grand mystère que chaque messe concélébrée avec mon évêque. Une ardeur nouvelle m'envahit toujours quand je pars ensuite retrouver mes ouailles. C'est l'objet aussi de l'étonnement de maints chrétiens, qui me croient échappé du peloton de l'Église, isolé, marginal. L'apparence, sans aucun doute, et peut-être le langage. Mais je détrompe toujours celui ou celle qui voit en moi un loup solitaire, qui se serait donné à lui-même sa propre mission.

Travailler dans l'Église à son propre compte est suicidaire. Je rencontre parfois des prêtres coupés de leur évêque, sans mission définie. En grattant un peu, je découvre un immense désert, un apostolat bancal et étrangement vide. « Mon évêque ne comprend rien » ; « Il n'est plus dans le coup… », sont alors leurs réflexions habituelles. J'en conviens avec eux tout de suite, ajoutant toujours : « Moi aussi, je cherche, je ne suis pas toujours dans le coup et je suis souvent à côté de la plaque. Tu me dis que l'évêque est un con. C'est possible. Mais dis-le-lui, ne te coupe pas de lui. J'avoue parfois qu'il faut une sacrée sainteté pour lui obéir. »

Notre insignifiance

Quand on a pigé le mystère de l'Église, c'est-à-dire notre pauvreté, notre insignifiance face à la lumière éblouissante de la Révélation à proclamer, on a tout compris. On ne cherche plus à savoir si on est meilleur ou moins con que son évêque… On sait qu'il est là pour veiller au grain, soutenir, apporter le souffle, secouer les puces. Là où il est, l'Église est. Ça donne des ailes, ça ! À moi de garder la boussole qu'il m'a mise dans les mains.

Quand mes premiers pas m'ont guidé vers Alain et sa déroute d'enfant perdu, il y a quarante-cinq ans, j'ai reçu du cardinal Duval l'appel à aller vers la bande de la rue. Appel prudent, mais net. J'avais voulu être prêtre de paroisse : catéchiser, préparer aux communions solennelles, visiter de porte en porte les paroissiens, les malades, les anciens d'un village de campagne. Ma tendance bucolique m'a toujours poussé à vivre près de la nature. Alain et le peuple de la rue m'ont amené ailleurs. Depuis, la rue, les prisons, les bistrots des villes sont ma paroisse.

Un autre désir, celui de contempler, de me taire, de m'abîmer dans la prière, m'a toujours hanté. L'Église a préféré que mon blouson noir soit ma tunique de contemplatif. Moine en cuir, je suis perdu dans la ville, que j'ai toujours détestée. L'obéissance m'a appris à aimer passionnément le ministère que je vis et à me couler, comme un poisson dans l'eau, dans une des plus grandes métropoles du monde !

Rose plus qu'épines

Mes évêques ont toujours su discerner, à partir de mes dispositions, la route à suivre. Il y a eu des frictions, ma nuque a été raide, parfois. Mais j'ai appris que la recherche de sa volonté propre ne rend jamais quelqu'un heureux. Lorsque j'ai été confiant, sans bien savoir reconnaître le chemin, acceptant qu'un autre me l'indique, c'est là que j'ai connu mes plus grandes joies. Si la rose n'avait pas d'épines, elle ne serait plus la rose. Si l'obéissance allait de soi, elle ne serait plus l'obéissance.

L'obéissance, cette fleur de l'Église, fait faire des pas de géant. Pas l'obéissance aveugle, ridicule, à des ordres du genre : « Pas bouger, ferme ta gueule, donne la patte. » Mais l'obéissance aimante, à base de dialogue, celle que j'ai promise dans le moment merveilleux où j'ai mis, le jour de mon ordination, la main dans celle de mon évêque en lui disant droit dans les yeux : « Je promets de t'obéir. »

La pauvreté

Les loubards m'ont appris malgré moi à vivre la pauvreté. Cambriolé vingt-neuf fois, grâce à eux j'ai su me contenter du strict nécessaire.

L'Église doit avoir des prêtres pauvres. J'ai vu parfois des presbytères luxueux. Dans une grande ville de Suisse s'élève une maison immense, une des plus belles de la cité. Un prêtre m'y a reçu. Mais je vois de moins en moins d'évêchés splendides. Et de plus en plus d'évêques vendant ces palais et résidant dans des immeubles fonctionnels et simples.

Pieds nus dans la poussière

Comment un prêtre peut-il parler de pauvreté s'il vit comme un émir du pétrole ? Quelques gens respectables vous diront : « Le prêtre doit avoir un train de vie en rapport avec son rang… » Il n'y a rien de plus aberrant qu'un prêtre qui vit dans le luxe.

Il a fait la promesse de pauvreté. Il doit la vivre. S'il

est riche, il pourra toujours parler aux pauvres, ceux-ci ne l'écouteront pas. Sa vie révélera qu'il n'est pas en cohérence. Le Vatican n'est pas le meilleur modèle sur ce point. La splendeur du palais où réside le pape pose toujours problème. Il faudra qu'il se décide un jour à vivre dans une maison humble et modeste. Le Vatican, c'est l'histoire prodigieuse de l'Église. Le vaisseau de saint Pierre où le Christ descend, les salles pour recevoir le monde des petits et des grands doivent être conservés. Mais que le pape habite ailleurs avec ses deux chats ! Cesseront alors les éternelles critiques sur la richesse du Vatican et de son locataire.

Notre modèle est Jésus-Christ, qui marchait les pieds nus dans la poussière et dormait chez les gens qu'il rencontrait. Notre pauvreté doit être évangélique.

Cette pauvreté, elle est notre seule richesse. Elle permet de vivre sans tricher.

La pauvreté en témoignage

Si on donne au-delà de la mesure à celui ou celle qui frappe à notre porte, nu et paumé, son exigence augmentera sans cesse. De plus, quand il sortira de l'équipe, il repartira cul-de-jatte, sans défense, chloroformé par le trop-plein reçu.

C'est un cas de plus en plus fréquent chez les jeunes. La famille ne sait pas mesurer son aide à son môme, la doser, préserver le sens de l'effort, du combat pour la vie. Avachi, sans défense, celui-ci met un temps fou à sortir de la maison, à prendre pied dans la société. C'est le handicap majeur du jeune Français d'aujourd'hui. De plus, il accable de reproches ses parents, qui se défendent en énumérant tout ce qu'ils lui ont offert.

Le jeune ne sait pas avouer qu'à trop avoir il se sent perdu. Les parents ne savent pas reconnaître qu'à trop donner ils ne récoltent qu'ingratitude…

J'ai toujours voulu l'économie des moyens. C'est une de nos priorités, à respecter sans cesse. Le jeune loubard, malgré son apparence et son origine pauvre, a pris dans la rue des habitudes de riche. Vivant dans une société nantie, il a appris à désirer l'argent, et bien sûr à le prendre là où il est… c'est-à-dire dans notre poche ! Cet argent est gaspillé dans l'heure ou les jours qui suivent, les jeunes sont incapables de le mettre de côté, il leur brûle les doigts. Bien qu'issus d'un monde souvent très pauvre, ils ont pris des habitudes de maharadjahs.

Long est le travail pour lutter contre l'emprise de l'argent et contre tout gaspillage ! La pauvreté que nous voulons vivre à leurs côtés a valeur de témoignage. Ils sont sensibles à notre salaire dérisoire par rapport aux heures qu'on leur donne. Quand on sait que dans une association normale les deux tiers du budget passent dans les salaires des éducateurs, nous sommes heureux de n'y consacrer qu'un seul tiers. Les jeunes le savent parfaitement puisque chaque mois, autour d'une table, toute dépense, tout achat leur sont soumis. Cette transparence n'a rien à voir avec un conseil d'administration, lointain, anonyme.

Un ancien l'exprimait devant moi récemment : « J'ai appris avec vous, après avoir été baisé partout, que dans cette putain de société on peut vivre sans tricher. Ça m'aide beaucoup maintenant. »

La chasteté

Parmi nos trois promesses, c'est la chasteté qui suscite le plus d'interrogations, de discussions parmi les membres de l'Église. C'est même un débat de société qui revient sans cesse dans le public, chrétien ou pas. Beaucoup de personnes ne comprennent pas le célibat du prêtre, on nous demande sans cesse : peut-on vivre privé d'un amour humain personnalisé ?

Le célibat, pourquoi ?

Le célibat, on m'y a obligé tout jeune. Dans la bulle ecclésiastique d'alors, on devait tout accepter. C'était ça ou alors tu te cassais. Et je voulais être prêtre. Ça et rien d'autre. Un environnement de mecs pendant neuf ans, ce n'était pas très tentateur quand on se sent hétérosexuel. De leur côté, nos maîtres pourchassaient les « amitiés particulières » comme des poux – pendant que l'un d'entre eux, en particulier, s'en donnait à cœur joie pour satisfaire ses désirs pédophiles… Je n'ai heureusement pas été atteint par cette horreur. Certains copains, touchés et anéantis, se sont enfuis. Sans explication. Ce prêtre a quitté un jour le séminaire. Puisse-t-il n'avoir pas récidivé dans un autre lieu !

J'ai appris dernièrement, soixante ans après, qu'un ancien condisciple de 1948 avait été violé par ce même prêtre et qu'il ne s'en était jamais remis. Sa fille de cinquante ans me l'a dit en secret. Lui n'avait pas osé… Ce qu'il a dû en souffrir !

Vinrent trois ans de guerre d'Algérie avec mes copains militaires. Encore des mecs. Dans nos casemates, que des photos de culs et d'obsédantes discussions, toujours sur le même sujet : le sexe. Avec en prime la question rituelle décochée régulièrement : « T'es puceau ? – Ça te monte pas à la tête ? – Tu ne te sens pas anormal ? »

De retour de la guerre, trois ans de théologie à Alger. Le mûrissement de ces années terribles m'avait affermi dans mes choix. En Algérie, où j'ai commencé mon premier ministère sacerdotal en 1965, je ne me suis pas posé de question au sujet de mon célibat. Une civilisation arabe misogyne attachée à l'invisibilité des femmes m'a protégé de toute tentation. Je me passionnais pour le monde fascinant des jeunes Algériens, tout juste indépendants. Quelques femmes catholiques dans une communauté ecclésiale très restreinte avaient paraît-il quelques vues sur moi. Les jeunes Arabes le percevaient et me le disaient. Je rigolais. Lancé avec passion au service des jeunes, je consolidais mon célibat et y trouvais un sens qui ne m'a jamais quitté.

J'étais heureux en 1968 à Blida. Grâce à la radio, je vibrais de loin sur ce mois de mai libérateur et enchaînant à la fois. Tant de prêtres ont quitté l'Église à ce moment-là ! Trois mille environ, en France. J'étais préservé en Algérie par une stricte discipline ecclésiale. C'est là que j'ai compris la formidable puissance du célibat accepté. C'est là que j'ai découvert sa force et la magnifique histoire d'amour qu'il comporte.

Dieu peut donner la grâce de tenir, mais elle n'est pas automatique. La grâce essentielle, c'est d'être appelé au sacerdoce. Il faut entretenir le célibat par une ascèse forte. Éviter tout film, toute image excitante, discipliner son regard. Mais les tentations sont nombreuses pour les prêtres vivant dans ce monde, la fameuse grâce peut disparaître très vite. Si de plus le prêtre desserre la vis spirituelle et court partout sans frein, il faudra peu de chose pour qu'il abandonne le sacerdoce qu'il aime tant.

Quand je suis arrivé à Paris en 1970, dans la paroisse où j'étais nommé, coup sur coup trois prêtres se sont mariés. Dans l'équipe sacerdotale de la rue à laquelle j'appartenais, trois autres se sont mariés aussi. Mais j'avais acquis la certitude que, si le célibat est dur, il peut être un don de Dieu. À entretenir avec constance et passion. Comme tout amour conjugal : on ne doit jamais croire qu'une fois qu'on est marié, c'est gagné pour la vie.

Célibat et pédophilie

L'Église ne peut décemment continuer à tenir le célibat pour un acquis éternel. Durant le premier millénaire, les prêtres avaient le droit de se marier. Un pape, avec l'appui des moines de l'époque, a décidé en 1123 du célibat obligatoire pour les prêtres. Depuis, cette loi reste implacable, de pape en pape elle se maintient. Avec le temps c'est devenu très difficile. Le célibat sacerdotal est un trésor inestimable de l'Église. Mais un trésor qui ne devrait pas être imposé. Paul VI, paraît-il, voulait changer la règle. Son équipe fit pression pour l'en dissuader. Je garde toujours en mémoire ce mot de Jean XXIII : « J'entends le cri de souffrance de nombreux prêtres. » Jean-Paul II et Benoît XVI sont restés figés dans la ligne imposée il y a mille ans. Le Christ, lui, dans son choix de disciples, n'a pas opté pour les seuls célibataires. Plusieurs d'entre eux étaient mariés, mais ils ont tout quitté pour le suivre.

La possibilité de recruter à la fois célibataires et hommes mariés est une hypothèse qui a le vent en poupe actuellement dans l'Église, y compris chez certains cardinaux. Pas de jeunes mariés évidemment. Ceux-ci doivent couver, avoir des enfants, opter d'abord pour leur couple et leur progéniture. De plus, des jeunes coûteraient cher à l'Église qui ne roule pas sur l'or. Il faudrait plutôt penser à ordonner des pères de famille rendus à la cinquantaine, à la foi assurée, issus d'un couple solide avec des enfants déjà indépendants… Ces pères-là pullulent dans les églises. Militants cathos affirmés, fidèles dans leur couple, j'en vois de très nombreux lors de mes tournées de conférences en Europe. Après deux ou trois ans de préparation au sacerdoce, comme les hommes mariés appelés au diaconat, ils pourraient assurer la relève dans mille et un clochers désertés. L'eucharistie et la miséricorde renaîtraient dans les paroisses où le Christ ne descend plus.

L'obligation de célibat n'est que disciplinaire. Cette loi peut évoluer demain. Pas parce qu'on prétend que le célibat imposé génère quelques prêtres pédophiles : selon les statistiques, il est parfaitement prouvé que la majorité des personnes qui abusent des enfants dans la société française sont des hommes mariés. Pas non plus parce qu'on suppose qu'une sexualité pratiquée est indispensable à toute personne pour son équilibre, et que ce serait le remède aux 4 pour cent de prêtres pédophiles en France. Or le nombre grandissant d'hommes et de femmes divorcés et remariés qui brisent leur couple, en partie à cause d'une sexualité inassouvie ou mal vécue, montre bien que ce ne serait pas forcément la solution.

Pendant des décennies, l'Église a pratiqué une omerta catastrophique, un silence éhonté sur les bavures de ses prêtres. Benoît XVI a enfin osé faire le pas tant attendu : mettre cartes sur table, dénoncer ce scandale immense qui va entacher durablement l'Église. Il a demandé pardon aux victimes, a insisté pour que justice leur soit rendue avant même de penser au pardon des bourreaux. Il a refusé de s'attaquer aux médias comme des cardinaux l'ont fait en jugeant très durement leurs dénonciations systématiques. Ces médias, heureusement, n'ont fait que leur boulot, même si parfois ils ont accusé sans preuves. Benoît XVI a prononcé une phrase nette et fort heureuse : « Le mal ne vient pas de l'extérieur [comprenez des médias] mais de l'intérieur de l'Église [les prêtres pédophiles]. » Bravo, Benoît !

Il était temps ! En effet, la hiérarchie de l'Église, des papes aux évêques, a soumis trop longtemps ces affaires de sexe pratiqué sur des enfants à un black-out honteux.

Victimes et bourreaux

L'année du prêtre voulue par Benoît XVI a donc été une année de purification et de souffrance pour l'Église. Ce péché de certains d'entre nous, qu'elle avait tu si longtemps, a accentué l'opprobre et la honte jetées sur les prêtres gravement fautifs. Le verdict de la justice humaine doit sanctionner implacablement tout citoyen, quel qu'il soit. Parce que la guérison de la victime est à ce prix. La parole libère. Le silence a tué trop de victimes. La hiérarchie catholique a été complice de maintes récidives qui n'auraient jamais dû être.

Les victimes restent infiniment prioritaires. Certaines n'auront pas assez d'une vie pour se reconstruire, pour panser les blessures abjectes qu'on leur a infligées. Mon métier d'éducateur m'a appris, au contact des victimes qui nous sont confiées, à moi et à mon équipe, combien est terrible le chemin de celles et ceux dont l'innocence a été massacrée. Je les suis avec persévérance, toujours bien au-delà de leur départ de chez nous. C'est une priorité parmi maintes urgences.

Je tiens cependant à rester en contact avec mes frères prêtres emprisonnés. Je connais leur détresse, leur honte, le rejet qu'ils subissent. Certains n'ont plus beaucoup de liens avec l'extérieur, parfois les rompent volontairement. Quelques rares évêques, quelques prêtres, leur témoignent une solidarité sacerdotale discrète et durable à travers les barreaux de leur prison. Ces détenus qui, de multiples fois, ont donné le sacrement de la miséricorde, ont besoin de la nôtre alors que leur naufrage les a mis au ban de la société et, d'une certaine manière, de l'Église.

Leurs remords et leur désarroi doivent être entendus. Sans refuser, bien sûr, la priorité à celles et ceux qu'ils ont martyrisés. Le dernier regard du Christ sur la croix est l'appel à la miséricorde auquel aucun chrétien ne doit résister.

Au-delà de la contrition de toute l'Église par rapport à ces affaires qui ont révolté le monde, puisse-t-elle apprendre à mieux appeler les jeunes au sacerdoce : jeunes à l'affectif solide, à l'équilibre fort, à la vie intérieure puissante.

Victimes et bourreaux ont droit à notre soutien. Les premiers par une aide indéfectible. Les seconds par la miséricorde de Dieu, que transmet notre fraternité chrétienne. Cette fraternité qui nous fait dire et redire inlassablement que nous « sommes toujours plus grands que nos fautes ».

Pour une meilleure préparation

L'Église doit redoubler de vigilance dans la préparation des séminaristes par rapport à leur affectivité. Je me souviens, pendant mes treize ans de séminaire, de certains confrères pas clairs du tout au sujet de leur sexualité. Si on nous avait permis d'exprimer notre sentiment par vote secret, certains d'entre eux n'auraient pas été prêtres, et n'auraient pas commis d'actes scandaleux par la suite. Nos maîtres, comme nous, le devinaient sûrement, mais ils ont passé outre. D'où des dégâts impardonnables.

Enfin, quand on sait qu'en Europe et surtout en Afrique, un certain nombre de prêtres vivent en concubinage avec une femme, en toute impunité, que l'Église le sait et se tait, c'est une honte de plus. Entre adultes consentants, c'est évidemment beaucoup moins grave que l'agression sexuelle d'enfants innocents. Mais l'Église, là aussi, doit aller au fond des choses. Il est urgent de se mettre au clair avec ces situations déplorables, il serait juste de les dénoncer.

Le choix du célibat

Dans le vent érotique qui balaie le monde, la faute d'un pasteur catholique met les médias en chaleur. Aujourd'hui, l'Église, célibataire par ses ministres, est paradoxalement et irrésistiblement liée au sexe par la divulagation des crimes sexuels de certains prêtres. On m'en parle sans cesse, c'est la première interrogation des gens – ce qui commence sérieusement à me les gonfler. Et pas qu'à moi : à tous les prêtres. Il est plus qu'urgent que l'Église arrive enfin à ouvrir la porte du choix volontaire du célibat. Elle aérera le monde qui s'interroge. Elle rendra libres ses ministres. Et puis les hommes mariés, ayant lié en eux les deux expériences du cœur et du sexe, en parleront d'autant mieux. Nous, célibataires, nous n'en avons qu'une expérience lointaine, constituée uniquement de confidences reçues. La sexualité ne s'apprend pas dans les bouquins ni sur des planches de croquis. Les prêtres auront peut-être moins peur du sexe et des femmes.

Hans Küng, théologien, écrivait dernièrement : « Exiger d'un jeune homme, au XXIe siècle, qu'il renonce au mariage, c'est suicidaire pour l'Église. » Je ne suis pas loin de le croire.

Les prêtres, consacrés corps et âme au Christ et à l'Église, sont des repères essentiels aujourd'hui. Dans un monde érotisé à outrance, où le sexe envahit tout, prime tout, le célibat bien vécu est une magnifique histoire d'amour. Il restera un trésor pour l'Église catholique. Mais seulement s'il est choisi.

Mon célibat

Je l'ai déjà dit, le célibat est dur à vivre pour moi. Et cela depuis l'adolescence. Mais tout couple interrogé dira-t-il que tout est cool, enchanteur, bien vécu ? Certainement pas.

Certains humains sont faits incontestablement pour vivre un célibat joyeux, éclairé, assumé, source de joie. J'en suis.

Pourtant dans mon métier social, les tentations pullulent. Combien de filles ou de femmes, sentant mon besoin de tendresse, m'ont proposé une hâtive copulation ou carrément l'amour total ?

Je ne suis pas meilleur qu'un autre, j'ai simplement su très vite qu'un amour particulier m'aurait déstabilisé. Je n'en suis pas fier pour autant. Le vieux sanglier solitaire que je suis aujourd'hui, regardant en arrière, vous le dit : j'ai vécu quarante-cinq ans de vrai bonheur. J'étais fait pour un seul amour : Dieu et les autres confondus inexorablement.

Une compagne m'aurait fait manquer ma vie de don total à Dieu. Je ne minimise aucunement la femme en disant cela. Mais ceux et celles qui me connaissent le savent, j'ai besoin de cette plénitude, de la jouissance d'amour que j'éprouve lorsque je suis donné, livré et bouffé pour le bien de ceux et celles que je sers. C'est ma liberté et c'est ma joie.

Contester mon célibat est pour moi une gifle dans la gueule. N'ai-je donc pas droit à ce bonheur dans ce que je vis pleinement jusqu'à en crever ?

Je tiens ce bonheur de l'amour de mes parents. J'ai visualisé l'amour humain à travers eux, pour l'éternité. Parce que cet amour-là dépasse les frontières humaines de ma vie.

Enfin, ce bonheur, je le tiens de l'amour de Dieu, découvert à treize ans. Aucun autre amour ne me séduirait malgré les tentations qui s'offrent à moi comme à chacun. L'Église, par son appel, m'a toujours puissamment aidé. Le reste est affaire de vie spirituelle forte et quotidienne.

Combien de jeunes m'ont conforté dans ma liberté de vivre le célibat ! Ils savent mieux que personne que ce qui me lie à eux, c'est mon choix. Et que, pour eux, ce don est lumière, force et protection. « Tu étais fait pour ça – Tu es à nous – Tu nous appartiens ». Leurs mots sont riches et pauvres à la fois.

C'est ma joie intime. J'espère et je crois qu'elle rejoint celle du Christ qui, célibataire, a tout donné, cœur et corps, à en mourir.

3

Serviteur de l'impossible

Ce qui me frappe toujours, dès le premier contact avec les jeunes que je côtoie, c'est leur désespoir. Les yeux fuyants et absents, le visage triste, la parole rare. Quelle patience faut-il, en face d'eux, pour qu'un jour les visages s'éclairent, que les yeux fixent l'autre et que la parole se libère !

Avoir une gueule d'espérance

Ma vie d'éducateur est émaillée d'échecs, de rechutes, de récidives. La mission semble impossible. Mais, dans cette tempête qui balaie mon quotidien, surnage une invincible espérance. Elle est mon bouclier de tous les jours. Tous les coups s'émoussent sur elle.

Michel, un ancien qu'on avait gardé longtemps et qui, après un long travail de réinsertion, venait de retomber, m'écrivait de prison : « J'avais tellement peur que tu ne veuilles pas me répondre quand tu as su que j'étais en taule. Ta lettre a fait disparaître momentanément toute angoisse, toute crainte. Je pense maintenant comme toi que cette rechute n'est que passagère. Je m'en sortirai. »

Il faut, à la place où je suis, entretenir tous les jours

une espérance, folle parfois, joyeuse et sans faille. Il suffirait que je baisse les bras pour que s'éteignent plusieurs étincelles qui ne cherchent qu'à s'enflammer.

Quand tout semble perdu, celui ou celle qui continue d'espérer, envers et contre tout gagnera. Je le vois bien en observant le long chemin de plusieurs de mes gars condamnés à des peines très longues.

Au début, juste après la condamnation, c'est le choc. Et puis, peu à peu, il me faut, avec le jeune, chercher les motifs d'espoir. Ça vient. C'est plus ou moins long. Mais ça vient toujours. Pour occuper d'interminables mois en cellule, je l'oriente vers des études, vers des travaux qui vont de bateaux construits en allumettes à l'écriture d'un roman. Parfois, s'il faut réchauffer un cœur qui ne veut plus battre, il s'agit de faire vite, de lâcher tous mes rendez-vous et de prendre le premier avion pour passer deux heures avec celui qui n'a plus de motif de vivre. C'est la chose essentielle. Mon premier combat quotidien est celui des priorités. Parmi les multiples brebis perdues, aller d'abord vers celle qui frôle l'abîme. Ma vraie tristesse est l'échec suprême : la mort.

Cette mère me l'avait bien dit, au cours d'un long dialogue précédé d'insultes et de cris. Elle avait voulu me confier son fils. Je n'avais pas pu le prendre avec nous. Il était drogué, habitait au fin fond de la France. Elle-même n'avait pas mesuré la profondeur de sa détresse. Il venait de se pendre.

S'il y avait davantage d'hommes et de femmes croyant avant tout en la vie, je ne serais pas sollicité à ce point et endosserais moins souvent le poids accablant de l'échec d'existences que je n'ai même pas eu le temps de connaître.

L'échec, mon quotidien

Aller jusqu'au bout de l'échec. Je ne m'y installe jamais, mais je vis dedans. C'est mon quotidien.

Le jeune qui arrive a un passé fait de désastres. Il s'y est habitué. « Je suis un pauvre con » ; « Personne ne me changera » ; « Inutile d'essayer avec moi, aucun éducateur n'a réussi » ; « Mon avenir c'est de la merde » ; « De toute façon, tu te casseras les dents si tu crois m'aider à m'en sortir ». Ce catastrophisme des jeunes dont j'ai la charge doit être écouté dès le premier contact. Je ne commente jamais la profondeur des précipices qu'ils me décrivent plus ou moins complaisamment. La suite aide à comprendre.

Il n'y a pas d'éducateurs miracles. Il y a seulement des éducateurs qui veulent aller jusqu'au bout. C'est la seule façon d'éclairer d'un jour nouveau, par la confiance et la durée offertes, les contours des failles qui les attirent et où ils se précipitent. Pour les leur faire éviter. Les rechutes arrivent évidemment, parfois répétitives, souvent imprévisibles. Tant d'adultes ont renoncé. Souvent les mains qui appelaient au secours n'ont plus trouvé, sur la berge, de perche tendue ou de rocher sur lesquels elles pouvaient tenter de s'accrocher.

Les chutes servent parfois de ponts

Roch tente de démonter la serrure de ma chambre, à la Bergerie de Faucon. La sanction tombe. Un mois hors de notre communauté. Une serrure forcée n'est pas le casse du siècle, mais ce que je représente aux yeux de nos jeunes n'est pas insignifiant.

Le miracle se produit au cours du mois d'exclusion. Une réconciliation apparemment impensable de Roch avec son père ! D'une faute naît souvent une résurrection étonnante. Retrouver son père, avec qui les conflits étaient permanents, a freiné l'évolution catastrophique du jeune. Bienheureuse serrure forcée, qui a ouvert le cœur d'un père pour son fils. Hormis ce cas exceptionnel, je me suis toujours servi de l'échec pour aider à grimper plus haut. Seul l'Évangile m'a permis de vivre cette dynamique.

Aller jusqu'au bout de l'échec, c'est suivre inexorablement le parcours chaotique d'un jeune. Une présence solide et douce lui donne enfin cette force irremplaçable : la sécurité. Ce sont la confiance et l'amitié qui lui rappellent qu'il n'a pas le droit de décevoir celui ou celle qui a tout consacré à son service. Combien sont-ils (ou elles) à me l'avoir dit : « J'ai pensé à toi au dernier moment » ; « J'ai fui les copains qui allaient me proposer un cambriolage en me disant : "Merde… si Guy était là, je ferais quoi ?" »

Sportif de Dieu

Les fortifiants de toutes natures, les pilules miracles font recette dans un siècle où il faut dépasser ses limites physiques. Hélas, les hommes de science ont beau proclamer que ces coups de pouce risquent d'avoir des répercussions catastrophiques sur l'organisme, ça n'a pas l'air de beaucoup convaincre.

Le sportif de Dieu, lui, a des médicaments miracles pas chers et sans danger. Ils ne s'achètent pas en pharmacie, ils font appel au meilleur de notre personnalité, à l'effort personnel. Dieu en détient la posologie. Énumérons-en un certain nombre.

Celui ou celle qui prie chaque jour, refusant de croire uniquement en ses propres forces, acquiert là, par temps calme comme par mer déchaînée, une force incalculable.

Celui ou celle qui a l'humilité de croire que Dieu seul est la référence, le point d'appui et sa joie quotidienne, s'inocule une sérénité et une joie pas possibles.

Celui ou celle qui s'arrache de temps à autre à sa tâche de chaque jour pour repenser sa vie, revoir ses certitudes, reprendre ses points forts et surtout ses points faibles, dans le silence de Dieu, par une prière de demande et de pardon, s'injecte une capacité de puissance et de pauvreté immense.

Le sportif de Dieu trouvera Dieu au cœur de son combat, parce que Sa drogue est l'Amour et que cette drogue-là rend invincible.

Une petite voix

« Ne laisser échapper aucun petit sacrifice, aucun regard, aucune parole. Profiter de toutes les petites choses. Et les faire par amour », disait doucement sainte Thérèse.

Tout faire par amour : le matin, m'arracher de mon pucier est une corvée que je subis depuis mon enfance. Comme c'est dur de quitter son lit chaud et son oreiller douillet ! La petite Thérèse me souffle : « Tout faire par amour. » Et je m'extirpe de mon lieu de repos. J'ai toujours la même tendance à bâcler ma toilette : autre épreuve ! Et je repense à cette phrase de Thérèse… Cette fois-ci elle évite à mon rasoir (d'habitude fébrile) de me taillader la joue. Accomplir ces rituels avec amour semble stupide et inutile. Pourtant, s'impliquer avec amour dans le moindre geste est de l'ordre de la sainteté.

Commencez à remplir les tâches les plus simples avec amour et vous vivrez d'extraordinaires choses. Ne bâclez rien. Vous n'aimez pas balayer, alors faites-le avec amour. Ni à toute vitesse, ni à contrecœur, vous gâcheriez tout. Lorsque vous mangez, savourez chaque bouchée. Vos amis vous rendent une visite : ne les recevez pas à la va-vite. Votre conjoint a besoin de vous parler, sachez prendre du temps pour l'écouter avec toute l'attention qu'il mérite. Vous préférez les choses faciles, alors faites-les en dernier. On vous demande de travailler vite, de bouger vite, de manger vite, de penser vite… Sachez dire non.

On peut tout faire avec amour.

Tout est prétexte à aimer : soi, les autres, et les petites choses innombrables qui remplissent une journée. Certains jours, je n'ai aucune lassitude pour attaquer la prière et l'eucharistie. C'est de l'ordre du vital. Je l'ai expérimenté avec tant de force. D'autres matins, il me faut un bulldozer pour prendre le temps de me retourner vers Dieu, alors que je sais que c'est aussi nécessaire pour moi que de respirer. Parfois ma méditation est interrompue par une fatigue excessive, un coup de téléphone ou une distraction. Ma prière prend alors un parfum d'inachevé.

Nanti de la force de Dieu, je passe à l'attaque. Rendez-vous, courriers et appels téléphoniques m'assaillent. Au cœur de ce programme surchargé, arrive un emmerdeur de loubard qui vient, comme à son habitude, me taper des euros avec sa tactique bien rodée. « Tout par amour », me serine notre Thérèse !

Lui offrir avec respect moins qu'il me demande, mais assez pour qu'il sente qu'au bout du billet il y a une écoute vraie.

La pile de courrier est là. Je trie. « Les lettres chiantes d'abord », me glisse Thérèse. Je lis donc celui ou celle qui écrit sa détresse, ou me sollicite pour une aide, ou bien carrément m'engueule. Tant de tâches m'attendent. « C'est ta priorité », me souffle Thérèse. Alors je m'occupe des lettres les plus chiantes avec amour. Ainsi illuminé par ce conseil : « Tout faire par amour », je retrouve mon pucier à quatre heures du matin.

Rien n'a vraiment été réussi. Mais ces quatre mots de Thérèse m'ont porté au-delà de moi-même.

Il faudrait inventer sainte Thérèse si elle n'avait pas existé ! Elle se perpétue dans sa phrase sublime et éternelle, « tout faire par amour », adoptée par d'innombrables âmes. Ce sont là les millions de pétales de rose qu'elle avait promis de nous envoyer du haut du ciel.

4

Ouvrier de l'universel

La spécialité du chrétien, et du prêtre bien évidemment, c'est d'être un ouvrier de l'universel. Toute mission où l'on s'enferme est une contrefaçon de l'Évangile et peut devenir un contre-témoignage.

La force de la Bonne Nouvelle

La priorité de chaque chrétien est l'Évangile à vivre et à proclamer. Trop d'« évangiles » sont brandis par des groupes de chrétiens comme des barrages, des propriétés privées, des enclos fermés…

L'Évangile annonce l'amour sans exclusive. C'est-à-dire pouvoir être avec les voyous sans rejeter les flics, avec les pauvres en ouvrant sa porte aux riches, avec les humbles sans avoir peur de fréquenter les puissants, avec les ouvriers sans oublier leur patron…

Ce colosse de la charité que fut saint Vincent de Paul rencontrait à la fois les filles perdues et les dames de la Cour. Se considérant comme le dernier de tous, il siégeait au conseil d'Anne d'Autriche et choisit Louise de Marillac, ainsi qu'une partie de la noblesse d'alors, pour fonder les Filles de la Charité. L'Église, en le couronnant, a couronné l'amour universel.

Si nous vivons assez près des pauvres, nous sentirons en priorité le Christ vivant en eux.

L'homélie que j'ai faite en mariant le fils du roi des Belges a été unanimement saluée. Pourquoi ? Parce que ma vie auprès des plus pauvres m'a permis de trouver les mots qui ont bouleversé les mille cinq cents têtes couronnées ou nobles qui emplissaient la cathédrale de Bruxelles. Je dois aux petits d'avoir trouvé les mots qui ont touché les cœurs des plus riches. Si je ne parlais qu'aux riches, les pauvres ne le comprendraient pas. Si je parle aux petits d'abord, je peux être entendu par les plus nantis. Le Christ notre maître l'a suffisamment montré durant sa vie pour que nous, ses disciples, nous nous inspirions de lui.

Les yeux de l'universel

Ce sont les missions multiples dans l'Église qui ont fait son originalité et sa force.

Les mondes très divers où l'Évangile est implanté sont le signe de l'amour total de l'Église pour chaque personne, chaque groupe. Mais s'enfermer dans un ghetto apostolique, c'est claquer la porte de l'Évangile à la gueule de tous les autres et, finalement, c'est ne plus évangéliser. Ou pire, contre-évangéliser.

La Bonne Nouvelle annoncée à tous sans exclusive fait vivre dangereusement parce qu'elle est refus de tout racisme, refus de tout blocage politique, de classe ou de culture, refus de tout sectarisme.

Même si cela est souvent intolérable pour beaucoup, c'est pourtant la seule façon de bâtir des cellules d'Église, ouvertes aux quatre vents de l'amour, explosives et lumineuses grâce à leur universalité.

« Si vous ne faites rien de dangereux, vous ne ferez rien », disait admirablement le cardinal Suhard. Ce prophète inspiré a résumé dans cette petite phrase tout le pouvoir d'insurrection de l'Évangile, capable de faire sauter toutes les barrières, mais jamais sans combat.

L'amour universel, vécu, contient de grands risques. Pas tellement physiques, notamment en Europe. Mais risque de s'appauvrir financièrement, risque de voir son confort grignoté, sa porte entrouverte, sortie parfois de ses gonds, ses sécurités hachées en petits morceaux, sa réputation en prendre un vieux coup.

En revanche, « enfermer » l'Évangile dans sa seule mission, c'est brouter dans des champs clos où barrières et défenses d'entrer interdisent tout risque. La peur naît alors : peur que sa mission soit grignotée, peur que le peuple sur lequel on veille jalousement soit attiré hors du champ qu'on a délimité ; peur, au fond, que la mission d'Église dont on a fait « sa propriété » ne soit plus chasse gardée.

De cette peur, l'Évangile a toujours fait les frais.

Un curé qui y va cash !

Cette histoire est aussi drôle que triste. Un maire communiste me demande d'échanger avec ses militants pour que son conseil municipal accepte l'emploi de deux éducateurs de rue. J'accepte. Je lui demande de trouver une paroisse pour célébrer dans sa ville le dimanche. Il téléphone au curé qui me fait dire de m'adresser la veille à l'équipe sacerdotale. J'arrive. On discute une bonne heure. Et puis l'équipe sacerdotale me demande de téléphoner une heure plus tard pour me donner sa « réponse définitive » ! J'appelle.

Feu rouge et courte explication : « Tu comprends, nous avons une réunion de fidèles à la messe de dimanche. Ton prêche risque de les démobiliser par rapport à ce qu'on avait prévu…

– J'allais pas vous parler du sexe des anges, mais de l'Évangile annoncé à tous, ai-je répondu. Je croyais que la Bonne Nouvelle pouvait être entendue par tout fidèle et, loin de démobiliser, pouvait élargir des horizons. »

Un vieux curé accepte de célébrer avec moi. À moitié aveugle, il voit pourtant son église, généralement vide, ce jour-là emplie à ras bord. Il me demande si j'accepte que la quête soit versée pour le chauffage de son temple. Évidemment, je dis oui. Son peuple n'a pas eu froid cet hiver-là !

Quant au maire, il me demande de ne pas parler de religion au cours de la réunion. « Bien sûr, c'est d'abord l'éducateur qui vient pour t'aider », lui dis-je. Les questions des militants ne portent que sur la religion. À la fin, le maire fonce me voir et me dit que je n'avais pas à répondre aux questions religieuses. Je lui décoche alors : « Mon pote, un communiste est un démocrate. Du moins, je le croyais ! » Il a eu ses éducateurs de rue. Il en était ravi. Pour une fois que ses militants pouvaient se mettre sous la dent un curé qui y allait cash face à leurs questions !

Il habite nulle part…

« Où habite le monsieur ? » demande à son père le gosse potelé aux yeux bleus, en me montrant du doigt.

« Il habite nulle part », lui répond le père.

C'était très beau et très juste. Je venais de prêcher la retraite sacerdotale des prêtres de l'Ariège et avais campé une nuit dans cette famille d'accueil aux cinq enfants magnifiques. Je repartais après cinq jours pour ma propre retraite en Savoie, à l'abbaye de Tamié. Puis direction Paris, et ma vie vagabonde qui continuait.

Prêtre engagé dans une mission qui m'oblige à me déplacer tout le temps, je ne suis pas différent de beaucoup de prêtres qui, même s'ils ont un périmètre apostolique plus restreint, découchent souvent à cause des obligations de leur propre ministère.

Le prêtre actuel habite de plus en plus nulle part. Bien sûr, le presbytère est la base où il revient, mais ses obligations journalières – contacts personnels, réunions multiples ou eucharisties éparpillées dans les nombreuses paroisses dont il a la charge – le poussent à bouger beaucoup.

Le son des cloches ne rassemble plus maintenant. Le prêtre reste toujours fidèle au petit nombre qui se réunit le dimanche et les jours de fête, mais il est porté ailleurs, vers l'immense peuple qui l'attend sans le désirer vraiment. Son obsession est de comprendre son langage, ses mœurs, ses yeux rivés sur la télé, sa hâte de retrouver sa résidence secondaire, ses préoccupations où, apparemment, le spirituel est le dernier de ses soucis. La nécessité du contact individuel et la recherche de la brebis perdue le poussent à aller loin et à ne pas revenir tous les soirs à son point de départ, sauf s'il a un engagement social dans la communauté du village ou de la ville.

Ce vagabondage apostolique est un des signes des temps, un appel pressant pour nous, prêtres, à aller vers l'universel.

Le prêtre est vagabond de l'amour.

5

Ministre de la parole

Notre modèle, pour prêcher, c'est le Christ. Il dit : « C'est mon père qui m'envoie et c'est mon Père qui me met dans la bouche les paroles que je vous délivre. » Je trouve cela remarquable. Nous possédons une puissance que nous ignorons : la puissance de la liberté de parole.

Jésus parlait aux foules qui l'entouraient. Les gens étaient « frappés de son enseignement », selon Matthieu. « Stupéfaits par sa doctrine », selon Marc. Ce qui est chouette, dans l'Évangile, c'est que les gens simples disaient que jamais on n'avait entendu un homme parler comme Jésus. Il attirait même les non-croyants parce que sa parole était universelle. Grâce au Christ, nous sommes des hommes libres car nous ne faisons pas de discours, nous n'assenons pas de slogans. Nous parlons au nom d'un plus grand que nous, comme Jésus parlait au nom de son Père. Nous avons tout à apprendre du style de communication du Christ. Et sans cesse nous nourrir de lui. Si, depuis deux mille ans, l'Évangile est nourriture toujours actuelle et vivante, c'est parce que le Christ, alternant paraboles et enseignement spirituel, a traversé les millénaires par sa simplicité, sa parole percutante et riche.

Parler au cœur des gens

Jésus était attentif aux blessures des gens. Il s'inspirait de leurs besoins, de leurs intérêts, de leurs souffrances, de leurs désirs… Voilà pourquoi il était immensément écouté.

Si un prêtre discourt sur le sexe des anges, on n'en a rien à cirer ! Mais s'il parle au cœur des gens, de ceux qui souffrent, des divorcés remariés, des malades, de ceux qui ne se sentent plus aimés, alors il sera écouté très attentivement.

Jésus rendait libres ceux qui l'entouraient, parce qu'il les réconfortait. Ses paroles étaient à base d'espérance, de compassion, de pardon. Il annonçait la bonne nouvelle. Actuellement, dans les médias, la bonne nouvelle, c'est une « mauvaise nouvelle ». Quand il y a du sang, de la trahison, du sexe, de l'argent, de la violence, des catastrophes, l'audimat explose… La Russie qui brûle, le Pakistan inondé, les maîtresses de Berlusconi, les prédateurs de Liliane Bettencourt, un tremblement de terre, un coup d'État sanglant en Afrique, les banques en faillite, des attentats islamistes… On remplit nos journaux de ces nouvelles terrifiantes ou scandaleuses.

Le Christ, lui, annonçait une vraie bonne nouvelle. Il réconfortait le cœur de ceux qui ne voulaient pas pardonner, il tentait d'apaiser les haines. Et j'observe que, curieusement, il ne menaçait personne, sauf les curés, les évêques de ce temps-là. Les seules menaces de l'Évangile visaient les religieux. Jésus n'hésitait pas à les traiter d'hypocrites parce qu'ils vivaient sans s'appliquer à eux-mêmes les règles qu'ils prêchaient aux autres. C'est pourquoi il était détesté des prêtres de son temps, et d'ailleurs ils l'ont tué.

La prédication de Chartres

Nous sommes ministres de la parole. Que notre verbe soit clair, incarné, vivant, ferme. Notre parole est trop souvent éthérée, désincarnée, abstraite. On voit des curés planant à trois mètres du sol. Les fidèles s'endorment. Une bonne prédication peut changer des vies.

J'étais gosse, j'avais quatorze ans, j'étais déjà au séminaire depuis un an. À Chartres, nous étions trois cents séminaristes réunis. J'étais au pied de la chaire quand un évêque a parlé. C'était bien enrobé, doucereux, mais… super-chiant à écouter. Un prêtre a parlé ensuite. Je ne sais pas ce qu'il a prêché. Mais il a tellement vrillé mon cœur d'adolescent que j'ai dit au Seigneur, je m'en souviens parfaitement : « Seigneur, je T'en prie, fais que je puisse un jour parler comme ce mec. »

Je suis revenu à Chartres il y a quelques mois et, soixante ans après, j'ai retrouvé ce moment unique en touchant la chaire d'où j'avais entendu le prêche qui m'avait bouleversé.

Chaque chrétien est un média de Dieu

J'aime quand des gens me confient qu'ils vont à la messe parce que leur curé a une manière extraordinaire de leur parler. Pour moi, le prêche est une partie centrale. Ma méthode est bien rodée. Je prépare cinq ou six phrases que je médite, puis je parle les yeux dans les yeux avec les fidèles.

Simplicité ne veut pas dire superficialité. Il faut puiser dans les sujets qui concernent les gens, sans chercher à les flatter, en nous rattachant aux préoccupations d'actualité. Lire la presse m'aide beaucoup. Mais il faut partir absolument de l'Évangile.

J'aime les émissions laïques. Je participe quelquefois aux « Grosses têtes » avec Philippe Bouvard, même si c'est paillard et corsé. On m'a demandé mille fois ce que je foutais là-dedans… Un jour, Bouvard m'a fait remarquer : « Tu es resté toi-même. Tu aimes le Christ, tu aimes l'Église, tu n'as fait aucune concession, même si parfois tu es plus truculent que nous ! » J'ai apprécié le compliment… On m'écrit que cette émission est vulgaire, mais aussi que je m'y suis exprimé en ayant gardé intactes ma foi et mes racines catholiques. Des millions de personnes écoutent ce programme, et m'ont entendu dire ma joie chrétienne.

Chaque chrétien est un média de Dieu. Certains sont doués, d'autres moins. Aller enseigner toutes les nations, c'est la mission du pape et des évêques. Nous, prêtres, sommes voués corps et âme durant toute notre vie à enseigner le Christ. Nous avons à transmettre la parole de vie ! Que l'on soit un Charles de Foucauld, qui l'a fermée toute sa vie au milieu des musulmans et n'a converti personne, tout en étant une très grande lumière, ou que l'on soit un brillant orateur comme Jean-Paul II, soyons des médias de Dieu dans notre paroisse d'abord, dans notre diocèse, et n'oublions jamais que nous devons parler aussi aux non-chrétiens. Nous devons sortir de notre bulle et nous adresser à ceux qui sont en dehors, dans un élan de fraternité, celle du Christ.

D'église en église

« Guy, après ton passage dans notre salle communale, une fois arrivé chez moi, j'ai réveillé tendrement mes deux enfants, quatorze et seize ans. Après t'avoir entendu parler de ceux qui sont abandonnés, rejetés par leurs parents, je me suis dit sur le chemin du retour : "Comment ai-je pu prendre si peu de temps pour aimer mes enfants ? Je vais tout de suite leur demander pardon." »

Les deux gosses sortis d'un lourd sommeil et ahuris sans doute par cette demande de pardon nocturne ont sûrement reçu par la suite une mesure abondante d'amour et de présence.

C'est là où le serviteur de la parole agit. De salle en salle, d'église en église, porter l'amour est pour moi vital. J'en sens mystérieusement le retour-boomerang. Évidemment, il y a mes gros mots. Chez certaines personnes, ça ne passe pas. La forme, à cet âge, compte plus que tout. Moi je m'en fiche. Et complètement. Et puis, j'ai pas le temps de mettre les formes. Les jeunes, eux, se régalent et les anciens, gourmands au fond, se foutent des mots crus.

Parler avec amour, oui ; mais parler clair, ferme et dru avec les mots de la rue est la meilleure façon d'interpeller celui qui a le cœur ouvert, qui veut qu'on l'aide à se débarrasser de la merde qu'il a sur les yeux et dans les oreilles.

Les foules courent souvent après moi. L'inédit, une mission pas ordinaire, un « look » peu ecclésiastique, tout cela attire. Je le comprends. Mais ce n'est pas l'essentiel. Le plus important, c'est que les cris de misère, de solitude, de haine, de désespoir, que j'entends tous les jours, soient répercutés de ville en ville. J'aime entendre le silence impressionnant dans les salles où je parle de la misère de tant de jeunes jetés dans les rues et les prisons. Je sais que, après mon passage, beaucoup réfléchiront et que certains se mettront en marche pour que cela ne soit plus.

J'ai besoin aussi de me réchauffer à la tripe militante de tant de gens que je croise, chrétiens ou pas. C'est une force importante pour moi. J'ai rencontré partout des êtres enfantant l'amour, en donnant toutes leurs forces et leur cœur au service des plus démunis. Que ce soit Daniel, perdu dans une forêt du Québec, Bob en Belgique, Marie en Suisse et tant de gars et de filles de France et d'ailleurs.

Le moment de Dieu

Après la messe, souvent des gens m'interpellent pour me parler de mon sermon. La pommade, je connais, et j'aime pas trop. Les critiques, elles, je les écoute volontiers et je les note secrètement.

Elles ne sont jamais inintéressantes. Elles me font avancer et me donnent la certitude que la parole de Dieu ne m'appartient pas en propre et que je peux parfois dérailler. Cette correction fraternelle est essentielle pour moi.

Je souhaite que celui ou celle qui m'écoute puisse dire : « J'ai retenu ceci, Guy, merci. » Je n'aime pas que l'on vante ma parole. Car c'est la parole de Dieu. Nous ne devons pas nous flatter d'avoir été brillant orateur en descendant de la chaire. Nous devons simplement transmettre. Je me dis qu'un jour le Seigneur me demandera des comptes. Il me dira : « Guy, comment as-tu parlé de Moi ? Comment as-tu vécu la parole que tu as transmise ? »

J'ai aussi maintes fois noté ceci : un sermon finement ciselé peut n'avoir aucun impact. En revanche, une phrase lancée spontanément marque certains au-delà de ce qu'on aurait pu imaginer.

Le Seigneur veut nous dire ceci : « Quand tu te prépares en pensant que ta parole va être entendue, tu te goures. Mais tu ne te planteras jamais si tu Me laisses la place. Je susciterai en toi des mots qui sont les Miens, pas les tiens. » C'est alors le moment de Dieu.

Dire au prêtre de sa paroisse ce qu'on pense de son homélie, c'est lui rendre le plus grand des services. Quant son sermon ressemble à du pipi de chat et qu'il s'envole dans des élucubrations mystiques, dites-lui que vous n'avez rien compris et qu'il a dû fumer un pétard avant la messe ! S'il vous faut plusieurs dictionnaires pour traduire son prêche, dites-lui que vous auriez préféré entendre une langue et une parole vivantes. Demandez-lui une parole proche, une parole claire, une parole vraie, et surtout pas une parole politique. Mais vous pouvez lui dire aussi : « Super, ce que tu as dit. Je pars avec deux ou trois idées forces. Ça nourrira ma semaine. »

Prêcher avec son cœur

C'est à Mme Beaujouan et au procureur Ben Abdallah que je dois d'avoir appris à prêcher avec mon cœur. D'un million de chrétiens, en 1962, du jour au lendemain, en Algérie, il ne restait plus que quelques dizaines de milliers. Les disparitions des clochers dominant chaque village laissèrent vite place à des mosquées.

L'appel à la prière catholique était considéré comme du prosélytisme. Les cloches s'étaient tues. Les églises, symboles de la colonisation, furent donc transformées en mosquées. L'appel des muezzins résonnait, lui, assourdissant. J'aimais bien cet appel musulman, mais mes cloches me manquaient… Beaucoup de prêtres étaient partis. Il faut aussi les comprendre, ils avaient eu des paroisses pleines à craquer – les pieds-noirs pratiquaient beaucoup – et d'un seul coup : le vide. Certains n'avaient même plus d'église.

Un dimanche, à une heure du matin, j'entends frapper à la porte du presbytère de Blida. J'ouvre. Le procureur de la République Ben Abdallah entre.

« Monsieur l'abbé, me dit-il, connaissez-vous Madame Beaujouan ?

– Oui, certainement. »

De bonnes vieilles pieds-noirs étaient restées en Algérie après l'indépendance. Nées dans ce pays et ne connaissant même pas la France, elles étaient souvent délaissées par nous, prêtres. On en comptait une trentaine à Blida.

« Je vous annonce son décès, à l'âge de quatre-vingt-six ans. Elle baignait depuis huit jours dans ses excréments. Est-ce ainsi que vous traitez les quelques chrétiens qui vous restent ? »

Fou de rage, je garde mes réactions en moi-même et, le lendemain, je présente mon sermon sur la Sainte Vierge au curé. C'était une habitude que je détestais, mais je m'y pliais.

« Très bien, me dit-il, après l'avoir regardé distraitement. Il y a juste une tournure de phrase inexacte, là… »

Arrive la messe. En cette belle église Saint-Charles, devant une centaine de personnes, je commence mon prêche… en écartant mon sermon finement préparé. Le curé affolé me fait signe de le reprendre.

J'enchaîne : « Mme Beaujouan est morte ! »

Je continue : « Elle pourrissait dans sa merde et sa pisse depuis huit jours. C'est ce que m'a déclaré le procureur musulman Ben Abdallah en ajoutant : "Que faites-vous de votre petite communauté chrétienne ?" »

Scandale à la sacristie ! Le curé était furieux. Mais c'est comme ça que j'ai appris à prêcher. Avant, je lisais, je parlais à la tête des gens. Depuis ce jour, je veux parler d'abord à leur cœur.

Savoir me taire

Formé pendant quinze ans au séminaire à parler de Dieu exclusivement, je dois aujourd'hui évangéliser en « fermant ma gueule ». Comment en effet dire Dieu à de jeunes loubards qui ne croient ni en l'amour ni en Dieu ? Dès le début de mon combat avec des jeunes délinquants, formé à annoncer explicitement Dieu et Son amour, j'ai voulu le faire, comme un con, aux jeunes dont j'avais la charge. L'un d'entre eux à qui je parlais de l'amour de Dieu me décocha dans les gencives : « Arrête ton char, Guy, je ne crois ni en Dieu ni en l'amour. » Et il ajouta ceci : « Tu prétends que Dieu a tout créé. Il a donc créé mes parents. Il a créé ces fumiers, ces ordures qui m'ont enfermé dans un placard pendant trois ans. Je devais pisser et chier sur moi, et manger un peu de riz mouillé de temps en temps. Ma grand-mère heureusement a découvert cet emprisonnement terrible. Quand on m'a sorti de ma cache, j'avais le genou droit bloqué à vie. Alors, Guy, ton Dieu d'amour, Celui, prétends-tu, qui a créé mes parents, tu peux te Le mettre où je pense. »

Que répondre ? Seuls des actes d'amour gratuits, un combat acharné à leurs côtés leur dira Dieu, au-delà de ce que je peux croire. C'est mon type d'évangélisation.

C'est Charles de Foucauld qui m'en a convaincu.

Aimez vos prêtres

D'accord, notre parole sera attaquée, mais le Christ n'a-t-il pas dit : « Ma parole vous divisera, divisera la famille elle-même » ? Les sondages n'ont rien à y voir.

Imaginez-vous l'archevêque de Paris, André Vingt-Trois, commandant un sondage auprès de toutes les ouailles de la cathédrale : « Approuvez-vous mes sermons ? Oui – Un peu – Non. »

Qu'il plaise ou pas, ce n'est pas la question ! Personnellement, je me suis endormi quelquefois en écoutant notre archevêque bien-aimé. Lorsqu'il atteignait des hauteurs plafonnantes, je ne suivais pas toujours. Je craignais d'avoir besoin d'un parachute pour le retour… De plus, il lit ses homélies. Mieux vaut, je crois, parfois bafouiller mais parler en face, en direct, les yeux dans les yeux.

Nous devons prendre garde à ne pas déraper, ni à influencer les citoyens, par exemple lorsqu'ils s'apprêtent à voter. Notre parole s'adresse à tous. Que nous soyons prêtres traditionnels ou prêtres progressistes, n'oublions jamais que nous avons été ordonnés prêtres pour tous.

Nous ne sommes libres que parce que nous sommes les hommes de l'amour et les hommes de l'universel.

Le Christ n'a écarté personne. Il a mangé chez des riches et il a mangé chez des pauvres. Il n'a pas fait de discours social ou politique. Mais il s'est montré profondément politique en proclamant son fameux : « Mettez tout en commun. » Il n'a emprisonné ni les pauvres ni les riches dans un système quelconque. Sa parole avait un énorme aspect subversif.

Il a accepté tout le monde. Il a aimé tout le monde. Son discours, sans être politicien, touchait éminemment au politique, qui est le service du bien commun. Il dénonçait la richesse gardée pour soi. Sa violence verbale était alors remarquable, et une fois il est passé à l'acte : il a balancé les verroteries religieuses vendues dans un temple. Il devrait recommencer de temps à autre. Il aurait un sacré boulot à la porte d'innombrables sanctuaires !

Le Christ est mort d'avoir vécu et surtout d'avoir parlé.

On l'a condamné pour sa parole. Il fustigeait l'hypocrisie, le mensonge, les faux-semblants, la haine, la rancune, la possession, l'apparence. C'est sa parole et sa vie qui l'ont fait mourir.

À nous, prêtres, d'être les transmetteurs de l'amour et de la miséricorde du Christ. Chrétiens, aidez-nous à être les porteurs du message.

Laissez-nous libres. Notre boulot est de vous laver les pieds, comme des serviteurs. Notre liberté est d'enseigner. La vôtre est d'entendre, de transmettre et d'en vivre.

Bâillonner un prêtre, c'est bafouer votre liberté.

Aimez vos prêtres.

S'il prolonge son homélie

S'il prolonge son homélie au-delà de dix minutes,
il a mis un disque « longue durée »...
S'il parle de contemplation de Dieu, il plane !
S'il aborde les problèmes sociaux, il vire à gauche...
S'il fait des visites à domicile, il n'est jamais à la maison...
S'il marie et baptise tout le monde, il brade les sacrements !

S'il devient plus exigeant, il veut une Église de purs...
S'il fait des travaux, il jette l'argent par les fenêtres.
S'il n'en fait pas, il laisse tout à l'abandon.
S'il collabore avec un conseil de laïcs, il se laisse mener.
Et, s'il n'en a pas, c'est un pasteur clérical...
S'il est jeune, il manque d'expérience.
S'il est vieux, il devrait prendre sa retraite.
Mais s'il vient à partir ou à mourir... il sera irremplaçable !

6

L'homme des sacrements

L'EUCHARISTIE

« Ce qui m'énerve, c'est qu'ils s'assoient et se lèvent sans arrêt, et puis on n'y comprend que dalle, sauf le sermon. » Cette réflexion est caractéristique des jeunes loubards avec qui je vis, et qui me suivent quand je vais célébrer des messes en France. Pour eux, ce sont des cérémonies de Martiens, hors planète, qui ne correspondent absolument à rien de vivant.

Effectivement, notre liturgie ne passe pas. Nous sommes encore trop prisonniers de rites figés, inadaptés.

Célébrer aujourd'hui

Je ne suis pas non plus pour une liturgie échevelée qui ne se fonderait que sur l'improvisation du prêtre en oubliant ceux qui participent.

Je me souviens d'un désastre eucharistique auquel j'ai assisté. Des prêtres, voulant à tout prix donner dans le moderne, avaient réussi à vider complètement l'église. Les gens restaient groupés au fond de la nef malgré les supplications des prêtres pour les faire avancer. Des chants super-modernes, mais inadaptés, ne recevaient en réponse que l'écho des voûtes.

Mais j'ai vu aussi le Royaume de Dieu en marche dans certaines paroisses de France. Ainsi en Vendée, où Robert, le prêtre de la communauté, laissait toute la place aux chrétiens. Effacé mais combien présent, il présidait l'eucharistie, interrogeait son peuple qui, à son tour, dialoguait avec lui. Le prêtre ne se considérait pas comme un sorcier mais comme un serviteur qui avait reçu pour mission d'annoncer la Bonne Nouvelle avec tous.

Robert ne se gargarisait pas de « partage avec les laïcs », de « l'obligation pour eux de découvrir leur place », de « pouvoir rendu aux chrétiens »... Un peuple était en marche, d'abord dans sa vie de tous les jours.

La liturgie, si elle est une fête, peut revêtir une certaine solennité, sans pour autant n'être que solennelle. Elle doit d'abord rester humaine, proche, comme au cours de la Cène où, serrés autour de lui, les apôtres, après avoir longuement vécu avec Jésus, reçurent l'eucharistie, dans la simplicité et la joie d'un simple repas.

Que faites-vous pour qu'elle soit vivante ?

Aux jeunes qui avouent en avoir marre de la messe, assurant qu'elle ne leur apporte rien, je réponds : « Que faites-vous pour qu'elle soit vivante ? Si vous butez sur l'inertie des prêtres, interrogez-les, provoquez-les, mais ne décrochez pas. Si votre soif ne trouve pas à s'assouvir là où vous êtes, cherchez dans une autre communauté l'eucharistie source de vie. Il me semble impossible que dans ton quartier, ta ville ou ta région, il n'y ait pas une eucharistie qui t'apporte le souffle d'amour et d'espérance que tu cherches. Dans beaucoup de villes de France, je connais des lieux de rassemblement du dimanche qui n'ont rien de folklorique ni d'exceptionnel, mais où il fait bon prier. Cherche et vas-y ! »

Des yeux et des mains

Comme j'aime ces visages qui reçoivent la communion, ces yeux qui regardent en face celui qui donne Dieu. Donner la communion est l'un des plus grands moments de ma vie. La donner lentement à chacun, comme à une personne unique, est un acte irremplaçable.

Menottes de l'enfant qui s'approche timidement sans mesurer encore la grandeur de cet instant, mais qui le ressent finalement souvent mieux qu'un adulte, parce qu'il est pur, donc ouvert à la grâce qui l'envahit.

Mains calleuses du terrien, de l'ouvrier, burinées par la vie, le travail, la dureté de la terre ou des outils.

Mains fines du riche qui ne connaît pas les matins ensommeillés où il faut courir pour attraper son métro, courir encore pour retrouver le nid familial. Peut-être que ces mains connaissent d'autres détresses ! Celles de l'enfermement qu'imposent toute richesse, toute réussite sociale éclatante, tout pouvoir, tout don gardés pour soi. L'hostie a place dans ces mains-là aussi, à condition que le prêtre leur crie sans cesse qu'elles doivent s'ouvrir pour partager, soulager, aimer.

Mains de prostituées, mains que l'on croit souillées par d'innombrables caresses et étreintes. Jésus a dit de ces mains-là qu'elles seront les premières dans le Royaume de Dieu.

Mains tatouées… Plus qu'en toute autre main, je sais lire en elles. Je sais que c'est souvent en prison qu'elles ont profité de ces quelques centimètres carrés de liberté qu'il leur reste : leur peau, où inscrire ces signes d'appartenance au monde des rejetés, des piétinés, des abîmés.

Mains tremblotantes du vieillard, qui sait que l'Éternité approche, l'appréhende ou la regarde en face, acceptant l'usure du corps, mais qui refuse que son cœur ne batte plus au rythme du monde d'aujourd'hui.

Mains d'adolescents, impétueuses et décidées, ou hésitantes et timorées.

Mains d'adultes, sûres d'elles-mêmes ou meurtries par la désespérance de voir leurs enfants qui poussent mal.

Mains du garçon, trahi dans un premier amour.

Mains de la fille, qui pense qu'être aimée ça n'existe pas, parce qu'elle a été trop souvent draguée, pelotée, désirée comme un objet.

Mains du couple, qui respire l'amour, la tendresse, et qui écarte en souriant le petit perdu dans leurs jambes, ce petit qui veut à tout prix, lui aussi, la « pastille ».

« Dites bien la messe »

Dès que je fais mes valises, je prends d'abord mon aube et mon étole. Mettre à chaque eucharistie ces signes de ma charge d'apôtre de l'amour, me semble indispensable. On m'a demandé souvent de célébrer en blouson noir. Je l'ai toujours refusé.

Pourquoi ? Parce que l'aube unifie les ministères particuliers, les peuples pour lesquels on est envoyé.

L'eucharistie fait communier à tous les ministères du monde, à toutes nos singularités, à toutes nos différences. C'est le trésor de l'Église universelle. On ne doit en voir que l'éclat rayonnant. Restent le visage et les mains nues du célébrant. On ne peut manquer de les remarquer, ce sont eux qui appellent à la prière. Chaque geste du célébrant dira sa sérénité, sa certitude que Dieu est là, sa joie d'avoir été choisi, lui si pauvre, pour ce moment-là.

La désinvolture, les gestes brusques ou distraits empêchent le chrétien de communier au mystère de ce qui est notre plus grande prière.

Le prêtre ne peut qu'« entrer » et « faire entrer » dans l'eucharistie. Le cardinal Duval nous répétait inlassablement, quand nous étions séminaristes : « Dites bien la messe. » La façon de faire l'eucharistie éveillera à la foi, ou restera un moment rituel visant à donner une bonne conscience inutile et sans force.

Voir célébrer des moines est toujours pour moi un enchantement parce que c'est une prière d'une rare puissance. Leurs visages sereins et leurs gestes lents ne semblent plus appartenir à la terre.

C'est dans l'eucharistie, qui rassemble toutes nos pauvretés, que j'ai toujours trouvé la force et le courage de continuer.

Elle seule a le pouvoir d'ouvrir le cœur des hommes.

Faire descendre l'Amour, c'est crier la souffrance des hommes, mais aussi l'Espérance. C'est pourquoi, après chaque messe avec nos jeunes, la chaleur qui envahit les fidèles dit tout. Je les sens heureux quand je célèbre avec eux. Heureux d'un mystère qu'ils happent sans bien le comprendre, mais qui les imprègne jusqu'au fond de l'âme. Parfois ils pleurent silencieusement. J'ai vu là les plus beaux diamants.

Vingt centimètres pour célébrer

Dans une paroisse suisse, il m'est arrivé ceci, et c'est très symbolique. J'anime une conférence, puis je célèbre une messe. Il neige, mais la porte de l'église est grande ouverte. De l'autel, on aperçoit le paysage blanc. Il y a un monde fou dans l'édifice de six cents places. Pour aller de la sacristie à l'autel les douze prêtres et moi devons traverser une foule de dizaines de jeunes. Le chœur est immense. Arrive le moment de la communion : on aurait besoin d'un hélicoptère au minimum. De retour à l'autel, je m'aperçois que deux jeunes sont assis dans le fauteuil présidentiel. Je n'ai plus de place. Deux cents jeunes occupent le chœur…

Le merveilleux de l'histoire, c'est que devant l'autel, au sol, il reste vingt centimètres de libres, juste ce qu'il faut pour mes deux pieds. Voilà ma place. Je ne sais pas si les jeunes présents ce jour-là l'ont fait exprès, mais j'ai trouvé ce moment absolument magnifique. Personne ne peut remplacer le vagabond de l'amour qu'est le prêtre.

Credo musclé

À la messe, le chrétien récite rituellement des prières. Ce qui est bien. Mais il a besoin, de temps en temps, qu'on explicite le « Notre Père » et le *Credo*. Sinon la profondeur et la saveur de ces prières essentielles s'estompent. À nous de les aider à s'en imprégner. Parfois je médite tout haut le *Credo*.

« Je vais dire le *Credo* de l'Église catholique et romaine. Après chaque phrase, je vais essayer de faire un petit commentaire. Et si vous êtes d'accord, lorsque je poserai la question : “Est-ce que vous croyez ?”, vous répondrez : “Nous croyons.” »

Je commence : « Je crois en Dieu, le Père Tout-Puissant, créateur du Ciel et de la Terre. » Nous sommes des menteurs et des hypocrites de bénir Dieu Créateur, alors que nous polluons notre Terre, les uns comme les autres. Est-ce que vous souhaitez que vos enfants portent un masque à gaz pour vivre, dans cinquante ans ? Alors, si vous voulez, nous allons dire : « Dieu, Créateur du Ciel et de la Terre », mais nous allons Lui demander la force de ne plus polluer la Terre, de ne pas la massacrer. Est-ce que vous croyez en Dieu, créateur du Ciel et de la Terre ?

Et le peuple de Dieu répond joyeusement : « Nous croyons. »

Je continue : « En Jésus-Christ, son fils unique, notre Seigneur, qui a été conçu du Saint-Esprit, est né de la Vierge Marie, a souffert sous Ponce Pilate, a été crucifié, est mort, a été enseveli, est descendu aux Enfers, le troisième jour est ressuscité des morts, est monté aux Cieux. Il est assis à la droite de Dieu le Père Tout-Puissant, et viendra juger les vivants et les morts. »

Je commente : « Jésus-Christ a vécu une belle enfance d'amour. Il a vécu trente-trois ans. Adulte, il a été charpentier. Et puis il a proclamé ce que son Père lui soufflait : “Aimez-vous les uns les autres, partagez.” Et bien sûr, les prêtres de l'époque, hypocrites, n'acceptaient pas qu'on leur dise en pleine gueule : “Vous prêchez, mais surtout vous ramassez des sous. Vous ne faites pas ce que vous dites, et vous nous obligez à le faire.” À chacun, il a dit ce qu'il pensait. Le Christ était du côté des perdants. Et ça, on ne pouvait pas l'admettre. Alors, ils l'ont massacré, fait souffrir atrocement. Ils l'ont tué, il est ressuscité. Telle est notre foi. Et si je ne crois pas que je ressusciterai, eh bien, ma vie sur Terre n'a pas beaucoup de sens. Je pense à une autre vie, où Dieu nous accueillera. C'est le prolongement de l'Amour que nous vivons sur Terre. Et ça, c'est absolument merveilleux. Nous ressusciterons. Est-ce que vous le croyez ? »

Et le bon peuple ajoute : « Nous le croyons. »

Je continue : « Il viendra juger les vivants et les morts. »

« Nous serons jugés sur l'amour et sur rien d'autre. J'en ai une conviction absolue. Et nous serons jugés à la façon dont nous jugeons les autres. Bonjour l'angoisse pour chacun d'entre nous ! »

Ensuite : « Je crois en l'Esprit-Saint ». Je poursuis : « Dieu a créé l'homme. Il a envoyé Son fils par amour. Et c'est l'Esprit-Saint qui nous fait comprendre cette merveille absolue. »

Un fait très éclairant. Je célébrais dans une église. Au moment du baiser de paix, je vais jusqu'au fond pour serrer les mains. J'arrive à la porte qui était entrouverte. Je serre les mains d'une femme et elle éclate en sanglots. Je ne comprends pas. Je reçois une lettre d'elle un mois plus tard. Cette personne m'écrit : « À cause d'une affaire grave avec un prêtre, je n'avais pas mis les pieds dans une église depuis trente ans. Ce jour-là, je passe devant l'église, j'entends les cloches et j'entre. Et puis vous êtes venu juste vers moi, vous m'avez serré la main. Je reviens pratiquer tous les dimanches maintenant. » Elle a ajouté : « Mais qu'est-ce qui m'a poussée à entrer dans l'église ? » J'ai répondu : « L'Esprit-Saint. »

Et j'interroge : « Croyez-vous en l'Esprit-Saint ?

– Nous croyons. »

Je continue : « Je crois à la sainte Église catholique.

« Vous savez comme on tape sur l'Église ! Je dis que l'Église porte un mystère merveilleux, un mystère d'Amour. C'est avec nous et malgré nous que l'Église est annoncée à travers nos ombres et nos lumières, et que nous devons l'aimer.

« Croyez-vous ?

– Nous croyons. »

J'ajoute : « Je crois à la communion des Saints. »

C'est l'extraordinaire assemblée invisible de ceux qui sont hors de ce temple : les anciens ne pouvant plus se déplacer, les malades, les prisonniers. L'un d'eux me disait qu'il faisait une heure d'oraison dans la cellule où il cohabitait avec trois détenus. Les religieux/religieuses contemplatifs qui osent vivre dans un espace réduit pour être des vivants en Dieu, toute leur vie, en jetant tout au service de la prière. Le clochard sur le seuil de cette église. Tous ceux et celles qui traînent leur misère, leur désespoir là où nous vivons et qui nous attendent dehors.

« Croyez-vous ?

– Nous croyons. »

« Je crois à la vie éternelle. Elle commence ici-bas si, dès cette messe terminée, nous sommes des combattants de la justice et de l'amour. Croyez-vous ?

– Nous croyons.

– Amen. »

La réconciliation

Actuellement, le peuple chrétien ne semble pas très porté à s'enfermer dans un confessionnal, cette boîte plutôt sombre, devenue la demeure des araignées. Si les chrétiens savaient combien le sacrement du pardon est riche de peau neuve, de cœur brûlant, de renouveau, ils courraient se confesser. Il nous faut le leur dire et le leur crier, sans cesse.

Dire qu'on ne se confesse pas sous prétexte que nous répétons toujours les mêmes choses est une erreur. Moi aussi, à chaque confession, je m'entends avouer les mêmes manques. Si je ne les confessais plus, c'est que je n'aurais plus besoin de pardon. C'est que je ne croirais plus en l'amour de Dieu qui pardonne inlassablement les mêmes fautes. Nous sommes tous pécheurs, en voie de perfection. Nous l'oublions trop facilement.

En attendant, psychologues, psychanalystes, thérapeutes de tout poil voient leurs « confessionnaux » envahis. Seulement, en sortant, c'est la même solitude qu'on retrouve, parce que au bout de l'écoute de ses faiblesses il n'y a aucune parole de pardon.

Ce sacrement est unique en son genre. Dans quelle autre religion des gens se mettent-ils à genoux devant un homme pour s'entendre dire :

« Je te pardonne tes péchés au nom du Père et du Fils et du Saint-Esprit » ?

La foi au pardon de Dieu, donné en Son nom par un homme lui-même pécheur qui a reçu mission de nous dire : « Tes péchés sont pardonnés, va en paix », c'est tout autre chose que la solitude. Ça doit nous donner des ailes, et la joie de savoir que tout renaît, tout est neuf, tout redémarre.

Il n'y a rien de plus beau que le pardon ! Il nous sort de la prison où nous tient le péché, pour nous faire entrer dans la joyeuse foule des sauvés.

C'est l'antidote le plus sûr à notre orgueil, à notre pauvreté, à notre solitude.

« Par amour pour ma mère »

Cette visite dans un parloir de prison n'a pas été facile. Le frêle adolescent me fouillait du regard. Je lui ai demandé si je pouvais revenir le voir : « Oui, j'aimerais. » Ce furent les seuls mots qui m'ont permis, de parloir en parloir, de nouer avec lui de solides liens d'amitié.

Une histoire terrible. L'inexorable montée de la violence cachée d'un jeune que personne ne pouvait plus arrêter après qu'il eut appuyé trois fois sur la détente et tué celui qui était pour lui l'« intrus ».

Son père avait quitté le nid familial alors que Sylvain était très jeune. Après être resté six ans seul avec sa mère, l'adolescent perturbé qu'il était devenu ne pouvait plus accepter quiconque. Il avait tenté de le dire à sa mère le matin même du crime. Elle n'a pas compris que l'homme qu'elle aimait n'avait plus qu'un sursis de quelques heures.

« J'ai fait ça par amour pour ma mère et elle ne veut plus me voir », m'a-t-il répété plusieurs fois en deux ans.

Ils sont face à face dans les deux box de la salle des assises. Bouleversant moment où les regards de la mère et du fils se cherchent, se fuient, se recherchent et s'évitent. Je prie Dieu silencieusement pour qu'une réconciliation s'amorce. Je défends Sylvain dans le meilleur de ce que je sais de lui, commentant longuement ce que peut avoir de terrible l'incarcération brutale d'un lycéen aisé plongé d'un seul coup dans le monde de la délinquance. J'invite doucement la mère, en quelques mots, à faire les petits pas nécessaires pour les sauver tous les deux du cauchemar. Elle me demande après l'audience de venir tout de suite la voir : « Je vous écouterai, mais je ne vous répondrai pas. » Après m'avoir longuement entendu parler de Sylvain, elle me tend, en pleurant, toutes les photos de son enfance, du bonheur.

Le verdict rendu, elle a demandé à rencontrer son fils. Ce qu'elle fait maintenant régulièrement.

Jamais je ne me suis senti autant serviteur de la miséricorde et de la réconciliation.

Dans les nuages

Je ne confesse pas souvent et pourtant… Quand je prends l'avion (si celui-ci n'est pas plein), je demande toujours à l'hôtesse de laisser libre le siège voisin, de façon à pouvoir faire mon secrétariat. Or, il arrive assez souvent que quelqu'un vienne s'asseoir là et me demande : « Père, confesse-moi. »

C'est un moment merveilleux pour moi de pouvoir confesser à dix mille mètres d'altitude. Dans cette magnifique intimité de l'avion. Les gens laissent leur putain de portable ou leur ordinateur, et ils étalent leurs turpitudes pour que je leur donne le pardon du Seigneur.

Confession express

Un vieux prêtre belge désirait absolument que je le confesse et lui donne le sacrement des malades. Au cours d'une conférence, je fonce à l'hôpital pour exaucer ses deux vœux. Au moment de la confession où il devait dire ses péchés, l'ancêtre murmure : « J'ai tout oublié. » Je lui ai aussitôt donné l'absolution. C'est la plus courte confession de mon ministère.

Blanc comme neige

Il y a un rocher blanc que j'aime bien, à Faucon, dans la Bergerie. Il domine le zoo et de là on peut contempler les bêtes qui s'ébattent. Je me cale contre lui et j'admire le paysage. Combien de fois quelques chrétiens, mais surtout des jeunes musulmans, m'y rejoignent pour me dire les ombres et les lumières de leur vie. Dans mon cœur, je leur réponds : « *Absolvo* », c'est-à-dire : « Je te pardonne tes péchés ». Et je crois bien que le Seigneur leur pardonne.

En guise de pénitence, je leur montre la tour où roucoulent nos pigeons-paons. Je connais le dossier de mes jeunes : des agressions et d'autres choses pas belles. Quand ils arrivent à la Bergerie, ils déclarent : « Je suis noir comme un corbeau.

– Non, tu es plus blanc que neige, tu es aussi blanc que ces pigeons-paons. »

C'est merveilleux de voir le vol de dizaines de pigeons-paons passer devant nous comme un nuage immaculé. C'est la merveille du sacrement de confession. Par ailleurs, je crois qu'il faudrait revenir à l'habitude que, pendant un temps, l'Église avait permise : que les gens demandent pardon au début de la messe, dans leur cœur, et que le prêtre leur donne une absolution, sauf pour les péchés graves qu'ils confesseront devant un prêtre.

Ce qui plaît à Dieu…

Il nous faut renouer avec le sens et la pratique de ce sacrement. Écoutons la miséricorde de Dieu.

J'aime bien une phrase de sainte Thérèse : « Ce qui plaît à Dieu, c'est de me voir aimer ma petitesse et ma pauvreté. » Un musulman pourrait dire la même chose. Autrement dit, ce qui plaît à Dieu est l'espérance aveugle que j'ai en Sa miséricorde. Dieu nous punira, c'est certain, mais Dieu est d'abord miséricorde.

Nous, chrétiens, quand nous nous mettons à genoux devant un prêtre en disant nos péchés, avons cette possibilité extraordinaire d'être pardonnés au nom de Dieu. La confession nous offre un avenir tout neuf. Regardons la vie du Christ à travers ces sortes de confessions publiques qu'il a menées.

Jésus tombe sur une femme volage, légère. Il engage tout de suite la conversation avec elle. Il lui demande de l'eau. J'aime ce geste du Christ. Ils sont assis au bord du puits. Il s'adresse à cette femme qu'on critiquait parce qu'elle prétendait avoir plusieurs maris. Jésus ne l'accuse pas, il lui demande de l'eau.

Quant à la prostituée qui faisait le trottoir, une pécheresse publique, il aurait pu dire : « Mais tu n'es qu'une pute. » Non, il lui a pardonné. Il lui a demandé de changer de vie. Il ne dit pas à l'adultère : « Tu es vraiment un pourri » ou : « Tu es vraiment une salope ». Il dit : « Je ne te condamne pas. Va et ne pèche plus. »

Avec le collecteur d'impôts, Jésus a agi de même. En ce temps-là, la puissance de l'inspecteur était immense et il pouvait se constituer une fortune personnelle. C'était le cas de Zachée, le collecteur escroc de l'Évangile.

Jésus n'a pas dit : « Cet homme n'est qu'un fonctionnaire véreux qui s'enrichit en flattant le pouvoir et en saignant les plus pauvres. »

Non ! Il lui demande à becter. « Mon pote, j'ai les crocs, invite-moi chez toi. » Il lui dit qu'il a envie d'un bon pot-au-feu ou d'une côte de veau. Jésus s'invite à la table de l'enfoiré. Et il se contente de le regarder, il ne lui reproche rien. C'est un geste magnifique ! Soudain le collecteur dit : « Tout ce que j'ai volé, je le rends. » Nous pouvons penser que deux heures après, Zachée était à poil. Il ne devait plus rien lui rester une fois rendu le fruit de ses vols !

Il soigne et ne juge pas

Le Seigneur ne dit pas que les maladies sont dues à des péchés. Certains voudraient nous faire avaler que nos maux sont causés par les péchés que nous avons commis. Des fondamentalistes et autres illuminés prétendent que les grandes maladies de ce temps, le sida notamment, sont dues à la dégradation des mœurs et aux fautes des hommes. Comment peut-on proférer de telles conneries ? Comment peut-on imputer cela à Dieu ? À celui qui était aveugle, Jésus n'a pas dit : « Mon ami, tu es en train de payer les fautes de tes ancêtres. » Non, il le soigne : il met un peu de salive sur ses paupières et il le guérit.

Il ne dit pas à un savant qu'il n'est qu'un intellectuel pourri. Il lui dit : « Marche vers Dieu. » À celui qui est sur la croix, il ne dit pas qu'il n'est qu'un hors-la-loi ou : « T'as la honte sur le visage ! Te rends-tu compte de ce que tu as fait ? » Il n'a pas dit ça. Quand le condamné lui demande de lui pardonner, le Seigneur, à côté de lui sur la croix, lui répond : « Tu seras le premier dans le Royaume de Dieu. » C'est le premier béatifié de l'Église.

Jésus ne dit pas que les grands prêtres de toutes les religions sont des juges iniques, que les rois ou les présidents ne sont que des pantins, des escrocs et des pourris. Il ne dit rien à la foule qui le conspue. Il regarde sans un mot chaque être qui le salit, le frappe ou l'insulte. Seuls parlent ses yeux d'amour.

Il ne dit pas que les soldats qui lui ont mis des épines d'Orient très longues sur la tête sont des tortionnaires pitoyables. Il dit juste : « Père, pardonne-leur car ils ne savent pas ce qu'ils font. »

Aujourd'hui, le Seigneur ne dirait pas : « T'es qu'un sale intégriste, un gauchiste, un fasciste ! » Il regarderait l'intérieur de chaque être pour l'appeler au meilleur de lui-même. Nous sommes tous aimés d'un Dieu miséricordieux. Il nous respecte infiniment. À Ses yeux, chacun de nous est unique.

Le sacrement de réconciliation est primordial pour notre sanctification. Ne dites pas que vous retomberez toujours dans les mêmes fautes, que vous ne changerez pas. Bien sûr que nous refaisons les mêmes conneries ! Mais ce serait pire si nous ne nous confessions pas.

La grâce de Dieu donne la réconciliation. Mais il faut d'abord en avoir le désir. La grâce et le désir obtiennent alors le miracle du pardon.

Les quatre désirs

Prêtres, il faut que nous ayons la gueule du sacrement de réconciliation.

Certains prêtres pressés, stressés, n'appellent pas à

se confesser. Chez d'autres – et c'est très beau –, je vois la douceur, la candeur, la disponibilité. On est prêt à se mettre à genoux devant eux pour dire : « Mon père, j'ai des choses à te dire, veux-tu me donner le pardon du Seigneur ? »

Une belle sourate du Coran dit : « Si vous tuez un homme, vous tuez l'humanité, et si vous sauvez un homme, vous sauvez l'humanité. » Nous, chrétiens, disons aussi que, si quelqu'un grandit en Dieu, il élève le monde.

« Tout ce que tu lieras sur terre sera lié dans le ciel et tout ce que tu délieras sur terre sera délié dans le ciel » (Matthieu XVI, 19).

C'est à Pierre que le Christ a adressé ces paroles. Pierre, le successeur du fils de Dieu, et prédécesseur des deux cent soixante-quatre papes. Aujourd'hui, cinq mille évêques et quatre cent mille prêtres agissent selon ces paroles fondatrices.

C'est implacable. De plus, quand nous savons que nous serons pardonnés à la mesure de notre pardon sur terre, bonjour l'angoisse pour tous les pardons que nous aurons refusés durant notre existence !

Pour se mettre à genoux devant un prêtre, il faut quatre désirs : le désir de l'humilité, le désir sincère de demander pardon, le désir d'expier, le désir de ne pas recommencer.

Quand tu es à genoux pour te confesser, tu n'es pas obligé de dire immédiatement tes fautes. Parle d'abord de ce que tu as fait de bien, de tes rêves nobles, de tes réussites. Et ensuite, tu videras tes poubelles. Tu verras, ça te libérera. Tu repartiras blanc comme neige !

Le mariage

Un ancien loubard, que je retrouve vingt ans après l'avoir marié, me décoche ceci : « Dis aux chrétiens, dis-leur que le sacrement de mariage donne une putain de force. » Il n'avait pas à me faire un dessin. Je me souvenais de mon appréhension quand j'avais été le témoin de son mariage. Vu son fichu caractère, je ne donnais pas cher de la durée de cette union. Je constatai, ravi, qu'il avait pigé la pleine dimension d'un sacrement qui, aujourd'hui, est toujours reçu, mais très souvent de façon superficielle.

Depuis saint Augustin, l'Église affirme la sainteté du mariage, et l'égalité de l'homme et de la femme. Ce n'est pas le Christ lui-même qui a institué le sacrement de mariage, mais l'Église en fonction de cette parole du Christ : « Ce que Dieu a uni, personne ne peut le désunir. »

Depuis le concile de Trente, terminé en 1563, l'Église exige la présence du prêtre pour célébrer le sacrement de mariage, pour qu'il soit le témoin principal du « oui » que deux personnes s'échangent pour la vie.

Le prêtre ne donne pas le sacrement de mariage. Il n'en est que le premier témoin. Il suffit qu'il pose la question : « Veux-tu épouser cette personne ? » Si les futurs époux acceptent tous deux, chacun délivre à l'autre le sacrement de mariage. Les amis et la famille sont les autres témoins nécessaires à sa validité.

Au cœur de leur amour

L'homme et la femme qui s'unissent par le sacrement de mariage sont le signe de l'alliance de Dieu avec l'humanité. Cela signifie que Dieu est au cœur de leur amour, qu'Il en est la force centrale.

Je dis toujours aux tourtereaux : « Votre amour sera entaché de tout. Toi, le mec, tu trouveras des femmes infiniment plus belles que celle que tu choisis maintenant. Et toi, la femme, tu trouveras des mecs beaucoup plus désirables en cours de route. Mais vous vous êtes préparés et vous vous êtes choisis, alors maintenant restez fidèles. Et c'est le "oui" qui va vous engager. »

Si le couple pense que l'amour humain les unit, ils ont tout faux, car seul l'Amour de Dieu peut le faire. J'ai vu des couples qui auraient dû divorcer et se séparer depuis longtemps, mais qui avaient un tel sens du Dieu-Amour qu'ils ont su pardonner à leur conjoint ses dérives. Ils vivent pleinement un amour merveilleux.

Dans leurs yeux délavés

Dieu est fidèle dans Son Amour et le couple témoigne de Sa fidélité. Quand, dernièrement, j'ai marié Michael, il m'a dit : « Tu te rends compte, Guy, je vais être avec cette gonzesse pendant quarante ans, peut-être plus ! » C'est un sacré pari, évidemment… Je vois sur des bancs publics des vieux dinosaures de quatre-vingts ans qui se tiennent par la main et qui s'aiment à ne plus savoir qu'en faire : ils témoignent de la fidélité de Dieu. J'admire la tendresse humaine extraordinaire qu'ils vivent.

À cet âge-là, ils ne baisent plus comme des castors. Ce n'est plus le sexe qui les réunit, c'est quelque chose d'incompréhensible qui s'appelle l'amour. Ces anciens-là savent que l'amour est un risque et un combat.

Pourriez-vous trouver un curé ?

Aux Galeries Lafayette, il n'y a pas longtemps, les membres d'une famille commandaient le mariage de leurs enfants. Tout était enfin prêt. La salle, les décors, la robe de la mariée et les gâteaux, toute la cérémonie était organisée… Ils sont rentrés chez eux et, brusquement, se sont aperçus qu'ils avaient oublié un détail. Ils téléphonent aussitôt au grand magasin : « Dites donc, pourriez-vous trouver un curé pour nous marier ?… »

Auparavant, nos jeunes se préparaient au mariage en trois mois. « Il faut que cette préparation dure un an », ont annoncé les évêques. Je suis entièrement d'accord avec eux sur ce point. Et même, je pense que ce délai est encore trop court. Nous rencontrons de plus en plus souvent des couples qui veulent se marier à l'église, après avoir vécu un désert spirituel de vingt ou vingt-cinq ans. Je vais devoir gratter pendant des heures. Dieu n'existe plus pour eux, et subitement ils demandent une cérémonie religieuse.

On la fait, leur cérémonie, mais en se disant : « Le sacrement, ils n'y comprennent que dalle ! L'Église, ils s'en foutent, sauf pour une heure. » Nous restons hypocrites, nous les curés, par rapport à ces cas-là.

Un diacre qui préparait des couples au mariage religieux me disait un jour : « Dans mon diocèse, 50 pour cent des mariages religieux sont probablement nuls. » Benoît XVI lui-même s'adressant le 25 juillet

2005 aux prêtres du diocèse d'Aoste, a ouvert une perspective en s'interrogeant sur la question suivante : administrer le sacrement à des mariés « sans foi » peut-il constituer un motif d'invalidité du mariage ? Bien vu, Benoît !

L'Église a un office spécial qui peut annuler le mariage, qu'on trouve dans chaque diocèse.

Une bénédiction sans sacrement

Que faire face à ces candidats « sans foi » qui demandent le sacrement ? Deux solutions. Dire aux couples : « Vous ignorez l'essentiel de l'Église et de sa vie, et encore plus l'Évangile. Revenez plus tard. » Mais ils ne reviendront jamais. Ou bien jouer l'hypocrite et les marier… en attendant l'échec. J'arrive à une troisième solution qui me semble la meilleure pour le temps d'aujourd'hui.

Un couple vient me voir pour son mariage. Je discute longuement avec ces amoureux. Je m'aperçois que leur culture religieuse est proche du néant depuis l'adolescence. Ils pratiquent… pour les enterrements et les mariages familiaux ! Éventuellement, ils assistent à la bénédiction des Rameaux, c'est-à-dire au premier quart d'heure de la messe, et se barrent ensuite.

Je leur dis : « Je ne vous donnerai pas le sacrement de mariage. Mais je vais vous offrir une bénédiction nuptiale au cours d'une belle cérémonie de prières, de chants et de silence », ce que je fais. Aucun échange des consentements, évidemment. Simplement une bénédiction pour leur dire que l'amour conjugal, c'est pour la vie. Et que Dieu les aide à le vivre. Souvent, avant la bénédiction, je baptise leur marmot. Et je précise pour les gens de la noce qu'il n'y a pas de sacrement mais une belle bénédiction. À la fin de la cérémonie, je les prie de me revoir s'ils désirent le sacrement : un seul couple est revenu pour le recevoir. Je préfère cette formule qui ne fait pas de moi un hypocrite.

L'Église n'a pas à s'adapter aux mœurs laxistes du temps, mais doit conformer sa liturgie à la pauvreté religieuse des gens. Les rejeter, c'est les condamner à quitter l'Église. Avoir conscience de leur fragilité, c'est vivre la compassion du Christ, c'est-à-dire marcher à leur pas, sans compromission, sans hypocrisie… mais sous le regard d'amour du Christ.

Pour la plus grande aventure de la vie

Un fait m'a fort éclairé. À l'aéroport d'Orly, un mec me saute dessus. Beau gosse, cravate, la trentaine. On a peu de temps. Soudain il me révèle sa souffrance, décelable dans ses yeux. « Je viens de divorcer, c'est dur. Un coup de foudre, et tout a été embarqué en six mois. Deux ans après, elle s'est barrée avec mon gosse.

– Tu es ingénieur, tu dois sans doute faire des stages pour t'améliorer dans ton métier, lui dis-je.

– Exact, j'ai déjà fait dix ans d'études. »

Je le regarde partir et sauter dans son avion. Je me dis que, pour la plus grande aventure d'une vie, l'amour, il n'a donné que six mois de son temps. À son métier, il a consacré dix ans de sa vie, et les stages continuent.

Face à un amour raté, que pèse la plus belle profession du monde ?

Il faut préparer les gosses à l'histoire d'amour de leur vie. Si les parents vivent cette histoire pleinement, les enfants sauront qu'elle vaut tout l'or du monde !

La souffrance des divorcés remariés

Un malaise grave est au cœur de nos assemblées eucharistiques, qui concerne les divorcés remariés. La communion leur est officiellement refusée. C'est une souffrance très forte pour eux. Le peuple de Dieu n'est pas con. Il connaît assez son caté pour savoir que le Christ est venu d'abord au secours des pécheurs. Donc, des divorcés remariés, si l'Église les considère comme tels. Mais comment traiter de pécheurs la femme ou le mec abandonnés lâchement, qui se remarient après le divorce ? C'est indigne. Comment un prêtre peut-il repousser publiquement la main tendue pour la communion quand cette main est celle d'un(e) divorcé(e) remarié(e) qui a été abandonné(e) lors d'une première union ?

Quand une femme se fait avorter, si elle se confesse, elle est pardonnée. Un(e) divorcé(e) remarié(e), non. Ce malaise s'amplifie, car les divorcés remariés butent contre des pratiques sacerdotales contradictoires. Certains prêtres leur refusent la communion. D'autres laissent le couple libre d'aller chercher dans les mains du prêtre non une récompense, mais une force pour tenir face à un échec conjugal qui est toujours une déchirure. C'est mon cas. Il serait temps que l'Église ajuste son tir pour une pratique miséricordieuse et cohérente.

Puisse l'Église puiser dans l'Évangile la puissance de pardon du Christ et ne pas enfoncer de clous supplémentaires dans le cœur des couples qui se sont séparés. Elle donnerait un sacré oxygène à ceux que son attitude asphyxie souvent religieusement.

L'eucharistie n'est pas une récompense, mais une force.

Je bénis de plus en plus des divorcés remariés. Je ne les juge pas. Je les écoute. Dernièrement, voir les larmes de ce couple de sexagénaires divorcés, que je bénissais à leur demande, est une grande joie. Je rejoins alors la joie du Christ qui avait un amour préférentiel pour tout pécheur.

Le baptême

Des couples m'interpellent régulièrement pour me demander mon avis sur le baptême de leur enfant. Ils ne savent pas s'il faut ou pas le leur donner. « Il n'est pas en âge de comprendre… Nous ne pouvons l'obliger à une pratique religieuse qu'il n'a pas librement choisie… Il vaudrait mieux qu'il l'adopte quand il sera plus grand… » C'est l'affirmation à la mode. Affirmation dont les parents ne sont pas si convaincus, puisqu'ils me demandent mon avis.

Par ailleurs, j'entends des jeunes de quinze ou seize ans me dire : « Guy, est-ce que tu peux me débaptiser ? On m'a baptisé quand j'étais petit sans me demander mon avis. Je refuse ce baptême ! »

Je rétorque généralement : « Écoute, ça t'a été donné avec la grâce de Dieu. Mais si tu t'en fous, la grâce de Dieu dort en toi, et on ne va pas t'arracher la peau du front à cause du baptême que tu as reçu sans ton avis. »

On n'est pas chrétien tout seul

J'en reviens à l'interrogation des parents sur le baptême de leur enfant. Je réponds toujours : « Vous allez porter toute votre attention à déceler rapidement les dons de votre gosse et réunir vos forces pour l'aider à les développer. Comment admettez-vous d'éveiller ce qu'il y a de meilleur pour votre enfant, à sa place (puisqu'il n'a pas l'âge encore de pouvoir et de vouloir), en laissant de côté le spirituel, sous prétexte qu'il choisira, décidera lui-même au moment voulu, en ce domaine ? »

On dirait, chez beaucoup de parents, que seule compte l'armature physique, intellectuelle, affective. « Le spirituel, on verra plus tard... C'est son problème. Nous n'avons pas à décider, ça lui appartient à lui seul. »

Effectivement, l'union à Dieu est quelque chose d'intérieur, de personnel. Mais ça se guide... ça se développe... grâce aux autres. On n'est pas chrétien tout seul. On naît dans une communauté. La première étant la trinité d'amour : l'homme, la femme et l'enfant. Cette communauté doit aider ses membres à pousser dans toutes les dimensions, spirituelle comprise... Le catéchisme les mettra sur la route du Christ.

L'efficacité mystérieuse de quelques gouttes d'eau

Pour les fils ou les filles des jeunes loubards, pas de problème de baptême. Je suis curé, donc je dois baptiser leurs marmots. Je le fais volontiers en ne sondant pas trop la réalité religieuse des parents. Pour eux, d'abord, c'est le sacrement de l'amitié (parce qu'ils me connaissent et m'aiment bien) qu'ils entendent faire passer en priorité à leur progéniture.

Je leur explique bien qu'au-delà de l'amitié qu'ils me portent, les trois personnes de la Trinité vont envahir leur gosse et former un élément très précieux pour sa croissance spirituelle future. Ils le croient sans bien le comprendre. Mais je sais toutefois qu'ils connaissent souvent Dieu mieux que nous, chrétiens, par la croix, la souffrance qu'ils ont subies très jeunes.

Un jour, un de mes anciens voulait absolument que je baptise son gosse. Je l'ai fait. Et puis, comme je lui demande au micro pourquoi il veut ce sacrement, je l'entends crier : « Parce que, Guy, tu es mon Dieu ! »

Les vieilles sautent en l'air.

« Mais enfin, Manolo, je suis simplement le serviteur de Dieu ! Pas Dieu !

– Non, tu es mon Dieu, parce que tu m'as appris des valeurs très importantes. Et je les transmettrai à mes enfants. »

Il est incroyant, athée, mais les valeurs humaines que je lui avais inculquées m'avaient déifié à ses yeux.

Ils sont l'Église des pauvres et donc proches de Dieu. Je ne dis pas qu'il faille baptiser à la lance à incendie les jeunes d'aujourd'hui, tout de suite après leur naissance, sans discussion, sans réflexion ! Mais j'ai peur que des chrétiens, et parfois des prêtres, cherchent à bâtir une Église de purs et de durs, en ne décidant du baptême qu'après maintes interrogations, enquêtes, réunions.

Des tas de questions très chouettes sont posées par les parents mais, en même temps, ils se méfient dans ce dangereux climat ambiant où compte seulement ce qui est matériel, palpable, sûr, concret, efficace, visible.

Apparemment, rien de concret ni de palpable dans le baptême ! Pourtant, quelle efficacité mystérieuse ont ces quelques gouttes d'eau versées sur un front quand on croit au mystère du sacrement, à l'attention spirituelle qui anime sa réception, à la communauté immense qui ouvre ses bras au baptisé.

Et surtout, le palpable dans la vie des jeunes, c'est le catéchisme vivant que seront leurs parents. Incarner leur foi dans l'amour et la présence sera le vrai et le seul signe qui authentifie le baptême de leur gosse. S'ils sont à la messe le dimanche et se comportent en requins le lundi, alors le baptême risque un jour d'être renié par leurs gosses.

Veillez sur son trésor

Je ne saurais trop recommander aux parents, après le baptême, un certain suivi. C'est un devoir. S'ils font baptiser leur enfant et ne pratiquent pas eux-mêmes, s'ils traînent leur enfant au catéchisme comme ils le traînent chez le dentiste, à quatorze ans l'enfant leur dira : « Je me casse, cette religion, je n'y comprends rien. »

Alors, vivez avec lui le trésor religieux que vous voulez lui transmettre ! Priez avec lui. C'est une grâce. Ce sont des moments qu'il n'oubliera jamais. Parce que le Seigneur est là, vraiment.

La crise religieuse des ados est rituelle. Seules les valeurs religieuses qu'on leur a transmises, petits, resteront vivantes si nous sommes, adultes, des vrais témoins du Christ.

La confirmation

Je me souviens de la confirmation qui nous était systématiquement imposée sans qu'on en perçoive le véritable sens. Une petite claque dans la gueule par l'évêque, après une onction sur le front. C'était sympa, mais on n'y comprenait presque rien. Je préfère que les jeunes d'aujourd'hui demandent eux-mêmes à recevoir ce sacrement pour vivre la force de l'Esprit-Saint en eux. Ce sacrement est très puissant. Ils sont des milliers d'adolescents à le demander chaque année.

Faire fructifier ses dons

On parle beaucoup du Christ, et du Père qui a tout créé, mais pas assez de l'Esprit-Saint.

Nous avons tous des dons. Je veux parler de nos dons humains, strictement humains. Dès la naissance, les parents s'aperçoivent que leur enfant est doué pour la musique, le dessin, les sciences ou la gymnastique. L'adolescence permet de les révéler encore mieux.

Dans certaines familles, je remarque quelquefois que l'un est doué en mathématiques, que l'autre se referme comme une huître dès qu'il s'agit de chiffres alors qu'il est très fort en français. J'étais personnellement un cancre infini en maths. En revanche, en français j'étais plutôt doué. Pour bavarder en classe aussi j'étais imbattable, l'Esprit-Saint m'avait envoyé un don vraiment très fort pour m'exprimer. Mes maîtres, n'ayant pas le même Esprit-Saint sans doute, passaient leur temps à me dire de la fermer. Ma mère m'a souvent rappelé que, déjà dans mon berceau, j'émettais des borborygmes incompréhensibles... J'étais, paraît-il, le seul de la famille (parmi quatorze frères et sœurs) à m'exprimer debout dans mon berceau.

L'adulte peut se découvrir des dons à n'importe quel âge.

Des retraités se révèlent doués pour la sculpture, le dessin ou la danse. Toute leur vie, ils ont trimé sans savoir qu'ils avaient un don artistique. C'est assez fréquent.

Les situations particulières peuvent aussi éveiller des dons. On voit des tableaux réalisés avec les pieds par des personnes handicapées des mains à la suite d'un accident ou d'une maladie, d'autres tiennent leur pinceau dans la bouche et réalisent des peintures extraordinaires.

La prison peut révéler aussi des talents insoupçonnés. J'ai vu un mec particulièrement démuni devenir un génie de l'informatique à l'occasion de son incarcération.

Les sept dons de l'Esprit-Saint

Les dons du Saint-Esprit sont liés entre eux. L'accueil d'un don dans sa vie spirituelle entraîne la progression des autres. S'il vous en manque un, ils vous manquent tous.

À tous ceux qui ont la foi et qui placent leur confiance dans le Seigneur, l'Église offre les sept dons sacrés. Quels sont-ils ?

Le don de la crainte : pas celui du châtiment en enfer, mais celui de perdre l'Amour de Dieu. Il développe un esprit d'abandon et d'adoration.

Le don de piété : aimer Dieu à fond la caisse par la prière, par la louange, par l'élan de cœur à cœur. Quand on est sûr de Son Amour, la prière jaillit absolument, même dans l'ombre, même lorsque l'on a des périodes de trouble.

Le don de conseil : nous en avons besoin plus que jamais. Ce don est primordial dans notre monde où le relativisme dominant tend à persuader que tout se vaut. Ainsi pourrions-nous faire tout ce que nous voulons comme nous le voulons… puisque tout se vaut. Le sens du péché devenant flou, en cas de faute, on se donne l'absolution très volontiers. Benoît XVI dénonce cette grave tendance au relativisme.

Le don de force : à partir du moment où l'on sait quelle route on doit prendre, la force arrive. Le don de force en entraîne beaucoup d'autres : la foi, la maîtrise de soi, la confiance, le conseil. Lorsque je dois affronter une situation difficile, et c'est quasiment mon quotidien, je prie l'Esprit-Saint pour qu'il me donne la force et surtout la maîtrise.

Le don de l'intelligence : il s'accorde avec la parole de Dieu. Il faut savoir lire l'Évangile. Accueillir la parole, l'assimiler et la comprendre. Une grâce particulière nous est donnée. C'est un guide très puissant. Heureusement l'Église est là pour éclairer les pages difficiles. Croyez-moi, je n'étais pas un surdoué, mais j'ai une connaissance enrichie par plus de quarante-cinq ans de sacerdoce… Ma tâche de prêtre est de m'accrocher à l'Évangile, de le traduire par mes mots et de le « lire » à travers la vie des plus pauvres.

Le don de connaissance : il nous apprend que Dieu seul peut nous combler. Vous savez comme la vie peut être difficile et belle. Nous sommes limités et déchirés par l'éphémère, par le relatif. Nous avons besoin du don de connaissance pour nous adresser au Seigneur et Lui demander qu'Il remplisse notre vie.

Enfin, le don de sagesse : aimer Dieu comme Il nous aime. C'est une prière que l'on devrait faire chaque jour. À ceux qui me demandent comment aimer, je réponds : « Demande d'aimer comme Dieu nous aime. » Nous pouvons aimer selon le cœur de Dieu à condition de le demander. Et l'Esprit-Saint vient à la rescousse.

Dociles au souffle de Dieu

Faites avec vos dons, exercez-les dans leur plénitude, demandez au Seigneur ce que vous devez faire lorsque vous occuperez tel emploi ou telle fonction.

La sagesse consiste à se regrouper pour discuter des options d'avenir. Je me souviens de cette famille qui avait demandé à l'Esprit-Saint de la conseiller : le père était sous-directeur, il devait passer directeur. S'il restait à son poste actuel, il aurait moins d'argent mais plus de temps et de disponibilité pour sa famille.

L'éclairage de sa femme et de ses enfants lui permit d'agir en sagesse et de ne pas sacrifier son foyer à sa carrière. Quand je revois ces jeunes adolescents maintenant devenus adultes, je suis émerveillé. Le père, au lieu d'un travail dévorant, a préféré être présent auprès de ses enfants et de sa femme.

La puissance des dons du Saint-Esprit est au-delà de ce que l'on peut imaginer. Dieu nous appelle à vivre de Sa vie. Nous sommes constitués de chair, d'os et d'organes, mais le baptême et la confirmation ancrent en nous un organe surnaturel qui soutient nos aptitudes humaines. Sans les dons du Saint-Esprit nous aurions bien du mal à être dociles au souffle de Dieu.

LE SACREMENT DES MALADES

L'extrême-onction n'est pas le sacrement des morts, mais celui des vivants souffrants. Ce sacrement a été institué pour ceux qui souffrent dans leur corps, leur cœur ou leur esprit.

Proche des malades, comme le Christ

L'Église, à la suite du Christ, a reçu la mission de se faire proche des malades. Dans l'Évangile, on voit le Christ vaincre toutes les maladies. Il va jusqu'à guérir la belle-mère de Pierre.

Le Christ était très proche des malades. Un paralytique avait l'habitude d'attendre qu'un bouillonnement se produise dans une piscine sacrée juive, une ou deux fois par an. On disait que, si l'on s'y jetait à ce moment-là, on était guéri. Mais le pauvre paralysé attendait depuis trente-huit ans. Le Seigneur le voit et lui lance : « Allez, lève-toi et marche ! »

Le sacrement des malades apporte parfois une rémission importante. Il peut apaiser aussi. Quand la mort n'est plus très loin, on ressent le besoin de partir en paix. Parfois, il guérit complètement, ce qui est rare. Le pardon des péchés accompagne aussi le sacrement des malades.

Dans beaucoup de paroisses se tient une célébration communautaire du sacrement des malades. C'est l'occasion de vivre une solidarité concrète entre malades et bien-portants. Je rends hommage à tous ceux qui engagent leur vie auprès des souffrants : aides-soignants, infirmières, médecins, visiteurs et équipes pastorales des hôpitaux.

Tim et les champignons

Je connaissais un vieillard de quatre-vingts ans qui montait à cheval de façon extraordinaire depuis quarante ans. Il avait un don prodigieux auprès des animaux. Il s'appelait Tim. Alors qu'il ne pouvait plus sortir de chez lui, je suis allé le saluer et il me dit : « Guy, donne-moi l'extrême-onction. » Mais je n'avais pas le matériel. Il insista.

J'ai fait quelque chose qu'on ne doit pas faire normalement. J'ai pris de l'huile d'olive et je l'ai bénie. Normalement, c'est l'évêque qui doit procéder à ce geste. Je ne pouvais pas manquer ce moment. Je lui ai donné le sacrement des malades, qu'il appelait l'« extrême-onction ». Il m'appela le lendemain : il courait comme un lapin et allait chercher des champignons ! Il avait retrouvé la santé, le moral et l'appétit des champignons. Il est mort récemment, après six ans de rémission.

« La soutane arrive, je vais crever… »

L'extrême-onction, dans le passé, ça voulait dire : « On va crever, vite, allons chercher le curé. » D'ailleurs, pour ne pas effrayer le mourant, on appelait le curé juste après le dernier soupir. Parfois, la mort arrivait en même temps que le prêtre. Quand j'étais petit, j'avais accompagné un curé pour une extrême-onction. Le malade lui dit : « Je ne savais pas que j'étais si mal. »

Aujourd'hui c'est différent. Je ne dis pas que tous les gens le reçoivent joyeusement, mais c'est le sacrement des vivants. Hier, il était donné sur le lit de mort, aujourd'hui il est personnel et communautaire. Dans les paroisses, les gens souffrants ou âgés se réunissent. C'est un sacrement qui peut être renouvelé plusieurs fois.

Une aide puissante pour affronter l'épreuve

Le catéchisme de l'Église catholique précise que l'onction des malades s'applique à un fidèle en danger de mort ou simplement malade par suite d'affaiblissement physique ou de vieillesse. Si un malade qui a reçu l'onction retrouve la santé, il peut en cas de nouvelle maladie grave la recevoir une deuxième fois. Il est approprié aussi de recevoir l'onction des malades au seuil d'une opération importante.

Il faut démystifier le côté magique du sacrement. Ce n'est pas un médicament, plutôt une aide puissante pour affronter l'épreuve. Beaucoup de gens se sentent apaisés. Dans la bouche des malades, on entend des mots comme : « C'est une joie, c'est une paix, une force du Seigneur. »

Le Seigneur rejoint tout être. Parfois, il se produit une vraie conversion. Paix et joie sont des mots qu'on entend souvent. Quelqu'un me disait un jour : « Je pensais aimer Dieu, mais j'ai découvert avec le sacrement des malades que Dieu m'aime. »

« Maman, tu seras ce soir à la maison »

Dieu exauce parfois dans le temps et l'espace, au-delà de ce que l'on peut imaginer. Ce sont Ses sourires. Je vais vous confier l'un d'eux.

Depuis mon jeune sacerdoce, j'avais quitté mes parents. Leur accord était total : « On t'a donné à Dieu. Va vers les autres », m'avaient-ils dit. De temps en temps, j'allais me réchauffer dans le nid familial. Mais si rarement. Par contre, j'écrivais beaucoup à ma mère. De sa belle écriture, elle me répondait toujours. Maman m'a tellement marqué, comme mes quatorze frères et sœurs. Elle symbolise pour moi cette phrase que je trouve superbe : « Une mère, c'est si beau que même Dieu en a voulu une. »

Mon père mort, elle restait pour nous le symbole de l'amour et de la miséricorde. Âgée, elle allait une fois par an à l'hôpital. Je fonçais à tire-d'aile de Paris à La Rochelle pour passer quelques heures auprès de son lit. Et je priais souvent Dieu d'être là quand elle partirait.

La dernière fois, alors qu'elle avait quatre-vingt-dix ans, j'avais quitté Paris pour la rejoindre. La semaine précédente, les nouvelles n'étaient pas bonnes. En arrivant, je sentis que l'agonie commençait et pourtant, bizarrement, j'étais tranquillisé. Le mardi, d'un seul coup, sans que je sache pourquoi, pressé de la voir, je fonce à son chevet. Plusieurs de mes frères et sœurs étaient là. Quelques minutes auparavant ils étaient partis chercher une autre sœur. Il y avait eu une rémission ce matin-là. Les nouvelles que l'infirmier m'avait données étaient les suivantes : « Votre mère tente de parler depuis cinq à six jours. » Mes frères et sœurs ne comprenaient pas ce qu'elle disait. Sans cesse elle voulait parler, mais elle se fatiguait énormément. L'infirmier avait été formel : « Deux minutes chacun, c'est tout ! »

Je refuse et décide de rester avec elle nuit et jour, s'il le faut. Je lui demande : « Écoute, maman, tu veux revenir à la maison, c'est ça ? » Je vois qu'elle ouvre les yeux. Je continue : « Maman, ouvre bien les yeux et ferme-les deux fois pour oui. » Ce qu'elle a fait. Pour confirmation, je lui dis : « Serre-moi la main » et de sa seule main validc, elle a nettement serré. J'ai répondu : « OK, maman, tu seras ce soir à la maison. » Elle s'est apaisée.

J'étais seul et, d'un seul coup, me vint l'impulsion de la bénir : « Je te bénis, maman, pour tout l'amour que tu nous as donné. Il est passé en nous et nous n'aurons de cesse de le redonner. » Elle est morte à cet instant-là. J'avais soixante-huit ans mais j'ai pleuré comme un gosse.

Deux heures après, comme je le lui avais promis, elle était à la maison. Morte, mais à la maison. En entrant dans le jardin, je vis les mésanges qu'elle aimait tant. Les oiseaux grappillaient les graines qu'elle avait fait mettre dans des corbeilles.

Ces dix minutes dans une année passées auprès de ma mère et son départ en quelques instants sont un sourire de Dieu. Le fameux « Demandez et vous recevrez » est parfois exaucé de façon vertigineuse. C'est une grâce de voir sa mère mourir et de la prendre dans ses bras.

7

Notre peuple nous fait prêtres

Ce que les loubards m'ont appris

Je suis prêtre d'abord. Ma mission est spirituelle avant tout. Toute mon action éducative est sous-tendue par cette mission que l'Église m'a confiée : annoncer à toute personne, et d'abord par ma vie, la Bonne Nouvelle du Christ.

Quand je me trouve devant un cas « impossible », je ne baisse jamais les bras. Je me sens comme un aventurier cherchant avec ses mains un trésor. Je creuse sans me lasser. Mes mains parfois s'écorchent, elles sont à vif, mais je continue, l'espoir au bout de mes doigts. C'est toujours à ces moments-là que le bulldozer de la foi agit, venant du côté où je ne l'attendais pas.

Incarner mon sacerdoce dans une tâche profondément humaine, c'est rejoindre le Vagabond de l'Amour et de l'Espérance qui, depuis mon enfance, m'a fasciné. C'est aussi comprendre que c'est notre peuple qui nous fait prêtres.

Derrière la cuirasse

Si je ne croyais pas à la formidable présence de Jésus-Christ dans ma vie et dans mon action, si je ne me pensais pas à son côté, perceur de murailles, il y a longtemps que le désespoir m'aurait gagné. On ne vit pas impunément dans la violence, la haine, l'inquiétude à fleur de peau sans qu'elles nous atteignent. Dieu seul, nageant dans les eaux immensément calmes de l'amour, de la sérénité, de la paix, reste la bouée que j'attrape dès que j'en sens la nécessité. Elle est toujours à la portée de ma main. Je le sais, et j'en use.

Rester le sacrement de l'amour vivant, telle est ma préoccupation. Ne pas manquer une seule seconde d'apporter, à tant d'êtres demandeurs, cet amour qu'ils cherchent sans fin, insatiables qu'ils sont dès qu'ils en aperçoivent la lueur.

Amour parfois fort, parfois brutal. Ils savent parfaitement distinguer, derrière la dureté de mes propos, le poids d'affection fraternelle. Car sommeille en eux une immense demande d'être aimés et reconnus, derrière une cuirasse épaisse bâtie à force de nuits dehors, de coups, de trahisons.

Ils connaissent Dieu mieux que moi

Témoin de Jésus-Christ, je dois l'être ; prêcheur, jamais, au milieu de ce peuple de jeunes. Je sais depuis que je vis avec eux l'extraordinaire et seule possibilité de faire connaître Dieu : ne pas En parler, mais essayer seulement de Le vivre à fond la caisse.

Les croix fleurissent en tatouages plus ou moins

esthétiques sur les corps de mecs, quand les filles ne s'y mettent pas elles aussi. De magnifiques crucifix décorent parfois la poitrine de taulards, assortis de cette mention : « Il a souffert avant moi. » Certains prisonniers, bien au-delà de l'image tatouée sur leurs corps, découvrent Jésus-Christ et en vivent avec une intensité qui m'a parfois bouleversé.

Écoutez Pascal qui m'écrivait de sa prison de Nîmes : « Avant d'être incarcéré, je priais Dieu. Je savais qu'il y avait Dieu. Mais je ne voyais Jésus que comme Son fils, un crucifié qui avait eu mal. J'ai appris à comprendre que le Christ était mon frère. Frère de cœur, frère de misère. Qu'il avait vécu ce que nous vivons : humilié, avili, non respecté, diminué… Il a compris ce qu'étaient injustice, intolérance, mensonges, égoïsme, mesquineries, haine… Et peu à peu je me suis imprégné de cette image : c'était un ami, un compagnon. Il avait vécu ce que j'apprenais à découvrir. Il avait pensé que tout le monde l'abandonnait. Alors Dieu qui m'apparaissait froid, lointain, statique, m'est apparu, à travers Jésus-Christ, un être de chair, de sang, capable de sourire et de pleurer, de serrer les dents, capable d'humour aussi. J'ai appris à passer mes journées avec Jésus, à lui raconter des choses, et une complicité s'est établie. Bien sûr, parfois, j'avais l'impression qu'il était immobile. Mais j'ai compris que c'était à moi d'aller vers lui. Il m'appelait depuis si longtemps sans que je le sache. »

Lire leurs bras…

Je regardais son bras nu. De nombreux tatouages s'y étalaient, une longue cicatrice et deux plus petites, en forme de crevasses. Et je revoyais des milliers d'autres bras. Des déchirures partout, qui sautent aux yeux.

Lire leurs bras, c'est lire la souffrance de leur vie. Tout est inscrit dessus.

La femme du prisonnier qui, lasse d'attendre, annonce son départ avec le gosse en envoyant un dernier adieu ; le copain qui balance et allonge les mois ou les années de détention, déjà si lourds ; une lettre terrible des parents condamnant, enfonçant, disant : « Tu n'es plus notre fils » ; une simple réflexion de tel copain de détention qui a humilié son codétenu devant les autres ; le juge qui n'en finit pas depuis des années de faire attendre, de pinailler durant des heures d'audition sur des détails et qui remet à plusieurs mois la suite de l'interrogatoire ; enfin, l'attente insupportable du jugement, qui hante les jours et surtout les nuits.

Tout cela couture leurs bras, les entaille. Tout cela est signe.

Mes mains ont beau être intactes, elles portent leurs cicatrices à eux. Si je n'ai pas enduré leurs souffrances, elles sont comme passées mystérieusement en moi. Je souffre tous les jours en les côtoyant, en vivant avec eux leurs angoisses, leurs désespoirs. Mais, je sais (souvent sans pouvoir le leur dire) que, il y a deux mille ans, un autre a vécu tout cela avant nous.

Le mystère de la Croix est le mystère quotidien dont je suis le plus proche. « Un prêtre est fait pour souffrir », m'a dit un jour un vieux prêtre. C'est vrai. Je l'ai vérifié.

Gérard

« Gérard a reçu une balle dans le ventre. Il est à l'hôpital. Il te demande. » Je fonce. Ce visage de vingt-quatre ans, je le connais depuis longtemps. Depuis huit ans exactement. Enfance manquée, adolescence bousillée au fil des rues, des centres et des prisons parisiennes.

Pour chacun des jeunes que je fréquente, c'est la même histoire. Je ne m'y habituerai jamais.

Les sept fois où je suis allé le défendre, j'ai vu sept présidents du tribunal raconter le gâchis de cette vie en formules d'habitués, de blasés !

« Votre mère est partie alors que vous aviez dix ans. Votre père buvait. Vous avez quitté l'école à douze ans. Vous avez commis votre premier délit à treize ans… Bon, passons au fait : pourquoi avez-vous… ? »

Le visage de Gérard, c'est le visage d'un crucifié.

Il avait décidé de travailler le lundi suivant, de se ranger enfin. Le dimanche soir, une rixe… pour une histoire idiote. Le mec d'en face n'a pas fait de détail. Il a tiré. La balle a laissé Gérard paralysé des membres inférieurs.

J'étais là à l'hôpital, après avoir été de multiples fois au parloir de Fleury, de Fresnes, de la Santé. Je serai là demain pour sa sortie. Je serai là après-demain pour tout appel qu'il me lancera…

À Dieu, Johnny…

Tu te souviens, Johnny, de ce bar où je t'avais vu pour la première fois ? Tu avais des cheveux blonds gominés et un blouson trop grand pour toi. C'était la cuirasse derrière laquelle tu cachais ta timidité. Tu étais venu camper avec des copains et ton père pas loin de notre ferme de Provence. On avait sympathisé et passé de bons moments ensemble avec tes amis. Tu étais heureux, insouciant, dragueur en diable et tu vivais à fond tes vacances. Tu ne savais pas, Johnny, que c'étaient tes dernières.

Ton visage est là maintenant devant moi, figé par la mort. Ils ne t'ont pas raté, les mecs qui te cherchaient des histoires pour une affaire de fille qui ne te concernait même pas. Ils t'ont interpellé en bas de l'immeuble où tu habites. Tu es descendu. Tu ne savais pas, dans l'insouciance de tes quinze ans, que ces jeunes allaient te tuer.

Ils t'ont frappé brutalement. Tu ne faisais pas le poids.

Ton père a tenu à ce que je t'enterre. Je vais le faire super-bien, cet enterrement. Par amitié pour toi, Johnny, et puis aussi parce que je sais que tu es vivant, que Dieu t'a déjà mis avec Lui, pour te réchauffer du feu de l'Amour qui ne s'éteint jamais.

Comme il va être dur pour moi, Johnny, de t'accompagner en terre après une dernière prière et dire les mots pour que chacun des assistants se souvienne que tu as laissé des traces.

J'ai accompagné tant de tes frères, à Paris, à leur « dernière demeure », comme on dit. Morts brutales, presque toujours accompagnées de sang, de haine ou de désespoir : parfois aussi, morts au moment même où le bonheur apparaissait enfin.

Guy

Guy était un dur que sept ans de prison avaient cimenté dans la crainte et le refus d'accorder sa confiance. Ses yeux étaient deux morceaux de glace d'un bleu profond. Il ne souriait jamais, ne parlait que rarement.

Trois ans d'amitié l'avaient apprivoisé. On était devenus amis. Il réparait toutes les bagnoles à une vitesse qui me stupéfiait. C'était son talent et sa fierté. De ça, il pouvait parler. Il était imbattable.

À tout appel pour ma voiture en panne, il venait dans l'heure qui suivait. Un jour, il arrive et brièvement me demande de baptiser son fils nouveau-né. Il est fou de joie. Enfin, le bonheur. On convient d'une date. Il part très vite. Il a rendez-vous. Dix minutes plus tard, on m'avertit qu'il s'est fait descendre. « Règlement de comptes », m'a dit un des policiers au cours de l'enquête de routine. « Quand ils s'entre-tuent, ça nous évite du travail. On arrête l'enquête.

– Ça, c'est l'oraison funèbre d'un tueur », ai-je répliqué au policier avant de tourner les talons.

Jean-Claude

Jean-Claude a traîné sa misère dans le quartier de la Villette, avec, très tôt, la rencontre de tous les loubards du secteur. La prison, très jeune, l'a englouti. Il n'en sortait que pour y rentrer.

De santé fragile, il avait des crises d'épilepsie, qui le laissaient en quelques minutes inconscient dans les rues ou les bistrots où il passait le plus clair de son temps. Il a été trouvé noyé dans le canal de l'Ourcq, tout proche de chez lui.

Seuls les chevaux l'intéressaient. Sa santé ne lui a jamais permis de vivre sa passion équestre. Alors, l'alcool et les médicaments avaient constitué son seul univers.

Bob

Bob avait une gueule de vedette de cinéma. Je me demandais parfois comment il pouvait supporter d'être aussi beau. C'était un vivant au sourire enjôleur et insouciant, doux et impulsif à la fois. Il bouffait la vie et avait toujours derrière lui une cohorte de filles et de copains qu'il entraînait dans son sillage. Il avait un sens inné des autres. J'ai toujours été étonné de sa capacité à comprendre les êtres qu'il rencontrait, alors qu'il avait connu un vide affectif dingue dans sa famille, qu'il fuyait sans cesse.

Mêlé par hasard à une histoire de chantage, il s'est jeté, une nuit de solitude et de désespoir, du quinzième étage de son immeuble. Il aurait suffi, ce soir-là, qu'il puisse se confier à n'importe qui. C'est à seize ans que la vie apparaît le plus belle… mais c'est à seize ans aussi qu'elle peut être jetée dans le vide, brutalement, sur un coup de tête.

Francisco

Francisco était un poète loubard. Ainsi se définissait-il. Lui et ses trois frères, mineurs comme lui, passaient la moitié de leur temps dans la rue, et l'autre en prison.

Je les défendais les uns après les autres. J'ai passé un sacré temps à aller les voir à Fleury, à les soutenir au tribunal ou à les faire sortir de taule.

Francisco était passionné de littérature : Verlaine, Maupassant, Flaubert. Sa deuxième passion était de chiper des portefeuilles aux puces…

Un jour, il m'expliqua qu'avant de partir au « travail », c'est-à-dire se mêler à la foule, il travaillait l'agilité de ses doigts. C'étaient, avec ses jambes, ses « outils » les plus précieux. La cellule qu'il rejoignait régulièrement l'apaisait provisoirement. Il ne la détestait pas, car sa vie de voleur ne lui laissait que peu de temps à consacrer à la littérature et à la poésie, me disait-il. Il avait en plus un instinct assez sûr pour me confier toujours, peu avant une arrestation qu'il pressentait, ses poèmes favoris pour que je les lui apporte en prison.

Un soir, armé pour la première fois, il est interpellé par des policiers, avec un de ses complices. Désarmé, il se rend. Il est arrivé… mort au commissariat, une balle dans le dos. Le rapport de police a conclu au suicide ! Bizarrement, son copain algérien a été expulsé dans les huit jours…

À Dieu, Gérard, Johnny, Jean-Claude, Bob, Francisco… Je serais intarissable si je ne m'arrêtais pas maintenant. Ce que je sais, c'est que vous, jeunes de la rue, vous avez des talents assez extraordinaires. C'est le jour où vous rencontrez quelqu'un qui vous porte dans son cœur et dans ses tripes que ces talents explosent. Vous avez simplement besoin, pour qu'ils surgissent, d'oreilles, de cœurs, de mains tendues.

Une âme de pauvre

Plus je vis avec ce peuple, plus je sens le poids écrasant de mes richesses, moi qui au fond ai tant reçu. Il me faut chercher à acquérir une âme de pauvre.

Après tant de misères, le moindre geste les rend reconnaissants et les emplit d'un grand bonheur. Dix mots sur une carte régulièrement envoyée et choisie spécialement les font fondre. « J'ai pleuré de joie, tout seul dans un coin de ma cellule, quand j'ai reçu ta carte. Elle m'aidera, tu sais, chaque fois que je la regarderai », m'écrivait Yannick.

Un certain nombre de ceux qui m'ont écrit m'ont certifié que là où l'idée de suicide s'était installée, l'espérance a pris rendez-vous, balayant toute idée de mort.

Il faut si peu pour avoir envie de vivre. Il faut se savoir aimé, simplement. Ne croyez pas que les milliers de mecs et de filles à qui j'ai écrit en taule foncent me voir dès la sortie. Il leur suffisait juste de savoir qu'un être les aimait quelque part.

J'ai constaté qu'offrir le minimum à celui qui appelle à l'aide, c'est parfois l'empêcher de se détruire. Pour un pauvre, le moindre geste a souvent une importance capitale et décisive.

Hélène, une Vendéenne sexagénaire, qui écrit avec passion et une régularité absolue aux prisonniers, mentionnant bien sûr son adresse « poste restante », est celle qui leur fait croire à l'amour au plus haut niveau. Ils savent qu'ils ne la connaîtront jamais. Mais ils portent un véritable culte à cette femme aux mains durcies par le travail, sans savoir que, sa lourde journée terminée, elle s'attelle tous les soirs à cette correspondance bourrée d'écoute, d'affection, de tendresse.

Quand on a tout perdu, quand on n'est rien, quand on n'a droit qu'au mépris, qu'au rejet, une présence, même lointaine, peut apporter la seule chose qui comble l'âme du pauvre : se sentir rejoint dans sa pauvreté.

Si on ne travaille pas à acquérir cette pauvreté, on ne comprendra jamais rien.

Si tu ralentis

Si tu ralentis, ils s'arrêtent.
Si tu faiblis, ils flanchent.
Si tu t'assois, ils se couchent.
Si tu as des doutes, ils désespèrent.
Si tu critiques, ils démolissent.
Si tu marches devant, ils te dépassent.
Si tu donnes la main, ils donneront leur peau.
Et si tu pries, ils seront des saints.
(Texte trouvé sur le bureau d'un prêtre)

Curé de campagne

Les chasseurs étaient tapis dans la garrigue provençale à l'affût de quelques sangliers. La brume matinale envahissait les sommets. Soudain les cloches du village sonnèrent à toute volée…

Non pas le glas funèbre annonçant la mort, mais les cloches joyeuses de l'église, celle de la chapelle, fêlée, et les cloches de Rome qui jaillissaient de notre sono.

C'était au cours de la première messe dominicale que je célébrais à la chapelle de Rougon, proche de la Bergerie.

Un des chasseurs m'a confié quelque temps plus tard : « On s'est tous assis sans se concerter, saisis par la mélodie des cloches, au point de laisser filer un beau sanglier. La brume faisant caisse de résonance, on entendait parfaitement. C'était la vie qui revenait dans notre village, sous la forme de l'appel joyeux de nos cloches. Merci, curé, j'espère que ce ne sera pas exceptionnel. »

Voilà trente-six ans que ça dure…

L'évêque et les sept anciennes

Peu après notre arrivée dans les Alpes-de-Haute-Provence, l'évêque de Digne vint nous rendre visite. Il s'extasia devant la ruine, juste achetée, et fut conquis par l'équipe des jeunes, ardents et trépidants. Ils lui donnèrent du « monsieur » et surent tout de suite que c'était mon « patron ». J'en ai eu quatre autres depuis.

L'évêque me confia la paroisse de Rougon désertée depuis longtemps, le curé du coin ayant un immense secteur à desservir. En accord avec ce dernier, j'assume une dizaine de célébrations par an, depuis près de quatre décennies.

Devant les sept premières paroissiennes qui, à petits pas, se dirigeaient vers le temple où je célébrais pour la première fois la messe, nous ne nous doutions pas alors de l'aventure humaine et religieuse qui allait suivre.

Le peuple aujourd'hui déborde. Il a fait de moi un curé de campagne heureux. C'était mon rêve d'enfant. Sous mes yeux émerveillés de vieux gosse de soixante-quinze ans, je vis aujourd'hui, avec quelle allégresse !, ce que je désirais tant à l'âge de treize ans !

Anciens, touristes, jeunes et adultes m'apportent la richesse et la force que tout prêtre peut acquérir quand il est lié à une terre, à un lieu, à un peuple et à son évêque.

À l'écoute du peuple provençal

Ce peuple m'a appris à partager son histoire, ses joies, ses peines, ses doutes et son espérance. Il m'a enseigné combien la France manque de prêtres disponibles pour partager autre chose que l'heure réservée à la liturgie dominicale.

J'ai lu dans le registre paroissial du village cette belle histoire…

Un pasteur est resté dans la mémoire des plus anciens de Rougon : le père Victor Sébastien Gaudemard, curé de Rougon durant cinquante-quatre ans. Émouvante écriture que la sienne quand sa plume virile, jeune, ardente, note fermement sur le registre, le 9 février 1875, la mention de la sépulture d'Euphrosine. Son ministère débutait. Cinquante-deux ans après, c'est la même écriture, mais cahotante, trébuchante, hésitant longuement pour inscrire le baptême de Marie, le 17 novembre 1927 – son dernier acte pastoral.

Un mois plus tard, le 16 décembre 1927, une autre écriture virile trace bellement la mémoire de l'inhumation du père Victor Sébastien Gaudemard, mort subitement. Le père Geoffroy enterre son prédécesseur et restera trente ans curé de Rougon, jusqu'en 1957.

Depuis cette date, le curé de Castellane, surchargé, venait de temps à autre célébrer l'eucharistie et assurait surtout l'office des funérailles. D'où sa réflexion désabusée : « Je suis l'homme des glas : 90 pour cent de mon temps dans cette paroisse se passe à célébrer les enterrements. »

Je m'inscris à ma façon dans cette lignée : « Un prêtre par village ». Lignée qui a fait l'histoire religieuse de Rougon. En 2007, dans le diocèse de Digne très étendu, on compte cinquante-sept prêtres dont vingt-cinq en exercice. Je vénère les prêtres qui travaillent là avec la même passion. Petit troupeau, immense champ à ensemencer. « J'évangélise le macadam », me confiait l'un d'eux avec humour en me chiffrant les heures de route nécessaires pour aller d'une paroisse à l'autre.

Les prêtres d'alors avaient sans doute leur « harem mystique », des saintes femmes proches d'eux, assidues à tous les offices. C'est le seul beau reste qui se maintient encore aujourd'hui, et heureusement. Vilipendées souvent, ces « mamouchkas » entretiennent la foi qui fout le camp chez les autres.

Avec la désertification des campagnes et le départ des adultes, depuis cinquante ans, pour chercher gîte et pitance dans les villes du Sud, la foi avait disparu ou presque du village. Les enfants et petits-enfants reviennent réchauffer leurs racines dans la maison de leurs ancêtres quelques semaines par an. Alors la population du village, de quarante habitants l'hiver, se multiplie par dix l'été.

Un événement fondateur

En 1974, une vieille Rougonnaise, Mme Constantin, me confia un jour à la sortie de la messe : « Pourriez-vous refaire la procession de la Saint-Christophe le dernier dimanche de juillet ? J'aimerais tant la revoir avant de mourir. »

Je m'enquis de l'origine de cette fête qui datait de plusieurs centaines d'années. Quelques mois plus tard, elle renaissait. J'ai le souvenir inoubliable de la joie des anciennes réunies dans l'église où sonnaient les cloches à toute volée. Avec elles, je refis la procession, s'étirant au milieu de la lavande jusqu'à la chapelle, située à quatre cents mètres. C'était un rite pédestre et ancestral. Depuis, je m'y suis tenu religieusement.

Sur le même parcours, voir sous le scintillement des étoiles une foule de plusieurs centaines de personnes chantant l'« Ave Maria » de Lourdes en faisant vaciller la lumière d'un cierge était joie profonde pour tous. Mme Constantin et ses six copines jubilaient.

Quelques mois plus tard, tout joyeux, j'allai lui porter l'album des photos de la procession retrouvée. L'octogénaire venait de mourir quelques heures auparavant. Je mis les photos de son rêve réalisé sur son cercueil et je bénis cette sainte femme, auteur d'un acte fondateur.

Cet événement, chaque année, permet à tout un village et à ses environs de revenir à une source chrétienne forte. Aujourd'hui, la procession rassemble tous les habitants, quelles que soient leurs idées politiques ou religieuses, ou même leur incroyance.

J'invite chaque année un évêque à présider la fête. De l'archevêque d'Alger à un prélat du Vatican, ces éminences découvrent un peuple et son histoire. Les loubards savent très vite les mettre à l'aise lorsqu'elles sont guindées. Les bêtes font le reste.

Voir débouler devant la chapelle, juste avant les cérémonies, l'équipe des jeunes de Faucon, toutes religions confondues, portant vêtements sacerdotaux, aubes d'enfants de chœur, croix et encensoir, est un régal.

Dieu doit se réjouir de voir Ses créatures Le louer, biffant durant un moment leurs différences religieuses.

Orthodoxes, protestants et parfois anglicans chantent le Dieu unique.

J'ai ajouté à ce retour aux racines chrétiennes traditionnelles l'apport de centaines de motards qui viennent honorer, sur leurs engins pétaradants, une fête religieuse dont ils se foutaient, au départ, comme de leur première mobylette. Conquis par ce folklore mi-religieux, mi-laïc, ils reviennent pendant deux jours tous les ans enrichir les festivités du village. Cette présence motarde qui date de vingt-six ans est particulièrement pittoresque. Et durable.

Les motards partent traditionnellement de Faucon le samedi soir, toutes sirènes hurlantes, montent vers le village, nid d'aigles et de vautours dominant les gorges du Verdon. Ils donnent un spectacle audiovisuel superbe, à la grande joie des villageois qui entendent de très loin les klaxons annonçant leur arrivée et le début des festivités.

Les deux-roues encadrent la procession religieuse nocturne et refont le même parcours le lendemain matin pour la grand-messe.

J'en ai vu cependant certains rester longuement dans la chapelle où, le samedi soir, le Saint-Sacrement est exposé. Rigolard, l'un d'eux m'a confié : « C'est ma seule messe de l'année. Je ne te dirais pas que je prends mon pied. Mais sache que, pour rien au monde, je ne manquerais ce défilé. »

Les gosses « déguisés » en enfants de chœur

Les sept vieilles mémés sont mortes. D'autres les ont remplacées.

Depuis le début de ce ministère bucolique et familial,

j'ai remarqué qu'elles venaient de plus en plus avec leurs petits-enfants. Sachant l'attrait mystérieux des gosses pour l'eucharistie, j'ai déniché dans la sacristie de vieilles aubes d'enfants de chœur. Les grands-mères ravies (autant que les gamins) acceptent de les « déguiser », à leur demande, dès qu'ils arrivent sous le porche du temple.

L'entrée dans la chapelle, accompagnée d'un super « Te Deum » lancé par la sono, est toujours solennelle et priante.

Une dizaine d'enfants s'avancent, tenant chacun un bouquet de fleurs qu'ils placent sur l'autel pendant l'encensement.

Peuple enfantin, fort religieux mais très nomade : on part brutalement du chœur pour faire un bisou à la grand-mère adorée ou me demander, en pleine messe, la permission d'aller faire pipi !

Sacrement de l'amitié

Vient à la messe qui veut. Mais le nombre de plus en plus grand des ouailles très contrastées qui emplissent la chapelle m'a permis d'inventer un geste qui, à l'intérieur du « sacrement de l'amour », l'eucharistie, est pour moi le « sacrement de l'amitié ».

Petit à petit, quelques orthodoxes, protestants, athées, bouddhistes et musulmans se sont pressés sous la nef. Saisis par la dimension familiale et priante de la cérémonie, des « paroissiens » de confessions différentes se sont approchés de l'autel pour recevoir la communion.

Impossible, évidemment, de leur donner l'hostie dont ils ne reconnaissent pas la divinité. Un pain non consacré, religieusement préparé et offert par le boulanger du village, m'a permis de faire participer ceux et celles qui désirent communier fraternellement avec l'assistance chrétienne.

Je passe donc dans les allées, dès la communion donnée, avec les enfants de chœur pour distribuer le pain de l'amitié. La main tendue par les petits, ravis et qui ont toujours les crocs, est un très beau moment. Plus émouvant est le geste de l'adulte recevant ce pain de l'amitié grâce auquel il sent qu'il n'est pas un étranger dans notre communauté.

Funérailles sous le ciel de Provence

Il m'est arrivé plusieurs fois que de vieux Provençaux me demandent de les enterrer. « Le plus tard possible, l'ancêtre ! » est ma réponse. Le seul problème, c'est qu'on ne fixe jamais d'avance le jour et l'heure de cette ultime rencontre.

Être là pour Marie-France, mongolienne adorée de sa famille, Ferrudjo, mari de la patronne d'un restaurant célèbre, et d'autres encore, ne fut pas facile pour moi. Il me fallut triturer un planning archiplein pour bondir participer à ce dernier rendez-vous où toute la population était présente.

Les hommes restaient religieusement dehors, selon une pratique qui ne faiblit pas. Un haut-parleur à l'extérieur leur permit de suivre la cérémonie.

Comme il fut bon de chanter la vie de Jeannot, que j'aimais beaucoup ! Boulanger depuis trois générations, taxi ensuite. Poète reconnu, il a écrit des vers inspirés, dédiés à cette terre rude et belle de Haute-Provence. Jeannot était une figure du village, un homme de la rencontre.

Comme j'aime, en de telles occasions, chanter à mon tour les vertus éminentes de ce haut lieu du Verdon et de ses habitants ! Rude, accueillant, peu bavard mais solidaire, ce peuple a son terroir dans le cœur et la peau. Il le défend avec la dernière énergie.

Là-bas, je vis la richesse d'une présence sacerdotale que je souhaite à tous les prêtres du monde. Sentir vibrer son peuple. En être le serviteur. Tisser mille liens dans les bars, les restaurants et les fêtes villageoises est, pour un prêtre, un cadeau du ciel. Son peuple lui rend alors au centuple ce qu'il tente de lui offrir.

S'il m'a permis, ce peuple, d'apprendre à célébrer l'eucharistie, il m'a d'abord montré, à travers chaque visage reconnu et aimé, qu'une des plus belles missions d'un prêtre est d'être là, disponible, révélant l'« invisible » par sa présence.

Oui, je suis un curé de campagne heureux.

Vagabond de la Bonne Nouvelle

Quelle joie, dans les premiers temps, lorsque toute la permanence de la rue Riquet s'élançait pour une tournée de conférences ! L'équipe partait souvent. Malles embarquées dans le camion, jurons habituels quand quelque chose coinçait ; Francis, qui profitait du moment précis où il fallait porter les caisses, pour aller pisser ; Pedro, qui supervisait tout, discrètement ; Michou, qui suivait sans un mot, les cheveux dans la figure ; et le petit dernier, qui regardait le tout, en portant ma sacoche.

Michel prenait le volant, sans oublier nos chiens qui bondissaient avant la fermeture des portes pour le grand départ. Gaby nous disait au revoir, elle restait sur place.

Aujourd'hui c'est plus calme, je pars avec mon adjoint, nous prenons le train ou l'avion, mais c'est toujours le même feu qui m'anime, le même désir de rencontres, de partage avec ceux qui m'attendent dans une ville lointaine.

Témoigner

Ça fait des décennies que nous nous déplaçons ainsi. Nous avons des débats passionnants un peu partout en France et parfois à l'étranger. Décortiquer, démonter les sources de la violence, crier partout que ceux que l'on appelle des délinquants ont droit à l'Espérance. Informer, pour faire réfléchir, nous a toujours semblé essentiel. Cela s'appelle : témoigner.

Témoigner, ce n'est pas donner des leçons aux autres. Nous avons tellement rencontré d'êtres étonnants dans le silence des faubourgs des grandes villes, de bourgades ou de villages reculés, au fin fond de la France, que ces échanges ne peuvent que nous rendre plus humbles dans notre action. Témoigner, ce peut être aussi « provoquer à l'espérance », débloquer la peur, faire ouvrir des portes.

Quand nous arrivons dans une ville pour une tournée, que l'on ait été sollicités par un organisme quelconque, religieux ou laïc, ou par une municipalité de gauche ou de droite, je demande toujours à rejoindre la communauté chrétienne du secteur. Prêtre et homme de la prière d'abord, je n'oublie pas la phrase de saint Paul : « Malheur à moi, si je n'évangélise pas. »

« Qu'est-ce qu'il va bien raconter ? »

Vivant le plus clair de mon temps avec les jeunes qui souffrent, je sais que la première évangélisation à faire, c'est de lutter à leurs côtés. Il m'est dur, souvent, de ne pouvoir explicitement leur annoncer Jésus-Christ. Je dois raconter cela au public. Souvent, pour nous accueillir, les prêtres du secteur nous proposent les églises progressistes de la ville. Je leur dis alors mes préférences : « Les communautés de type bourgeois. » Pourquoi ? Tout simplement parce que je préfère m'adresser en priorité à un peuple chrétien bien assis, ronronnant, installé dans une bonne pastorale d'ensemble, et une catéchèse souvent coupée de la réalité des injustices, de la misère des petits de leur propre ville.

Parfois, certains prêtres ont peur, s'inquiètent : « Qu'est-ce qu'il va bien pouvoir leur raconter ? » Aucune église ne m'a été interdite, mais parfois je sens qu'on craint que je choque. Crainte sans doute d'une provocation crue, sans concession, de l'Évangile.

Le visage du suppliant

Les chaises sont numérotées. Les billets sont déjà pris depuis longtemps dans cette bourgade belge proche de la frontière allemande.

C'est ainsi que ça se fait, alors. Je n'aime pas, mais je n'y peux rien. La salle remplie, les organisateurs prient les gens arrivés les derniers, debout, de se tasser au fond pour ne pas gêner…

« Tout le gratin de la ville est là », me souffle l'animateur, ravi. Après la présentation, je passe au montage audiovisuel sur les jeunes de la rue, quand un bruit persistant m'intrigue. Il vient du fond de la salle. L'animateur revient m'avertir que des motards éméchés ont envahi le fond du théâtre. La lumière jaillit. Un rempart de blousons noirs masque toute l'arrière-salle. L'un d'eux se détache aussitôt et vient me présenter un verre de bière sur scène. Puis il prend la parole.

« Qui êtes-vous venus voir ce soir ? Un curé en cuir, comme nous ! Lui, vous courez après. Nous, on reste de la merde. Chaque fois qu'on passe en ville avec nos engins, vous détournez le regard. On est venus l'écouter, nous aussi, parce qu'on l'aime bien. Il y a longtemps qu'on l'attendait. On aimerait bien que ça change quelque chose ici. Sinon, vous avez fait venir un clown et vous resterez aussi pourris qu'avant. »

La salle stupéfaite se tait. Inutile d'ajouter que le débat, ce soir-là, est lent à démarrer. Le motard défie l'assemblée du regard. Un audacieux ose enfin, timidement, me poser une question. D'autres suivent. Le motard me coupe la parole plusieurs fois pour répondre à ma place. Je me laisse faire, sans peur, et secrètement ravi de voir de bons chrétiens entendre des paroles qui sont miennes, à peu de chose près. Mais le message, ce soir-là, a une force inhabituelle. Ceux pour lesquels je vis ne sont plus les nouveaux « clowns » de service. Ils ont le visage du suppliant, c'est-à-dire de celui ou de celle qui supplie qu'on l'écoute, qu'on le regarde, que ce soit le malade, le prisonnier, le handicapé, l'étranger, le vieillard impotent, l'orphelin ou le marginal.

Ils sont les suppliants, ceux qui tiennent le dessus, ceux qui tiennent le haut du dialogue, ceux qui sont les envoyés de Dieu.

L'Église aux mille lucioles

Récemment, un journaliste m'interviewait. Il ne parlait que des lumières étincelantes : l'abbé Pierre, sœur Emmanuelle et Cie... Et, en prime, il me qualifiait de « grand témoin » de ce temps. Ce genre de compliment me hérisse le poil ecclésiastique ! Je suis un témoin au milieu d'une fourmilière d'autres, sans plus.

Les « lumières ecclésiales » mises en évidence ne doivent jamais masquer tant de chrétiens qui vivent l'Évangile dans le silence. Lors de mes tournées en France, je suis émerveillé par l'engagement, souvent ignoré, et la puissance évangélique cachée d'une multitude de témoins du Christ.

Ils n'apparaissent pas sur le petit écran. Ils n'écrivent pas de livres et ne donnent pas d'interviews... Ils forment l'Église aux mille lucioles qui brillent dans la désespérance des banlieues, au milieu de la souffrance des chambres d'hôpital, dans les bas-fonds des villes.

Elles ont pour nom, ces lucioles, Marie-Claire, recevant chez elle dans une HLM du XIXe arrondissement de Paris, depuis vingt ans, tous les jeunes perdus qui ne trouvent chez eux pour les accueillir qu'un réfrigérateur et une télé. Elles s'appellent Paul et Josette, qui viennent d'adopter un bébé mongolien, alors qu'ils ont déjà quatre enfants de leur propre chair. Elles se nomment sœurs Catherine et Magdeleine. Octogénaires, elles vont de leur pas lent, de jour en jour, visiter les anciens à qui ne reste au quotidien que la tendresse de leur chat dans leur immeuble cossu ou lépreux. Lucioles aussi Jean et Albert, prêtres-ouvriers, dont le sacerdoce, méconnu de leurs collègues, porte l'Évangile à travers les contraintes d'un travail dur et exigeant.

Elles ont aussi les beaux prénoms de Marie et Pierre. Infirmiers, ils ont demandé de soigner en priorité les jeunes de leur âge atteints du sida.

Il y a aussi Fernand et son équipe d'anciennes. Prêtre de paroisse, vivant dans un monde rural hostile et déchristianisé, perdu au fin fond de son diocèse, Fernand maintient, avec son fragile et fidèle petit troupeau, une présence d'Église.

Prions bien pour les figures de proue de l'Église actuelle. Ces témoins vivent le risque enivrant d'être brûlés aux feux de la rampe médiatiques. Et surtout le danger de ne voir qu'eux-mêmes ! « Tu parles trop de toi, Guy. Fais gaffe à ne pas cultiver ta propre image » est le type de phrase que je reçois dans les tibias de temps en temps. Faisons gaffe à ne pas être les arbres cachant la forêt.

Nous ne nous fourvoierons jamais tant que nous renverrons les spots qui, obstinément, s'accrochent à nous… vers les lucioles innombrables que sont les militants de l'ombre.

II

Aimer l'Église

1

J'aime l'Église

J'aime l'Église, par les lumières multiples qui illuminent tant d'êtres et de chemins.

J'aime l'Église, par la présence, d'abord, de tant de frères et de sœurs contemplatifs qui sont la preuve vivante, visible, de la force de la prière. Je quémande toujours leur prière comme un mendiant.

J'aime l'Église, par la présence de ce prêtre que je vénère parce qu'il fait une vingtaine d'enterrements par semaine, dans la chapelle qui jouxte un grand hôpital spécialisé pour cancéreux.

J'aime l'Église, par le combat de Djamel qui a dit « non » à un amour qu'il aurait aimé vivre, pour se lancer dans la bagarre au service de ses frères et sœurs déshérités de la banlieue.

J'aime l'Église, par le sens de la prière de Jean-Marc, ancien loubard qui fait oraison tous les jours. Il me parle du Christ quand je le vois, tous les six mois, tout de suite, toute affaire cessante, sans se préoccuper d'autre chose que de savoir si Dieu m'habite toujours avec la même force.

J'aime l'Église, par la présence aimante, humble et si forte de mon archevêque.

J'aime l'Église, par les multiples échanges ou lettres de chrétiens de tous les milieux. Comme c'est étrange qu'ils tombent toujours au bon moment, dans les heures les plus difficiles, comme celle-ci : « Votre dégaine pas possible à mes yeux de bourgeoise surprotégée, ça m'a parlé de la détresse du monde. Et votre discours d'amour, ça m'a parlé de la compassion de Dieu. »

J'aime l'Église, par ceux et celles qui comprennent qu'un homme nouveau vient de naître. Qu'il est né païen. Qu'il est immergé dans une culture sécularisée. Et qu'il est urgent d'apprendre sa langue, sa culture pour que l'Évangile l'aide à sortir de son désir effréné de tant posséder, et de son manque tragique de spiritualité.

J'aime l'Église, par la foule grandissante des chrétiens qui refusent que la Création soit souillée par nos résidus de repas sur les sentiers de montagne, l'air vicié par notre matérialisme égoïste et exacerbé, la terre et l'eau polluées, violées, tuées par nos innombrables déchets.

J'aime l'Église, par les parents qui acceptent l'enfant handicapé, cabossé avant de naître, comme don de Dieu inestimable.

J'aime l'Église, par la lutte quotidienne de tant de chrétiens et de chrétiennes qui refusent d'entrer dans la spirale d'un racisme larvé, journalier. Racisme fait de bonnes histoires ou d'expressions habituelles qui entretiennent, mine de rien, un rejet souterrain et inconscient de l'étranger.

J'aime ces chrétiens qui restent attentifs à ne pas véhiculer telle phrase xénophobe, qui ne détournent pas leur regard, qui ne se taisent pas devant l'insulte humiliante, dont ils sont les témoins.

J'aime l'Église, par le souci constant de ceux et celles qui refusent de diviser l'Église entre traditionalistes et progressistes, qui veulent laisser la porte ouverte à celui ou celle qui a la nostalgie du latin, comme à l'adolescent(e) qui veut exprimer ses préoccupations, ses rêves et ses attentes, à sa façon et en pleine eucharistie.

Pour tes multiples visages, Église… je t'aime !

Cul-de-jatte et bien dans tes pompes, boiteuse avançant à petits pas et à pas de géant, nous appelant sans cesse au plus haut, tu seras toujours à l'étroit chez toi. C'est hors de tes murs, sans barreaux, sans rendez-vous planifiés que tu rejoindras le plus sûrement les pieds nus de ton fondateur, au hasard des rues et des pas-de-porte.

Les petits, aimés au-delà du possible par un Dieu d'Amour ? C'est toi qui le leur diras, si tu sais être aussi pauvre qu'eux. Ou plutôt tu te tairas. Tes pas dans leurs pas suffiront. Les mots viendront ensuite.

Oui, je t'aime, Église, et je veux m'impliquer totalement dans ce que tu as d'éternel, sans jamais craindre, moi pécheur, de dénoncer tes manques et tes faiblesses, car ils sont aussi les miens.

Dedans et dehors

Pour vraiment aimer l'Église, il faut être dedans et dehors à la fois. Quand je la regarde de l'extérieur, je conteste ses lenteurs pesantes, son autosatisfaction, son triomphalisme, son cléricalisme et sa puissance. Durant des siècles, elle a usé d'anathèmes, d'interdits, de son pouvoir d'excommunication.

Elle continue à blesser, parfois très profondément. Elle continue à meurtrir les femmes, toujours laissées pour compte, à part quelques os à ronger extraits avec parcimonie du méchoui royal auquel seuls les hommes ont droit. Des femmes qui souffrent de constater qu'elles n'ont pratiquement pas voix au chapitre dans l'élaboration des orientations et des textes de l'Église, surtout dans les domaines qui les intéressent au premier chef, comme la procréation, la contraception, la morale sexuelle et familiale. L'une d'elles disait : « Les lois qui nous concernent, ce sont les hommes qui les font. Mais dans l'Église, c'est pire : ce sont des vieux et des célibataires. »

Elle a marginalisé et elle marginalise encore ceux et celles qui osent lui dire en face : « Église, tu te trompes. »

Elle reste, avec ses théologiens et ses hiérarchies, un guide indispensable, mais elle est souvent têtue, entière, ne laissant place qu'à un minimum de changement, refusant qu'on touche aux fausses sécurités qui l'habitent.

Elle aime les jeunes, mais elle n'a pas encore compris qu'ils s'ennuient ferme à la messe. Que pour eux l'obligation hebdomadaire est un « carcan », nos eucharisties trop lourdes et trop formalistes.

Elle doit revoir sa pastorale des divorcés. Un couple que je connais vient de se marier allégrement devant Dieu après que chacun eut déjà divorcé deux fois. Mais ils n'étaient jamais passés par l'Église. Donc cette démarche religieuse restait possible, quelles qu'aient été les infidélités précédentes. Formalisme, quand tu nous tiens ! Les divorcés ont besoin de l'amour de l'Église. Or ils ne se sentent pas aimés. Il faut que l'Église, par sa pastorale et son enseignement, ne les heurte pas, mais les conduise sur le sentier de l'accueil, du dialogue, de la tendresse évangélique et du partage eucharistique.

L'Église doit, face à l'argent, retrouver la virginité

des Béatitudes. Les liens du Vatican avec les financiers de tous les temps prouvent que parfois, pour l'Église, l'argent n'a pas d'odeur.

J'aime que le pape, sans cesse, recommande aux prêtres de ne pas s'impliquer en politique. Le métier de politicien implique en effet de séduire pour persuader et, évidemment, dominer. Le prêtre lui aussi veut convaincre, mais certainement pas pour plaire. Sa parole est un outil qui doit faire jaillir l'amour à chaque phrase. Parole percutante donc, forte, universelle, parfois dangereuse pour lui. Mais il s'en fout. Il ne transige pas avec la vérité. Sinon sa parole est vaine, valable seulement par un clan, et donc dérisoire. Un clerc qui ne garde pas ses distances avec la politique perd son intégrité. La Parole de Dieu est un glaive qui donne à l'Église une force redoutable à condition qu'elle proscrive la langue de bois, peut-être utile aux politiciens, mais pas aux prêtres.

Ceux et celles qui meurent à cause de cette parole – récemment, par exemple, les prêtres assassinés en Irak – qu'ils n'ont jamais voulu autre que Parole de Dieu, sont par leur martyre ceints de la pourpre cardinalice. On devrait la leur donner à titre posthume, au lieu de la conférer, parfois, à de vieux radadas d'évêques, experts en gérontologie pontificale !

L'Église n'a pas encore saisi ni mis en acte le fait que le christianisme est d'abord, pas exclusivement mais d'abord, la religion des pauvres et des esclaves. Elle garde encore le poids trop écrasant des biens, de la puissance et de l'argent pour le reconnaître et pour donner aux plus petits la mission de la guider.

Elle n'a pas le monopole de l'Amour. Elle le sait depuis peu. Elle ne le dit pas assez… Le Christ a mille manières d'être, hors Église, enfoui dans le cœur de tous et de toutes. Il reste que c'est par elle en priorité – mais pas exclusivement –, et avec la grâce qu'elle véhicule, malgré ses défauts, que passe le message évangélique.

La paroisse, lien universel

On y trouve de tout, dans l'Église. Des anciens et des jeunes. Des femmes et des hommes. Des lardons braillards et des mômes attentifs… Des célibataires et des couples. Des fidèles et des divorcés. Des bourgeois et des ouvriers. Des pécheurs qui l'avouent et d'autres qui le cachent. Des saints et des tièdes. Des mous et des forts. Des habitués et des passants. Ceux et celles qui ont leur place attitrée, qui arrivent à l'heure pour prendre possession de leur chaise (espèce en voie de disparition). Les uns sont toujours devant. Les autres préfèrent n'être pas loin de la sortie.

Certains anciens ont le culte de la forme (au curé de se munir de boulettes de mie de pain pour faire passer les arêtes verbales qui étranglent certains paroissiens).

Les jeunes, eux, s'en foutent. Ils attendent une parole vivante qui sort des tripes et les fera vivre. Les mômes écoutent et rien ne leur échappe si le prêtre a la grâce de leur parler, dans un langage aussi simple que les cœurs qui l'accueillent.

La prostituée (tant qu'elle ne sent pas peser sur elle l'œil égrillard et réprobateur de ceux qui ont pu la baiser la semaine passée) pourra arpenter les allées de l'église pour y trouver une place. À condition qu'elle trouve, bien sûr, les appuis nécessaires pour que son existence ne soit plus limitée à quelques mètres carrés de trottoir.

L'homosexuel aura sa place lui aussi, s'il sent que sa

sexualité n'est pas abordée par l'Église avec la tendresse d'un gorille. Chrétien, oui, il tentera d'assumer la difficulté de vivre une différence fondamentale.

Les saints, assoiffés d'eucharistie, savent trouver dans une messe le feu qui les consume. Ils seront les premiers à dire à leur prêtre et aux paroissiens que leur désir de Dieu a besoin de la sainteté de tous pour les réchauffer.

Les tièdes, eux, rituellement habitués à « leur messe », ne diront rien, pourvu que la liturgie les entretienne dans leur confort religieux. Plus la paroisse est tiède, plus le prêtre doit se poser de questions.

Le militant à la foi enracinée bousculera par ses interrogations le pasteur et la paroisse. Pour peu que le prêtre et ses paroissiens ne ressentent pas comme une agression chacune de ses interpellations ! Il ne décrochera jamais, mais se barrera ailleurs si l'eucharistie qu'il veut vivre est décollée de la vie, des petits et de son combat quotidien.

Le clochard de service, lui, est à la porte. Ce qui se passe à l'intérieur est vide de sens si les chrétiens se foutent complètement de sa vie de misère, de solitude, et se contentent de lui donner royalement une piécette. Reste l'immense peuple, dehors, qui n'entendra de la paroisse que le bruit des cloches, si ceux et celles qui s'y rassemblent, la messe finie, n'ont rien à lui dire ni à lui montrer.

La paroisse est un lieu universel, faites-la vivre en priorité, c'est là qu'il faut bûcher à fond le mystère de l'Église.

2

Mes six papes

Ils ont éclairé ma route de séminariste et de prêtre depuis mon entrée au séminaire en 1948.

Je leur ai été attaché sacerdotalement depuis quarante-cinq ans.

J'ai appris depuis mon enfance que le successeur des apôtres est un don de Dieu.

Un mystère de foi

Parfois, ce n'est pas facile à avaler quand surgit le nom de l'élu après la fumée blanche. Mais le choix est fait, et définitivement. L'Église est théocratique, pas démocratique. Voyez d'ici plus d'un milliard de chrétiens en train de voter ! Impossible.

Et puis, les papes sont un mystère de foi. Le Christ a dit à Pierre : « Tu es Pierre, et sur cette pierre je bâtirai mon Église. » L'Église est partie de là pour nous amener aujourd'hui à accepter et suivre Benoît XVI, son 264ᵉ successeur. Si l'on suit les poncifs des médias s'ébaudissant sur la jeunesse de Jean-Paul II, élu à cinquante-huit ans, et se lamentant sur Benoît XVI, apparaissant sur le balcon de Saint-Pierre nanti de ses soixante-dix-huit ans, on n'est plus sensible au mystère.

Face à une élection papale, les médias jugent l'homme simplement sur son parcours, son histoire, son âge, ses travers, son allure et ses manies, comme ils le feraient pour un homme politique. Un chrétien doit se garder de suivre de tels jugements. Le Christ veille mystérieusement sur chaque pape, chargé d'une énorme responsabilité spirituelle. Ces hommes ne sont pas élus par hasard au gré de votes « politiques », mais grâce au souffle de l'Esprit qui, au cœur de l'histoire, va leur inspirer la route à suivre et les porter face aux écueils inhérents à leur mission.

Il y eut au cours de l'histoire de réelles bagarres autour des conclaves. Le miracle, c'est que l'Église, jusqu'à aujourd'hui, soit restée vivante, forte, signe pour les temps. Avec des hauts et des bas, bien sûr.

Le signe du Christ vivant

Les papes sont dès leur élection le signe du Christ vivant, champion de la vie, de toute vie.

Gros, filiforme, petit ou grand – leur apparence extérieure n'a aucune importance. Ils ont été, au cours de l'histoire, des hommes éminents par leur science théologique, leur spiritualité, par leur conduite de l'Église.

Du traditionnel au progressiste, ils doivent endosser toutes les sensibilités de l'Église du monde entier. Des mille et une cultures qui font la richesse du monde, ils ne doivent en préférer aucune à une autre dans leur magistère. À eux de tirer le meilleur de cet ensemble, sans en peloter une en particulier. Ils sont des hommes de l'universel.

Le Christ mort et ressuscité est le dogme auquel ils

croient. Ils ont le devoir sacré de le dire au monde. Ils ont l'attention aiguisée par les déchirures de la chrétienté au cours de l'histoire. La charge d'unifier l'Église autour du seul Christ et de sa Bonne Nouvelle est lourde, complexe. Maints périls les guettent.

Aussi forts que fragiles

Aller plus loin en respectant les religions non issues du Christ est à la mesure d'un athlète de haut niveau. Trouver en certaines d'entre elles des vérités qui nous manquent et les mettre en valeur est un sport d'équilibriste.

Aller chez l'autre, à la mosquée ou à la synagogue, sans compromettre la doctrine ecclésiale, est une nouvelle pratique pour les papes. C'est un signe des temps, une des plus grandes avancées de nos dernières décennies.

Accepter que chacune de leurs paroles sera pesée, décortiquée, voire déformée, est un risque majeur pour eux. Ils l'acceptent. L'Esprit-Saint est là. Ils le savent, ils croient en sa force. Cela les rend aussi forts que fragiles, aussi intrépides qu'humbles, aussi ardents à devenir des êtres de lumière pour dire contre vents et marées un Dieu trinitaire.

Leur trip de tous les instants, c'est surtout d'annoncer un Dieu incarné, qui nous fait vibrer de Son Amour et de Sa miséricorde. Enfin, les papes ne perdent pas de vue les plus fragiles, les plus petits, les souffrants, les oubliés et les plus pauvres. Ils ont lu la vie du Christ, surtout le vingt-cinquième chapitre de saint Matthieu. Ils tentent de faire passer ce message au monde quand des personnes, des groupes ou des États sont attaqués, écrasés ou rejetés. Même si leur parole est parfois trop diplomatique, ils dénoncent les tares, les dérives des sociétés. Ils se doivent d'être, au nom du Christ, des hommes au verbe clair, direct et sans concession.

Un athée me disait un jour : « En regardant bien les papes depuis des décennies, j'admire les hommes prestigieux qu'ils sont, malgré leurs différences. Comment, si ce n'était pas le cas, l'Église tiendrait-elle ? » Chapeau, l'athée ! J'aimerais que tous les catholiques puissent avoir le même jugement vis-à-vis de leurs papes.

Les silences de Pie XII

Pie XII était le pape de mon enfance. Beau gosse, hiératique, il émerveillait mon adolescence de séminariste par l'air de grandeur et de noblesse qu'il dégageait. Le procès qui lui est intenté aujourd'hui sur ses silences face à l'holocauste, dont il n'a pas su sans doute dénoncer l'horreur, a fait de lui un pape critiqué, fragilisé devant l'histoire. Il n'a pas été un prophète. Par ses silences, il a certainement voulu éviter une persécution accrue contre l'Église. L'histoire dira s'il a eu raison. Il a fait cependant avancer l'Église par sa puissante spiritualité dans un temps de tempête extrême.

Incontestablement les papes qui ont suivi ont su parler en termes forts pour dénoncer les dérives du monde afin de l'éclairer.

Mais quelle responsabilité ont-ils sur les épaules ! Comment peut-on désirer être pape quand on sait le poids de leurs paroles et de leurs actes, surtout en ce temps où les médias, qui ne sont guère favorables à l'Église, sabotent allègrement son message ?

Jean XXIII et Paul VI ouvrent les fenêtres

Jean XXIII et ses rondeurs ont enchanté l'univers. Son avènement reste pour moi l'événement spirituel le plus important du siècle. Par le concile Vatican II, ce pontife, soi-disant de transition, a été l'initiateur prophétique de l'ouverture de l'Église et du renouvellement de son rapport au monde. Finis le catéchisme appris par cœur, les vêtements anachroniques des prêtres et des religieuses ! Mais, surtout, Jean XXIII nous a fait goûter le renouveau de la lecture des Pères de l'Église et de la Bible. Et il a fait éclater la bulle de l'Église, enfermée sur elle-même. C'était enfin le curé du monde. On l'a vu quand le monde entier a veillé son agonie. Face aux critiques, son « Laissez piailler les moineaux » reste pour moi toujours d'actualité. Il parlait avec des mots simples qui allaient droit au cœur. Son passage à la barre de Pierre reste d'une actualité brûlante. À un évêque qui lui posait la question du pourquoi de ce concile, il a ouvert la fenêtre de son bureau en répondant : « Faites entrer du vent frais dans l'Église. »

Paul VI a suivi le vieux pasteur tant aimé en mettant en place la lourde machine ecclésiale de Vatican II. Sa fragilité apparente n'avait rien à voir avec la bonhomie de Jean XXIII, mais il est sorti de Rome, enfin ! Le monde ne contemple plus le Vatican comme un bastion lointain. Les pas des papes sillonnent l'univers aujourd'hui. Leur message n'est plus envoyé seulement des quarante hectares du Vatican, mais sourd du monde entier. Rien de tel pour semer la fraîcheur de l'Évangile et suivre les pas du Christ, vagabond de la bonne nouvelle.

Jean-Paul Ier au doux sourire apparaît ensuite. Un peu plus d'un mois sur le trône de saint Pierre, et il s'envole pour l'éternité.

Jean-Paul II, premier de cordée

Jean-Paul II nous arrive alors. Inédite personnalité. Sa phénoménale présence scénique, sa capacité à saisir par la parole et le regard ont marqué croyants et incroyants. Je l'ai suivi lors de six JMJ. Grâce à son charisme auprès des jeunes, il nous a entraînés sur les routes d'Amérique, de Pologne, de France, d'Espagne et bien ailleurs.

Ces rassemblements ont réchauffé mon sacerdoce. Impossible lors de ces immenses transhumances juvéniles, de ne pas être saisi par la joie, l'allégresse des jeunes du monde et par leur foi. L'intrépide pasteur a de puissantes racines dans le cœur de la jeunesse chrétienne. J'en vois les effets partout. Combien de vocations ont fleuri suite à ces rassemblements !

Premier de cordée, il nous a appelés au plus haut et au plus noble. Ses paroles nous ont fait vivre. Il est mort devant nous, il nous a appelés vers l'éternité en souffrant devant le monde entier jusqu'au bout.

Je l'ai rencontré deux fois. Célébrer avec lui au Vatican a été une grâce. Notre court entretien ensuite m'a fait découvrir l'homme et surtout le mystère que tout pape incarne. Je l'ai revu à Lourdes avec mon équipe. Il était sur sa chaise roulante. Il nous a reçus alors qu'il ne pouvait plus parler. Chacun d'entre nous a été regardé et béni par ce vieillard qui s'en allait vers Dieu. Ce moment reste gravé pour toujours dans nos mémoires.

Les souffrances de Benoît XVI

Benoît XVI a suivi avec un charisme tout autre. « On va écouter Benoît XVI alors qu'on allait voir Jean-Paul II », est un dicton populaire vérifié. Il ne skie pas et ne part pas en montagne comme Jean-Paul II. Professeur durant quarante ans, il n'a pas la trépidance de son prédécesseur, ni ses talents d'orateur : il a été élu à soixante-dix-huit ans. Aller vers les foules n'est pas son trip. Mais il avance à petits pas avec son beau regard doux et humble. Plusieurs tempêtes l'ont assailli. Son règne est celui de la souffrance.

Il veut ramener les intégristes dans le sein de l'Église ? L'affaire Williamson perturbe cette volonté d'unir. Il veut parler de la foi et de la raison à Ratisbonne ? Une phrase malheureuse fait échouer son désir de rassembler. Il part au Cameroun délivrer un message percutant pour les Africains ? Le terme « préservatif », lâché dans l'avion lors d'une interview, efface ses paroles superbes. Les médias du monde entier s'acharnent autour d'un mot.

Enfin la révélation du silence de l'Église couvrant les blessures criminelles faites par certains prêtres est la plus récente des tempêtes, et la plus terrible. Il se doit à chaque voyage de rencontrer les victimes de prêtres indignes.

Calvaire pour ce vieil homme qui a su au cours de cette terrible épreuve affirmer haut et fort que « le péché est au cœur de l'Église », et non dans les médias qui ont fait leur boulot en dénonçant l'indicible.

Son humilité

Je l'ai rencontré deux fois. Invité par les Gardes suisses au Vatican, j'ai pu partager la vie de ces serviteurs du pape. J'ai pu visiter les jardins où les papes vont méditer, portant leur charge immense jour après jour. C'était un rêve d'enfant. Mettre mes pas dans les allées préférées de chaque pape était pour moi une joie secrète. Le commandant de la Garde me les indiquait. Je marchais en priant pour les six papes que j'ai portés dans mon cœur d'adolescent, d'adulte, et maintenant de vieillard. Les Gardes m'ont invité ensuite à rencontrer celui qu'ils servent avec tant de dévouement. Moment chaleureux face au doux vieillard que sa mission n'écrase pas. C'est le mystère qu'incarnent les papes que je contemple chaque fois. Cela me permet de prier pour eux plutôt que d'écouter les critiques acerbes dont parfois les chrétiens se repaissent.

J'ai revu Benoît XVI lors de la visite que lui faisait le président Sarkozy au Vatican. Au bout des couloirs flamboyants, c'était un pauvre homme, successeur de Pierre, qui nous recevait. Son humilité reste gravée en moi.

Guider l'humanité vers l'invisible

Chaque pape doit être un visionnaire tout en assumant un quotidien lourdement chargé de tâches multiples. Puisse-t-il, avec la puissante équipe qu'il préside, ne pas s'enfermer dans une solitude où l'Esprit-Saint serait à l'étroit, étouffé.

De plus en plus, le monde d'aujourd'hui perd notre

Dieu. L'homme en blanc a le devoir de guider l'humanité vers l'invisible. Quel qu'il soit, il en reçoit la grâce.

C'est à chaque eucharistie qu'on supplie Dieu de l'aider. Nos prières le porteront infiniment plus haut que nos critiques.

3

Mes quatre évêques

Je reçois, un jour, cette lettre d'un évêque : « Si quelqu'un est démuni, c'est bien un évêque ! Plus maladroit encore que beaucoup d'autres car il ne rencontre le concret que rarement en direct et sans filet. » Humble, cette lettre… mais que l'évêque d'aujourd'hui se dise coupé, ignorant de la vie de tous les jours, c'est dingue !

Les pieds nus d'un Jésus allant de route en sentier, les douze apôtres morts d'avoir annoncé la Bonne Nouvelle, où sont-ils aujourd'hui ? Ce sont les mêmes, mais avec filets et garde-fou.

Quatre diocèses

Le 3 juillet 1965, nous étions trois prêtres à être ordonnés ensemble à La Rochelle : Jean-Pierre, Jean-Charles et moi-même. Une grosse tête, Jean-Charles. Bardé de diplômes, il avait déjà tout pour être évêque : l'onction, la diplomatie, l'intelligence. Moi, j'avais tout pour être au milieu des loubards : l'impertinence, l'amour de l'exclu, la joie du risque au nom de l'Évangile.

J'étais là, dans le stade comble d'Agen où Jean-

Charles recevait l'onction épiscopale. Et je méditais joyeusement sur mes quatre diocèses.

Le premier, celui de Saintes et de La Rochelle, est le lieu de mon entrée au séminaire. Neuf ans de séminaire m'ont offert un rude berceau pour mon enfance sacerdotale avant le départ pour la guerre d'Algérie.

L'appel impérieux qui m'a tout fait donner, à treize ans, pour le service de l'Église reste aussi frais soixante-deux ans après. La joie de ma jeunesse reste la joie de ma vieillesse. Je la dois à cette terre charentaise de mes ancêtres qui m'a modelé de façon indélébile, dans l'amour de l'Église.

Des maîtres exigeants m'ont préparé, sous l'autorité d'un règlement très strict, à être d'abord un passionné de Dieu au service d'un peuple encore inconnu.

Le diocèse d'Alger a été mon deuxième amour. Cette guerre atroce à laquelle je n'étais pas préparé, j'y ai été précipité. Terre torturée et fascinante, qui m'a fait quitter les marais brumeux de la Saintonge pour un pays brûlé par le soleil et laminé, depuis tant d'années, par des soubresauts apparemment interminables. Cette terre, je l'ai quittée dans les larmes quand Mgr Duval m'a demandé de partir pour Paris. L'obéissance m'a conduit à retrouver la France que je ne connaissais plus.

L'accueil remarquable des prêtres de Paris, mon troisième diocèse, a permis d'intégrer l'« immigré » que j'étais dans un immense champ que je laboure depuis si longtemps. J'ai une reconnaissance immense pour mes évêques parisiens qui m'ont permis de donner ma pleine mesure au service de loubards, dont le premier m'avait vrillé le cœur à Blida.

Mon quatrième amour est le diocèse de Digne. La Bergerie de Faucon, où tant de jeunes revivent, se situe sur la terre superbe des Alpes-de-Haute-Provence où je l'ai implantée en 1974.

Qu'ils sont lointains et toujours affectionnés, les marais charentais où je pensais tout donner au service des chrétiens !

Qu'il est lointain et si proche à la fois, le djebel algérien, où vivre uniquement avec des musulmans était (je le pensais) le destin de ma vie sacerdotale.

Qu'elles sont terribles et pleines d'espérance, ces rues parisiennes où de la violence naît l'amour et où je vis enfin ma vocation prioritaire.

Elle est sourire de Dieu, cette paroisse provençale qui sent bon le thym et la lavande.

Quatre diocèses. Quatre amours.

Travailler seul est suicidaire. Travailler sans l'accord de son évêque, c'est supprimer la clef de voûte qui tient tout l'édifice.

Du cardinal Duval à André Vingt-Trois en passant par François Marty et Jean-Marie Lustiger, j'ai ressenti grâce à eux une force pas possible dans mes années de luttes quotidiennes pour faire reculer la misère, la haine, le désespoir. Ils ont toujours été là pour « m'envoyer », me raffermir ou me secouer les puces. Ils semblent loin… ils sont proches. À chacun sa place.

Pour des crosses intrépides et joyeuses

Un prêtre, un jour, me disait que leur jeune évêque (cinquante-cinq ans !), juste élu, était formidable. Je lui demandai pourquoi, il m'a répondu : « Il fait plus de soixante réunions par mois pour connaître son diocèse… » Interloqué, je pensais à cet évêque allant des chrétiens aux religieuses, des prêtres aux séminaristes… et ne voyant que l'élite des choyés, des nantis, des gorgés d'Évangile.

« Les pauvres, on ne les réunit pas… On va vers eux, là où ils sont. » Mais nous, chrétiens, n'avons-nous pas tendance à toujours plus ou moins enfermer nos évêques dans des personnages publics, administratifs ou autres ? Ne les empêchons-nous pas, par nos silences ou nos refus de les interpeller, de franchir les barrières qui les ouvriraient au monde de tous les jours ?

Que les évêques aillent de plus en plus, à Noël, célébrer les eucharisties dans les prisons, c'est la preuve que l'interrogation de saint Matthieu – « Quand j'étais en taule, es-tu venu me voir ? » – est vécue de plus en plus à la lettre. Mais que l'évêque aille régulièrement voir un prisonnier dans la prison de sa ville, ce serait mieux… Ce serait se mouiller sans caméra ni photos… Il pourrait peut-être aussi accueillir le prisonnier une fois libéré et comprendre, à travers un bout de vie avec lui, l'immense détresse de tous les autres.

La tâche de l'évêque d'aujourd'hui est si belle et si difficile à la fois. On lui demande tout. Un contact personnalisé et amical avec chacun de ses prêtres. Les multiples réunions qui lui feront découvrir le visage aux mille facettes de ses futures ouailles. Du traditionnel au progressiste. De l'enfant catéchisé au vieillard.

Un enseignement sûr pour affermir, consolider, dynamiser son peuple. Une parole nette et sans détours, pour dire Dieu aujourd'hui. Puiser dans l'événement qui soulève d'horreur ou de joie les hommes et les femmes, pour appeler à la miséricorde ou à l'action de grâces. Mettre en évidence les questions sociales cruciales de notre temps pour fournir un sens au combat des chrétiens immergés dans le monde.

Être un « semeur », un « éveilleur », un « baroudeur » et un « vivant », voilà ce qu'on demande bellement à son nouvel évêque. Surtout être un humain proche, très proche.

Pas facile d'être évêque. Mais « appelé », l'élu aura toutes les grâces pour porter haut et ferme, humblement et fortement, tendrement et sans faiblir, cette crosse qui fait de lui le pasteur d'un peuple. Soutenons notre évêque et aimons-le pour que sa crosse soit intrépide et joyeuse.

Un « bulldozer » de l'Église

Je voudrais rendre hommage ici à un des plus grands hommes d'Église du XXe siècle : Jean-Marie Lustiger. « Lulu », comme on l'appelait, je l'ai connu en 1971, quand il était curé de Sainte-Jeanne-de-Chantal. Nous étions à table, un jour, et, chose amusante, j'étais coincé entre les deux futurs archevêques : lui et André Vingt-Trois.

Jean-Marie Lustiger avait un caractère entier. C'était un homme d'action, tenace, courageux. Il était parfois railleur. Ses intimes n'en parlent pas trop : il avait des colères homériques, mais c'est normal d'avoir des colères. Il était rude aussi. Fallait le savoir et ne pas s'en offusquer.

Il agaçait – certains prêtres ne l'aimaient pas –, mais il touchait aussi. C'était un entraîneur, un premier de cordée.

Remarquablement intuitif, il avait une intelligence planétaire, liée à un extrême dynamisme. C'était un chef, plein de dons immenses et de défauts rugueux.

Quand je voyageais en Europe, les curés me disaient : « Il n'est pas un peu stalinien, votre Lustiger, non ? » Il fallait comprendre qu'il avait une ligne dans sa mitre et dans sa crosse, et qu'il s'y tenait.

Il y a dix-huit ans, j'ai écrit un article pour *La Croix* où je suggérais qu'on intègre des hommes mariés dans l'Église. Le journal parut et, deux jours plus tard, Jean-Marie Lustiger m'appelait :

« Enfin, Guy, tu as vu ce que tu as écrit dans *La Croix* ?

– Oui, Jean-Marie…

– J'arrive ! »

Il était à ma permanence une demi-heure après ! Je le revois encore assis à mon petit bureau. Il ne m'a pas passé un savon, disons… une savonnette ! Il m'a dit : « Il faut que tu changes ce texte, ce n'est pas la ligne. » (J'avais déjà reçu des courriers me félicitant pour ce même article…) J'en ai tout de même écrit un second en modérant mon propos. C'est le seul coup de crosse que j'ai jamais reçu de lui.

Je le voyais à toutes les grandes cérémonies, et parfois seul. J'ai beaucoup aimé une phrase qu'il m'a dite, un jour, alors que je mangeais seul avec lui : « Guy, dans ta mission impossible, ne dépasse pas le feu orange, avertis-moi avant. » C'est-à-dire : « Si tu es totalement épuisé, mon pote, arrête, et demande-moi un autre ministère. »

Une fois, il est venu manger avec mes loubards : il s'est montré très proche d'eux. Un dialogue épique s'est installé. Les jeunes étaient ravis. C'était un « écoutant ».

Le premier cardinal juif de l'histoire

« Juif », c'est ce que titraient les journaux quand il a été nommé archevêque. Né juif, il était resté juif comme le Christ et les apôtres. Sa vocation s'était déclarée à quatorze ans dans la cathédrale d'Orléans, un vendredi saint. Il y était entré par hasard, il ne connaissait pas l'endroit et, comme Claudel, il a été saisi par une « présence ». Chose extraordinaire, il a été nommé évêque d'Orléans quarante ans plus tard.

Quand il est devenu archevêque de Paris, il a commenté : « Ma nomination, c'est comme si la croix s'était mise à porter l'étoile jaune. » Ça voulait dire, je pense, que la croix ne pouvait plus être brandie contre les Juifs accusés de déicide. Il a incarné d'une façon bouleversante le drame et la beauté des racines juives de la foi et de la vie chrétiennes.

Un traditionaliste moderne

Évidemment, un cardinal est garant de la Tradition qu'il porte avec l'Évangile. Mais, en même temps, un archevêque fait voguer l'Église sur les vagues d'une civilisation jamais immobile. Et Jean-Marie Lustiger connaissait bien sa civilisation, et la culture et l'art ! Complice à fond de Jean-Paul II sur la nouvelle évangélisation, ce pasteur universel se posait en permanence la question : « Quel est le meilleur pour l'Église ? »

Il y avait deux moments que j'adorais chez lui : quand il célébrait l'eucharistie et quand il consacrait les « petits » de l'Église. Je me souviens qu'il disait aux jeunes prêtres : « Jamais votre vie ne sera un non-sens, ni un échec, ni une erreur, elle est irrévocable parce qu'elle se fonde sur la Parole irrévocable de Dieu. » Il parlait en homme qui a autorité, et non comme un scribe. J'étais toujours ému d'entendre les paroles consécratoires qu'il disait lentement, avec tout son cœur d'archevêque. Ces paroles me vrillaient le cœur.

Il faisait des eucharisties crucifiantes : il semblait porter toute la peine du monde. Il avait aussi une exigence liturgique très tatillonne.

« Quand je dis adieu, je dis à Dieu »

J'aime beaucoup sa dernière sortie : en chaise roulante, il était allé voir les académiciens. « Je ne suis pas venu pour vous retrouver, je suis venu pour vous quitter. Vous ne me reverrez pas. J'en suis triste, mais je sais que je ne cesserai pas de penser à vous. Ici, je n'ai pas été très assidu, mais là où je serai, je vous donne l'assurance de mes prières. Quand je dis adieu, je dis à Dieu, à vous, et à tous. »

L'un d'eux a déclaré : « Il nous a rendu le sens de notre destinée. » N'avait-il pas confié lui-même : « J'ai essayé de donner un sens à ma vie, tout en pensant que tout est périssable » ?

Et puis il est mort, à l'heure à laquelle il terminait sa messe, le dimanche, à Notre-Dame de Paris, vers dix-neuf heures trente, la veille de la vigile de la Transfiguration.

Je suis arrivé un jour avant ses obsèques. J'ai assisté à la dernière veillée avec la foule. La cathédrale se vidait lentement.

Patrick Jaquin, le recteur de Notre-Dame, a demandé au personnel et aux trois prêtres présents de déposer son cercueil dans une chapelle proche. Comme nous le transportions, je me disais : « Jean-Marie, tu m'as porté, je te porte maintenant. »

4

Quelle Église pour les exclus ?

L'Église est encore trop repliée sur un seul milieu, sur des communautés chaleureuses, mais souvent coupées de tout un monde pour lequel Jésus est venu en priorité.

Un Saint-Esprit élitiste ?

Quand j'entends tant de chrétiens bien dans leur peau, respirant la santé, et n'ayant pas peur du lendemain grâce au confort acquis, clamer Dieu sous toutes les coutures, je me demande parfois si le Saint-Esprit européen n'est pas élitiste !

Les pauvres, les chômeurs, les délinquants sont aimés avec passion par de nombreux chrétiens… en parole. Plus que jamais, les petits sont mentionnés aujourd'hui. Faudrait-il encore qu'ils aient de quoi vivre, et surtout le ventre plein, pour que toute parole évangélique inspirée les atteigne.

Pourquoi le Saint-Esprit semble-t-il souffler principalement de la bouche des nantis ?

Pourquoi les écrasés et piétinés de la terre sont-ils si peu inspirés ? Les pauvres sont-ils dans l'impossibilité de nous évangéliser, faute de savoir, de moyens, donc de micros et de stylos ?

On ne dira jamais assez que le petit nous évangélisera non par sa parole, mais par sa vie. Encore faut-il vivre à ses côtés assez longtemps pour déceler que Dieu est en lui, de façon constante, forte et déterminante ?

Notre maladie de chrétiens européens, c'est bien de flirter juste assez avec les exclus de nos sociétés pour nous en préoccuper, prier pour eux et les magnifier. Mais nous en restons là, la plupart du temps. Notre vie ne change pas. Simplement nous respectons la consigne évangélique à la mode qui fait qu'on ne peut réciter la prière universelle sans qu'ils soient mentionnés.

Notre société comporte des pauvres, des malades, des prisonniers, des étrangers, des chômeurs en piteux état. Qu'attendent tant de chrétiens si bien inspirés pour se lancer dans la bagarre immédiate, quotidienne, dans une solidarité et un coude à coude qui les feraient passer de la prière à l'action ? Une des erreurs fondamentales du Français, c'est de croire que l'État est seul capable de remédier à tout : chômage, délinquance, pauvreté, misère, insécurité…

Je rêve parfois d'une France chrétienne du dimanche, fonçant à la sortie de tous les temples pour être là, physiquement, affectivement et financièrement, dans le silence de l'action, auprès de tous ceux et celles qui manquent de tout. Alors les pauvres de France envahiraient nos églises, chanteraient Dieu et Son Amour aux premiers rangs de nos assemblées.

Pour une Église avec les pauvres

Une chrétienne m'écrivait : « Je ne comprends pas que nous ne soyons jamais sollicités autrement que financièrement quand il s'agit des plus pauvres. » Je lui ai répondu que, pour beaucoup de chrétiens, les œuvres de charité étaient copiées sur le modèle de l'économie capitaliste, qui veut qu'on soit d'abord performant. L'efficacité actuelle passe par le fric et le seul fric. Ce qui fait que le pauvre ne croit qu'on le secourt que lorsqu'il voit des dollars dans nos yeux… Résultat : il se complaît dans l'assistance. Souvent sur le parvis.

L'Église actuelle qui « va vers » les pauvres se plante. Celle qui se bâtit « avec eux », en vivant et luttant à leurs côtés, est la seule crédible. Cette Église-là est conforme à celle des premiers temps. Quand j'entends proclamer par tant de chrétiens nantis, en Europe : « Priorité à l'Église des pauvres », je rêve de renverser la vapeur. Oui, l'Église doit d'abord être l'Église des pauvres. Ce serait eux qui appelleraient alors les riches à la réflexion et au partage.

Majoritairement, l'Église touche ceux et celles qui s'en sortent. Les milieux populaires, elle ne les atteint pas, ou si peu. Elle ne prend pas corps dans le peuple des rejetés, des exclus, des démunis. Elle les survole. Je me marre quand je la vois s'inquiéter de son image. Elle a gardé le langage et l'attitude d'une puissance dominatrice. Seuls l'entendront les possédants et les dominateurs tant qu'elle gardera son apparence de richesse et de puissance.

Quand les petits de France auront accès à l'Évangile, à une vie d'Église où ils se reconnaîtront chez eux, elle n'aura plus de problèmes d'image, parce qu'elle sera, à l'image même du Christ, « servante et pauvre », comme le proclamait le concile Vatican II.

Il y a aujourd'hui, en France, toute une vie d'Église, petite, enfouie, modeste et prodigieuse de fraîcheur. C'est celle du peuple des gens ordinaires. Le jour où ils auront droit à la parole, l'Église trouvera la source inépuisable de son renouvellement. Il lui manque actuellement l'audace de vivre cette expérience.

Un combat collectif

Aucun combat n'est neutre, c'est évident. Mais aucun combat pour la défense de l'homme opprimé ne peut ni ne doit être isolé. Il devra déboucher un jour, forcément, sur un combat collectif, pour être pleinement efficace.

Au début, à Paris, c'est la bande de jeunes qui m'a permis d'entrer dans le combat collectif. Dans ce travail de rue, j'avais la tentation d'en sauver un parmi les autres, et ce sont eux qui sans cesse, par leur volonté commune de se perdre ensemble ou de se sauver tous, m'ont appris le combat collectif. Lorsque j'ai un problème éducatif à traiter avec l'un d'entre eux, c'est devant toute la bande que je le pose, sauf dans les cas exceptionnels où la discrétion m'en empêche. Chacun dit son mot et se trouve ainsi partie prenante dans la résolution du problème particulier. Ils peuvent ensuite partir, nantis de la responsabilité qu'ils ont prise face à l'un d'eux.

Combien de fois j'ai reçu dans les dents cette gifle : « Je vous respecte parce que vous êtes prêtre » ! Je n'ai rien à foutre de ce respect-là. Je suis d'abord un homme, simplement. Un homme qui a besoin de respect comme tous les hommes de la terre. Ma souffrance souvent est d'être démesurément respecté, car cela me met à part de mes jeunes. Je ne connais pas, je ne connaîtrai jamais sans doute les coups, les interrogatoires, l'avilissement que vivent la plupart des jeunes que je côtoie, frappés dans les rues ou les commissariats de Paris, au vu simplement de leur faciès.

J'ai honte alors non d'être prêtre, bien sûr, mais de cette étiquette sociale de curé, qui me colle aux fesses et me fait passer partout. Ce passeport de l'étiquette sociale, je le vomis. C'est bien là ma souffrance… qui ne peut être contrebalancée que par un engagement total à leur service, à leurs côtés, en groupe avec eux.

Drôle de paroisse

Jacques, un ancien truand, à la rue actuellement, me disait un jour : « Il n'y a pas assez de lieux d'accueil dans les paroisses de Paris pour des mecs comme nous. Pourquoi ne pas fonder, un peu partout, des endroits où on pourrait, de temps en temps, bouffer, mais surtout discuter ? »

J'en ai ras le bol des curés de partout qui me téléphonent jour et nuit pour me demander de loger, nourrir, habiller des mecs de leur secteur. Ils font de moi, souvent, une poubelle. Je les renvoie à eux-mêmes, en leur suggérant ceci : « Paris est rempli de chambres de curé inoccupées. » La propriété immobilière des diocèses de Paris et de banlieue vaut une fortune fabuleuse. Au lieu de vous morfondre dans des lieux de culte de plus en plus déserts, inventez avec vos paroissiens des petits lieux d'accueil fraternels, ouverts à toutes les détresses.

Bien sûr, je sais combien certains prêtres sont sollicités. Ils ne peuvent pas tout faire, mais s'ils mettaient dans le coup une bonne poignée de leurs ouailles, à tour de rôle, ils pourraient héberger, partager le pain avec mille et une détresses de leur secteur. Alors, peut-être que ces paroisses-là feraient moins de réunions, mais se poseraient la question de leur existence.

La paroisse de Saint-Christophe dans le XIXᵉ arrondissement de Paris a innové bellement : un lieu d'accueil, petit certes, mais qui dure, soutenu par une permanence de laïcs forte.

Effectivement, pour suppléer aux lacunes d'une administration souvent inhumaine, qu'elle soit sociale ou diocésaine, des bonnes volontés, de petites communautés sauvages sont à même d'apporter aux rejetés de partout un espoir. Cet accueil communautaire ne signifie pas forcément accueillir chez soi, tout de suite et sans connaître.

C'est peut-être un coup de fil qui, à vingt heures trente, nous arrache de la télé pour passer deux heures avec un gars, manger avec lui et l'accompagner, là où il dormira.

Il faut que nous arrêtions de démissionner, de nous décharger, si nos enfants qui poussent pas bien, sur l'école, sur l'hôpital, sur les « spécialistes ». Il faut cesser d'avoir peur des loubards, des clochards, des drogués et de ceux qui sont en manque de justice, d'amour, de tendresse et de force.

Un loubard en prison écrivait à son copain : « Si je peux te donner un conseil : n'agis pas avec brutalité avec les mecs qui sont comme moi. Pour nous, les "voyous", comme ils disent, la tendresse et l'amitié sont les deux choses qui, si elles sont bien données, peuvent faire de nous ce qu'on veut. Par la douceur, avec des mecs comme moi, on arrive à tout. Ne l'oublie pas ! »

La tendresse, l'amitié, tout être humain peut en donner. Point n'est besoin de spécialistes. Un jour, je tendais à un gars un ticket de resto ; il me l'a envoyé à la gueule, en me disant : « Je me fous de ton ticket de bouffe même si je n'ai pas becté depuis deux jours... J'ai simplement besoin de parler à quelqu'un. » Je n'ai jamais oublié.

Le cinquième dimanche

Cette histoire m'a été contée par un jeune qui habite une petite paroisse de banlieue parisienne où un prêtre, très proche des exclus de son bourg, en reçoit « à presbytère-que-veux-tu ». Les paroissiens, de moins en moins réticents, prennent l'habitude de se voir ouvrir la porte de la cure, un jour par un tatoué, un autre par un homme de Cro-Magnon. Mais ils ne s'en formalisent pas. C'est l'affaire de leur curé.

Un jour, le prêtre, dans son homélie, prêche avec une insistance évangélique sur le sort de trois Tunisiens vivant dans des conditions très dures sur le chantier glacial d'une résidence secondaire qu'ils construisent au noir. Son appel se répète trois dimanches successifs. Aucune suite.

Le quatrième jour du Seigneur, il enfile son aube et attaque la prière.

« Le Seigneur soit avec vous !

– Et avec votre esprit », ronronne son peuple, attendant placidement un quatrième appel pour les trois Tunisiens.

« Asseyez-vous », continue le prêtre.

Sage conseil quand on sait ce qui va suivre.

« Vous voulez que je célèbre avec vous dans quelques instants l'eucharistie. Mais vous vous désintéressez complètement des trois Tunisiens qui dans votre quartier travaillent dur, sans sécurité et dans le froid. Nous ne pouvons pas célébrer cette messe.

Trouvons ensemble un logement décent, une sécurité, un accueil chaleureux pour eux et nous pourrons alors, sans crainte, prendre le repas de l'Amour. Allez dans la paix du Christ. »

Scandalisés ou penauds, mais non indifférents, les paroissiens quittent le temple sous une volée de cloches.

Le cinquième dimanche fut, selon le jeune, un grand jour de fête. Les trois Maghrébins avaient été accueillis et logés.

« Si tu savais l'eucharistie qu'on a faite ! » me disait-il, les yeux brillants de joie.

Ces signes qui donnent sens au partage du pain de Dieu ne sont plus rares. C'est une immense Espérance.

5

Au service de l'unité

Je mangeais dans un restaurant avec un couple ami. Passe devant notre table un jeune abbé, toute soutane froufroutante, onctueux et copie conforme de ce que j'étais, quand, éperdu de joie, j'endossai pour la première fois le saint habit noir, avec ses vingt-quatre boutons et sa ceinture à franges de soie.

Mon frère intégriste

Il fallait vraiment qu'il veuille à tout prix me rencontrer. Il avait, en effet, tourné pendant quatre heures autour de notre Bergerie. Il savait qu'elle s'appelait « Faucon ». Mais les lieux-dits « Faucon » pullulent dans les Alpes-de-Haute-Provence, étant donné la quantité de ces rapaces qui hantent les roches et les abîmes du Verdon.

Je le vois encore dans sa longue soutane, avec un beau visage mais, semble-t-il, torturé, inquiet. Je partais juste pour quelques heures. Le temps d'un rapide café et je le confiai à mes lascars, étonnés mais curieux de ce prêtre d'un autre siècle.

Je rentrai le soir et interrogeai les jeunes de la communauté. Ils avaient posé beaucoup de questions à ce jeune prêtre et, bien sûr, avaient buté sur des mots barbares pour eux : liturgie, dogme, schisme, etc. Pourtant, le courant était passé. Je m'en réjouis, simplement.

Le lendemain, dimanche, je m'apprêtais à aller célébrer dans cette merveilleuse chapelle de Rougon.

Je l'invite à me rejoindre pour l'eucharistie. Il semble réticent. Je lui dis que, schismatique ou pas, c'est le même Dieu qu'on fait descendre tous les deux. Qu'Il s'appelle Amour et que c'est Lui qui nous réunit, par-delà nos barrières apparentes.

Il accepte mais demande une aube que je n'ai pas. Les vieilles aubes en dentelle que, jeune, je qualifiais d'« érotiques », ont disparu depuis belle lurette.

« Je reste au fond de la chapelle alors, me dit-il.

– Pas question. Que diraient les gens ? Que tu es en pénitence ? La place d'un prêtre est dans le chœur. »

Cette réponse lui convenant, il s'installe à mes côtés.

Durant la célébration, il a lu son bréviaire, en latin bien sûr.

Je devais faire un baptême. C'était le fils d'un ancien. Je le baptisai donc, tout en me disant : « Que doit-il penser de cette liturgie tout à fait romaine et classique, mais adaptée à ce peuple de jeunes qui n'a que deux cents mots de vocabulaire ? »

Suivit un repas gaulois avec toute la famille loubarde et le jeune prêtre. Partager le pain est, pour notre communauté, le grand moment de la journée. Tout peut se dire et c'est la seule occasion où tout le monde est là.

Avant de partir, mon frère prêtre m'a remercié. Il semblait ravi.

J'ai reçu un mot de lui quelques jours plus tard. « J'ai beaucoup aimé être avec toi, surtout dimanche. Le baptême était super. »

Puisse Dieu nous faire retrouver le chemin de l'unité. Pour cela, il nous faut amour et humilité. Parler doctrine et liturgie avec un intégriste, non. Ce sont d'abord des gestes d'amour qui nous réuniront.

Des êtres charnières

Les prêtres de ma génération ont connu l'avant-concile. Les cérémonies où les évêques entraient dans leur cathédrale, majestueux, avec leur traîne violette portée par les séminaristes que nous étions alors, restent pour moi un des symboles les plus frappants d'une Église souveraine et hiérarchisée à outrance. Ces encensements des prêtres selon leur grade… Dieu donné à nous, enfants, seulement par les prêtres (communion et catéchisme) ! Le prêtre roi, dirigeant tout (quête, cloches, cérémonies, sacrements) !

J'admire plus que tout, dans l'Église d'aujourd'hui, les anciens, dont je vois les belles têtes blanchies au premier rang de nos assemblées. Ils participent à notre liturgie purifiée, qu'on a su, peu à peu, débarrasser de leurs lourdes scories, avec dévotion quand ce n'est pas avec passion. Bien sûr, quelques regrets ici et là (que je partage parfois) au sujet de symboles très beaux que certains prêtres ont balayés systématiquement. Ils savaient et ils savent toujours, les anciens, combien certains symboles de l'Église éternelle sont porteurs de vie et de réflexion.

Leur retraite leur permet de donner temps et enseignement à d'innombrables marmots à qui ils apprennent Dieu. Ils font partie des deux cent mille catéchistes de France. Ils sont passés, les anciens, de la sacristie qu'ils ne faisaient que balayer, de la quête qu'ils comptaient et du linge sale du curé qu'ils lavaient, au coude à coude avec le prêtre dans un partage ecclésial qui les fait vivre à l'heure de Vatican II.

C'est la fantastique richesse de ce concile où le peuple de Dieu a quitté l'état de mouton pour celui d'ami du berger. Beaucoup reste à faire encore. La crise d'identité du prêtre européen, qui se cherche et ne se trouve pas toujours, bloque souvent les initiatives des chrétiens ou leur fait prendre l'autel d'assaut, selon que le prêtre souhaite garder un pouvoir ou se diluer dans la masse en laissant tout faire.

Hommes et femmes charnières, oui.

Parce que témoins d'une tradition lumineuse et divine, acteurs et actrices de celle d'aujourd'hui, purifiée et plus humaine.

Ils savent que la tradition ne regarde pas en arrière, mais avance à l'heure de l'Esprit, sans rien renier des valeurs de toujours.

Qu'est-ce que tu fous chez les charismatiques ?

Sauter des barrières, pour nous prêtres, est un exercice qui exige qu'on reste des sportifs de haut niveau.

J'ai toujours pensé, grâce à l'Évangile, qu'aller vers celui dont on n'épouse pas la sensibilité religieuse est une discipline salutaire qui nous recentre au cœur du mystère de l'Église.

Combien de fois m'a-t-on demandé : « Toi, prêtre au milieu des loubards, qu'est-ce que tu peux bien foutre avec les charismatiques ? »

Ma sensibilité ne m'a jamais porté d'instinct vers eux, parce qu'ils me semblent trop jouer sur les sentiments. Leur exubérance dans certaines assemblées religieuses m'agresse aussi, même si elle est plus que normale. J'ai été élevé pendant quinze ans de séminaire dans une piété profonde mais compassée, rigide, où aucune manifestation extérieure de foi n'était possible.

Sauter en l'air, battre des mains, prendre d'assaut le micro pour clamer Dieu, non, ça c'est pas mon trip ! Pourtant, je réponds à leurs invitations. Leurs cérémonies sont toujours belles et profondes. La participation est maximale, aussi bien dans les chants que dans le silence. Et, ça, j'aime. De plus, cette passion de Dieu qui les habite et qu'ils veulent vivre en communauté, ils la crient sans frein, pas toujours au bon moment, mais ils la crient, et cela ne peut jamais être mauvais.

L'Unique, l'Universel

J'ai conservé à la suite du pèlerinage des JMJ à Saint-Jacques-de-Compostelle, sur la pile de photos, celle où je me trouve au milieu de trente scouts d'Europe.

J'avais rencontré durant ce pèlerinage de nombreux groupes et mouvements représentant la richesse universelle de l'Église. Aussi, en passant devant une troupe de scouts au visage fermé devant mon blouson noir, je les ai bénis loubardement… dans un geste instinctif d'amitié. Je vous passe l'accueil enthousiaste que cette bénédiction m'a valu.

Au moment de la communion, je leur ai offert le Christ. J'étais aussi ému qu'eux. Nous plongions en plein cœur de l'Église. Cette Église, depuis deux mille ans, s'enrichit de nos différences pour rejoindre l'Unique, l'Universel, qui dans l'Amour biffe tout ce qui nous sépare.

6

L'amitié sacerdotale

L'archevêque d'Alger, Mgr Duval, nous disait souvent, alors que nous étions séminaristes : « L'amitié sacerdotale est le huitième sacrement. »

Que nous ayons balancé notre vie au service de Jésus-Christ ne nous donne aucune priorité, aucune prérogative, seulement une solidarité à toute épreuve. Un meilleur respect des dons de l'autre et de son insertion dans le milieu où l'Église l'envoie. Je l'ai appris au fil des jours. Que de critiques stériles sur la tâche de l'autre ! Quel temps perdu à comptabiliser nos différences, alors que, mises en commun, nos missions peuvent être amplifiées et renforcées. Nous considérons trop souvent, en France, nos différents ministères comme un champ de bataille, où, bien sûr, le dernier qui a parlé s'estime le maître du terrain.

Refuge dans les presbytères

Juste après mon retour de la guerre d'Algérie, en 1960, je partais un matin avec mon sac à dos, vingt francs en poche et… ma soutane vers la grotte de Massabielle, pour prier Marie d'éclairer ma route. Meurtri par ce conflit que j'avais vécu très durement, j'étais néanmoins revenu avec un punch pas possible, enrichi par mille combats pour défendre l'humain. Mais je ne savais pas encore où le Seigneur voulait me conduire. J'ai donc décidé d'aller à Lourdes et d'effectuer à pied les cinq cents kilomètres qui séparaient ma ville natale, Rochefort-sur-mer, du sanctuaire marial.

Le premier presbytère où je demandai asile m'a laissé un souvenir saumâtre. Le curé m'a accueilli par un retentissant : « De mon temps, on nous apprenait à prévenir, quand on demandait l'hospitalité ! » Il consentit, après un sermon pessimiste sur le clergé de demain, à m'offrir un matelas par terre. Je me souviens de la gouvernante qui, écœurée par la muflerie du curé, pleurait en me versant la soupe. J'avais faim, mais je chialais presque dans mon assiette, choqué par un tel accueil qui rendait encore plus pesante la fatigue de ma journée. Je me promis d'éviter à l'avenir tout presbytère.

Quelques jours plus tard, j'entrai dans une petite ville. Ma soutane faisait eau de toute part, des trombes m'ayant accompagné pendant la route. Ne sachant où me reposer un moment, j'osai une fois de plus frapper à la porte d'un presbytère. Un énorme curé m'ouvrit les bras.

« Allons donc, allons donc !… Réchauffez-vous et mangez un morceau. Vous êtes mon invité ! »

Il me passa une de ses soutanes, dans laquelle je disparus complètement. Puis il me pria de le suivre dans la salle à manger. Une quinzaine de prêtres m'attendaient, les pieds sous la table : « On fête mes trente ans de sacerdoce, me dit-il. Je leur ai demandé de vous attendre. Vous êtes l'invité de la dernière heure ! » Le gueuleton était à la hauteur des repas sacerdotaux de jadis : gargantuesque. J'ai emporté sur la route le souvenir impérissable de ce prêtre qui n'avait pas voulu que je sois le trouble-fête, mais le mendiant qui passe et à qui on offre la première place. Ça m'a réconcilié avec tous les presbytères…

La route était émaillée d'accueils toujours différents, mais très chaleureux. Une soutane, en ce temps-là, voulait tout dire : des tas de gens humbles ou fortunés m'interpellaient le long du chemin, me confiaient leurs intentions de prières, et me suppliaient parfois d'emporter, dans mon sac à dos, leur fils en perdition, un parent mort récemment, une voisine malade.

Merci de ton regard, Jean

Sachant que ce curé « normal » (comme disent les mecs) dormait à l'heure des poules et se réveillait au chant du coq, j'avais décliné l'invitation à camper chez lui. En effet, mes habitudes d'oiseau de nuit me suivant en vacances, je ne voulais pas troubler le sommeil clérical de mon frère. J'avais donc préféré trouver gîte ailleurs. À chacun son coq… pour un vrai partage fraternel. En revanche, partager un bout de sa vie et de son ministère fut une joie pour moi.

Son grand presbytère est accueillant. Jean y vit une solitude égayée par les paroissiens et les estivants qui forment son peuple. Un visage doux, couperosé comme ceux des paysans qu'il sert depuis dix ans, la soixantaine légèrement arrondie. C'est le curé du village.

On mange ce que le réfrigérateur a consenti à nous garder. Une soupe réchauffe le menu froid, fait de jambon et de fromage. Jean vit seul. Son « ex-gouvernement » a atteint l'âge des cimes canoniques qui mettent fin à tout règne sur un presbytère !

Il me parle avec joie des laïcs qui envahissent le chœur de l'église, et sur lesquels il s'appuie. J'ai pu le constater quand, invité à célébrer le dimanche, je me suis laissé porter par cette équipe dynamique qui anime la messe. Dans l'assistance, quelques calvities vénérables et les piliers d'église habituels encadraient les quatre ou cinq jeunes présents. « C'est vieux comme assistance, mais je m'y plais. Le Christ est important dans ma vie », me dit Xavier, seize ans, à la sortie.

J'ai communié de loin avec la peine de Jean quand il a enterré une jeune paroissienne de trente et un ans laissant deux enfants en bas âge. Le glas résonnait jusqu'au bord du pic rocheux où j'avais reposé mes muscles fatigués par une longue marche.

Il m'a demandé de parler à cinq jeunes futurs confirmés dans une de ses trois paroisses. Dialogue chaleureux et très ouvert avec ces adolescents qui se préparaient bellement à recevoir la force de l'Esprit. Deux douairières participaient à cette réunion. Toujours les piliers fidèles, accrocheurs, qui préparent la relève…

Et puis Jean m'invite à célébrer une autre messe. Celle de la semaine, avec la poignée de fidèles qui savoure l'eucharistie. Petite oasis si lumineuse dans le désert matérialiste qui entoure l'église perchée en haut du village !

Vivre quelques jours du ministère de Jean a été pour moi, habitué à d'autres « paroissiens », un précieux moment de communion avec un frère dans le sacerdoce.

Aller chez l'autre est important, quel que soit le ministère qui nous a été confié. Cela permet de mieux comprendre les pesanteurs et les richesses de la mission de son frère. Cela évite surtout la tentation habituelle de croire que son ministère est le meilleur. Aller chez l'autre, c'est respirer l'universel.

Merci de ton regard, Jean, et de ta chaleur fraternelle. J'ai pu vérifier, une fois de plus, que l'amitié sacerdotale, c'est bien, pour nous prêtres, le huitième sacrement.

La prière, clef de voûte

Mon travail de rue est très lié à la prière des moniales et moines dans le monde. Du fond du désert, la prière de sœur Renée, enfouie dans un couvent de Syrie, m'apporte la grande joie de sentir que cette prière des sables m'aide à avancer, à lutter et à tenir la nuit dans les quartiers de Paris. Si j'ai conscience que Jésus-Christ me devance là, c'est grâce à la prière de ceux qui se sont enfouis librement, dans le silence profondément actif de la prière.

La prière reste l'essentiel de notre vie de consacrés, c'est la clef de voûte de notre action, la pierre d'angle de toute activité apostolique. C'est la joie de tous les instants, le lien essentiel, un grand mystère, qui peut difficilement se dire. Mais qui se vit.

Prêtres autour de leur évêque

Jean-Marie Lustiger avait institué tous les lundis une retraite d'un jour sur la butte Montmartre.

Autour de l'archevêque : douze prêtres. C'était la deuxième fois que j'y participais. Chacun se présentait durant le repas. L'heure y passait. Nos différences, nos situations et nos looks étaient saisissants de contrastes.

L'impeccable clergyman côtoyait le blouson noir. Le dinosaure de l'Église mangeait à côté du jeunot ordonné en juin dernier. Le savant passait le fromage au vicaire.

Henri, grosse tête encyclopédique acharnée d'œcuménisme, s'était baladé à travers le monde pour trouver les chemins de l'unité des chrétiens et des grandes religions. Il racontait avec humilité sa longue quête auprès des savants du monde.

Marcel, prêtre du Pérou pour huit ans et de passage à Paris, nous amenait le vent de l'Église souffrante. Quatorze de ses copains étaient morts massacrés par le Sentier lumineux. Marcel nous saisit en racontant le dur chemin des communautés de pauvres rassemblés dans une misère sans nom. Elles étaient à des années-lumière de nos communautés bien assises, bien-pensantes, qui se battaient parfois sur un point de liturgie.

Pierre, le chancelier, rubicond et joyeux, voulait que les prêtres aient assez d'oseille pour vivre et défendait, bec et ongles, les deniers de l'Église de Paris.

Charles, un ancêtre de quatre-vingt-sept ans, droit comme un I et épanoui, nous racontait sa retraite au service d'une soixantaine de malades. Nous étions secrètement admiratifs devant cette verdeur évangélique.

François, le petit gris, aux yeux doux et à l'allure aristocratique, nous faisait partager sa passion des jeunes et sa joie de les voir suivre le Christ pour le plus haut service.

Ferdinand, à l'accent madrilène, était l'homme des dossiers. Il œuvrait au cœur de la souffrance des divorcés, séparés, qui réclamaient justice. Derrière les innombrables paperasses, il devinait la souffrance de ceux qui s'étaient trompés en amour. Il rencontrait un peuple de pauvres où le plus grand de ce monde côtoyait le plus petit.

Dans les yeux des deux jeunes prêtres, l'un aussi barbu qu'un ayatollah, l'autre fragile et discret, se lisaient la passion de Dieu et les premières joies du ministère.

Jean-Marie, de ses yeux brillants et malins, suivait le tour de table, décochant un trait d'humour à l'un ou précisant un aspect gratifiant de l'histoire d'un autre.

Tous les lundis, autour de notre archevêque, l'Église à Paris avançait et priait dans sa diversité et sa complémentarité.

Ainsi meurent les prêtres

3 juillet, quatre heures du matin. J'ouvre la dernière lettre de mon interminable courrier. Elle m'annonce la mort d'Auguste Pinson, ce prêtre qui m'avait accueilli en octobre 1948 à la porte du séminaire de Saintes.

Soutane impeccable, la quarantaine joviale et la toison prématurément blanchie, tout de suite, il me prit en charge. Perdu dans cet immense séminaire, séparé de ma famille qui m'était si chère, j'étais à treize ans, d'un seul coup, projeté dans un univers totalement différent.

Il était là, par bonheur. Amical, bourru, discret, il était le « règlement ». Pas question d'y couper. La règle immuable était là, fil conducteur de nos allées et venues. Je découvrais d'un seul coup ses contraintes et plus tard ses richesses. Il fallait s'y couler, sinon la porte était largement ouverte pour tout manquement grave.

Mais il était toujours là. Paternel, vigilant, attentif. Il me prit sous son aile de cérémoniaire.

Le ballet de la liturgie était sa responsabilité et son dada. Les cérémonies devaient être impeccables, régies par des gestes immuables, des déplacements en ordre parfait. Le moindre désordre était sanctionné avec une juste et implacable rigueur.

Je m'en amusais et, bizarrement, ma turbulence trouvait là, grâce à lui, un antidote certain. Il m'a appris la liturgie de l'Église.

Très vite, il comprit devant ce poulain échappé que seul le sens de l'Église pouvait calmer des ardeurs juvéniles pas toujours opportunes. Il me l'a donné avec une grande patience. Soixante-deux ans après, cet amour de l'Église est resté intact.

Et puis, il priait, se tenant devant le Seigneur comme devant Celui qui écoute tout, donne tout, pardonne tout. Il m'a appris le sens de la prière, de l'oraison, du long temps à consacrer à Dieu. Sa protection discrète ne manquait pas de vigilance. Un beau matin, lorgnant depuis longtemps les prunes du jardin et succombant à la tentation, je commençai à cueillir les premiers fruits. Sa voix derrière moi tomba comme un tranchant : « Alors, elles sont bonnes, les mirabelles ? » Il s'en amusa beaucoup, plus tard.

Ce qui devait être fait, il fallait le faire, quoi qu'il en coûtât. Je me souviens de l'avoir vu écrire. Sa plume me fascinait. On aurait dit qu'il y mettait toute son énergie et que c'était la chose la plus importante au monde.

Un maître qui apprend à son disciple « à faire les petites choses et parfaitement » donne là une des clefs les plus sûres de la réussite dans tous les domaines… et sur la voie de la sainteté.

Il tirait une certaine fierté de son ancien élève parti, comme il me l'a dit un jour, « pour appliquer, au cœur de la misère humaine, Vatican II ». Cette fierté est toute relative pour moi, qui pense depuis toujours que sainteté ne fait jamais bon ménage avec publicité !

Je l'ai revu pour le cinquantième anniversaire de son sacerdoce, ravi de partager le pain de l'amitié sacerdotale. On avait blagué comme de vieux complices d'un temps révolu, mais si riche, quand maître et élève se souviennent d'avoir posé ensemble des pierres d'Église indestructibles.

Garder le culte de ses maîtres est un impératif. Chaque vie laisse des traces, transmet de façon mystérieuse, chez ceux qui restent, le parfum de l'exemple, le sillage à suivre, la lumière qui éclaire la route.

Entouré jusqu'au bout par une équipe sacerdotale aimante, chaleureuse, il a depuis longtemps, ici, bâti le royaume de l'Amour qui s'est entrouvert pour lui.

Puisse-t-il continuer à veiller de là-haut sur ceux qu'il a aidés à découvrir le mystère de l'Église et à en vivre.

Guetteurs de l'aurore

Dans la sacristie, une quinzaine de prêtres entourent le cardinal Billé, archevêque de Lyon. Nous allons entrer dans la basilique de Fourvière.

Soudain, un prêtre s'affaisse, s'accrochant à deux jeunots de l'Église qui le retiennent. Nous nous précipitons. On l'allonge. Un malaise, peut-être…

Un docteur arrive sur-le-champ.

On part célébrer.

Il meurt à la sacristie, pendant la consécration.

La mort de ce vieux prêtre me rappelle celle du curé de Notre-Dame de Rochefort qui m'avait fait entrer au séminaire de Saintes en 1948. Usé par sa tâche, il était à l'hôpital où j'allais le voir tous les jours. J'avais quinze ans. Bourru, pète-sec, directif, il n'était pas d'un contact très facile. Mais la maladie qui le dévorait l'avait rendu plus proche, calme et serein.

Mes visites le réjouissaient fort. Il ne me le disait jamais, mais je n'avais qu'à regarder ses yeux pour comprendre que j'étais sa relève et que c'était sa joie.

Comme j'entrais une dernière fois dans sa chambre, il tendit les mains vers moi. Je m'avançai et il expira dans mes bras, en articulant une dernière phrase que je n'ai pas comprise. Sans aucun doute me passait-il le témoin.

Usés, les prêtres le sont jusqu'à la corde. Mais ils vont jusqu'au bout de leur mission. Partout, je les vois assumer mille petits services qui soulagent leurs confrères chargés de multiples paroisses. Ils sont parfois à des années-lumière de ce que vivent les jeunes prêtres ! Qu'à cela ne tienne, ils restent.

Ayons pour ces « dinosaures » de l'Église la tendresse de ceux et celles qui admirent leurs petits pas où sont jetées leurs dernières forces. Rencontrons-les. Aimons-les.

Souvenons-nous de leurs innombrables charges, de leur passage d'un Vatican à un autre. Ils ont vu des églises pleines devenir des temples déserts ; une pastorale triomphante devenir une Église dépourvue de sens pour le monde.

Ces « baroudeurs » sont des apôtres au cœur de feu. Réjouissons-nous de leur présence dans l'Église. Réchauffons-nous auprès de leur cœur usé.

Ils restent des priants super-actifs. Ils sont des « guetteurs d'aurore », vivant la proximité de l'éternité qui approche par leur combat inlassable, qui nous permet de continuer à faire renaître l'Église sur les chemins de l'Espérance.

7

L'Église dans la société

Un illustre général a osé dire à un évêque dénonçant la vente des armes qu'il n'avait qu'à se mêler de ses oignons. Les oignons de l'Église, ça devait être, sans doute, pour le général, les sacristies sentant le moisi, les nonciatures, les pastorales d'ensemble, et tout notre bazar extérieur. Manque de pot, l'immense chantier de l'Église est partout ailleurs.

Plus récemment, Benoît XVI, intervenant pour les Roms honteusement chassés de France, n'a pas reçu que des compliments. Certains y voient une incursion inadmissible dans le domaine politique. Les faits de société ne laissent pas l'Église indifférente. Surtout quand ils touchent les plus pauvres.

La dernière incursion rapide de Nicolas Sarkozy au Vatican montre bien que quelques mots du pape concernant les immigrés n'ont pas laissé indifférent notre président. Même si d'autres sujets importants ont dû être traités entre eux.

Les armes et l'usage qu'on en fait dans le commerce international, ça regarde l'Église. Dénoncer un monde capitaliste qui laisse les plus riches s'enrichir et les plus pauvres s'appauvrir, c'est pour les chrétiens et l'Église une exigence évangélique et ça, ça regarde l'Église. Jean-Paul II l'a fait. Et Benoît XVI l'a suivi avec force.

Ce qui regarde l'Église, c'est qu'elle n'accepte aucune injustice là où elle est implantée. C'est ça, ses oignons. « Mon général, crois-moi, dans ce sens-là, elle a un sacré boulot à faire. »

Couleur politique : évangélique

Malheureusement, les oignons de l'Église, ça a été aussi, et c'est encore, les compromissions avec le pouvoir. On ne dénoncera jamais assez la lâcheté de certains hommes de religion qui pactisent avec le pouvoir en place, et donnent leur caution à des hommes politiques indignes de ce nom.

J'ai remarqué trop souvent que l'Église penche à droite quand le régime est de droite, et parfois à gauche quand le régime est de gauche. C'est comme si l'Église avait besoin d'une grille pour annoncer l'Évangile, comme si son formidable potentiel révolutionnaire ne lui suffisait pas.

L'Église n'a besoin d'aucun système politique pour soutenir l'annonce de la Bonne Nouvelle. En revanche, elle peut trouver, dans tel ou tel système politique, une façon de vivre l'Évangile et de lutter. Elle peut le dire, l'approuver et le favoriser, tout en restant parfaitement libre.

S'identifier aux pauvres

L'Église porte une responsabilité très grande car, quoi qu'elle pense, elle fait de la politique. Elle est mêlée à tous les changements du monde. Elle a son mot à dire et, plus que ça, à crier l'Évangile dans le contexte politique mondial.

Pas facile ! Quelle que soit sa position, elle sera critiquée.

Défendre Jésus-Christ champion de la liberté, c'est aussi défendre toutes les libertés. C'est tant mieux pour l'Église et pour le monde. Mais l'Église manque encore de courage. Celui d'aller contre les idées reçues. Celui de proclamer plus que sa solidarité : son identité avec les pauvres de son temps. L'Église se déclare solidaire des humbles. OK ! Alors qu'elle le montre véritablement dans son appareil institutionnel.

Jésus s'est incarné en eux. Il est mort entre deux d'entre eux. Mais comment l'Église peut-elle s'identifier aux pauvres, avec le visage qu'elle montre, la puissance qu'elle affiche, les amitiés politiques qu'elle noue ?

L'Église a toujours la possibilité de dénoncer globalement la torture, mais ça ne servira pas à grand-chose tant qu'elle ne rompra pas avec le bourreau. Elle risque de cautionner ainsi les pires régimes et se rendre prisonnière finalement de ces « présidents soi-disant chrétiens » qui, les mains pleines de sang, trônent au milieu du parterre des puissants de ce monde, en pleine messe pontificale.

Paul VI reconnaissant le régime du général Pinochet avait été violemment critiqué. Des flots de sang coulaient dans toutes les rues de Santiago-du-Chili. Quand on lui en a fait le cinglant reproche, l'Église a eu la réplique immédiate et facile : « C'est pour éviter d'en faire couler davantage ! » C'était l'argument de Pie XII en son temps. Une morale de situation ne remplacera jamais un geste prophétique ! Un geste prophétique de rupture avec le bourreau à la face du monde s'aliénerait un régime… Mais quel fol espoir pour les écrasés d'un pays d'entendre ça de la bouche même du leader des chrétiens.

Le général Pinochet, en privé devant Jean-Paul II, contestait la démocratie. Le pape lui a demandé de démissionner pour laisser la place à un vote libre. Comment dire cela au micro devant le monde entier ?

Jésus est entré en conflit avec les détenteurs du pouvoir. Les prêtres et les politiciens se sont unis contre lui, l'ont traduit en justice et exécuté. L'Église se doit d'être fidèle à son maître. Mais quelle responsabilité et quelle détresse vit chaque pape face à de tels enjeux !

Nous avons besoin d'une Église prophétique, qui ait le courage de parler et de passer à l'accomplissement de la parole qu'elle professe.

Église « tendance » ?

Le monde est ainsi fait : si on n'est plus dans le coup, on est viré. Au travail, dans les médias, au cinéma, dans l'athlétisme, dans les responsabilités multiples qu'on assume. Pour ainsi dire partout. Ce qui est jeune, nouveau, performant, dans le coup, efface tout ce qui date.

L'Église date… elle a deux mille ans. Aujourd'hui, elle est souvent considérée comme « dépassée ». Au fond, depuis toujours. Vouée au service du monde, elle assume depuis deux millénaires le regard implacable de celles et ceux qui sont « tendance », c'est-à-dire qui épousent sans restriction mœurs, culture, arts, langage, habillement du temps. Avec, si possible, un quart d'heure d'avance sur les autres. Combat acharné s'il en est ! Que le meilleur gagne.

L'Église « épouse » toujours son temps. C'est-à-dire qu'elle l'aime. Mais elle a une autre boussole et une longue-vue différente. Elle prend parfaitement conscience du monde où elle se situe. Elle est inspirée par d'autres valeurs, plantées sur le roc de sa foi incarnée par le Christ. Et c'est là où ça coince. Forcément !

Pour elle, l'humain n'est pas une machine à produire. Servir le plus pauvre, tel est son idéal. La vie, à partir du fœtus, doit être sauvée à tout prix. On n'achève pas le vieillard souffrant. Le couple fidèle est l'exemple à suivre. L'Église refuse la mort qui guette le plus faible, le moins performant, l'exclu, le handicapé, le prisonnier.

De plus, elle a le culot de mettre son nez partout ! Rien de ce qui est humain ne la laisse indifférente. Quand elle sent que la personne humaine est menacée dans sa plénitude, elle ramène aussitôt sa fraise.

Elle se voit alors traitée de « ringarde », de « conservatrice », « pas dans le coup », « hors du temps ». Elle semble déconnectée du monde d'hier, d'aujourd'hui, de demain.

C'est là que l'Église, se plaçant au-dessus de la bataille des « tendances » où s'engouffre la majorité d'entre nous, assume le risque majeur et noble : celui d'avoir une parole, paradoxalement parmi les plus modernes et les plus prophétiques au monde.

Elle lutte pour la survivance de l'humanité, son harmonie et son indéfectible dignité. Elle parle sans cesse de culture de la vie.

Avec son milliard de chrétiens qui la suit vaille que vaille, elle est, malgré ses failles et ses turpitudes, comme la lumière qui éclaire les nations. Un phare. C'est pour cela qu'elle constitue une cible idéale. Réjouissons-nous donc, non d'être victimes d'attaques innombrables, mais d'être, au cœur du monde, une espérance invincible.

« Soyez comme des fous », disait saint Paul.

C'est cette folie-là qui, finalement, nous rend crédibles et participe à la sauvegarde du monde.

L'Église et le sexe

Nos catéchismes s'étendent longuement sur le sexe et ses dérapages.

La question sexuelle touche au plus sensible et au plus intime de chacun. D'ailleurs, les chrétiens refusent de plus en plus que l'Église s'introduise dans leur chambre à coucher, au point qu'elle enregistre une perte de crédibilité importante auprès des couples. Toutes les religions ont le droit et le devoir de guider leur peuple vers une morale. Le respect de l'autre, dans ce domaine ultra-sensible, doit être affirmé. Enlever à l'Église le droit de s'exprimer sur ce point délicat serait injuste.

Prendre position contre la contraception, sans nuance, provoque chez les chrétiens et non-chrétiens de violentes réactions. C'est dingue ce que les gens nous interpellent, à propos de l'Église, sur la capote. Question primordiale.

Combien ai-je dû sauver de jeunes de la mort en leur offrant des capotes ? Mais jamais comme un vétérinaire. Plutôt comme un médecin du corps et du cœur. Je parle avec eux de la sexualité, de maîtrise de soi et de fidélité. Le sida ne passera pas par là, c'est sûr.

En attendant, si je ne donnais pas de capotes à un jeune qui veut absolument tirer son coup un samedi soir, ce serait de la non-assistance à personne en danger.

Mais trop parler de sexualité dans une institution

ecclésiale où les pasteurs doivent vivre le célibat rend notre Église « sexy » et provoque un rejet que les journaux se plaisent à renforcer.

Le Christ et la sexualité

Le Christ a très peu parlé du sexe. Dans le fameux verset de saint Matthieu sur les eunuques « qui se sont rendus tels eux-mêmes, à cause du Royaume des cieux », la tradition puise le choix volontaire du célibat pour le plus haut service sacerdotal.

Que l'Église relise l'Évangile et se souvienne du mutisme du Christ sur la sexualité ! Par contre, il a été torrentiel sur la richesse, l'appât du gain, le refus du partage. Ses paroles terribles sur celui qui cumule, garde tout pour lui et affame le monde relativise la pauvreté affective de celui ou de celle qui dérape dans sa sexualité.

Sans rien minimiser des dégâts provoqués par celui ou celle qui trompe l'autre ou pratique un vagabondage sexuel destructeur, essayons de retrouver le regard du Christ qui a si bien compris le cœur de l'homme et les émotions de son corps.

Il ne s'est montré implacable que pour les cœurs fermés, verrouillés et égoïstes.

Nathalie, l'enfant de mon amour

L'Église a des idées précises sur les questions de bioéthique, d'avortement, d'euthanasie.

Notre morale contre l'avortement est magnifique, mais elle ne vaut rien si nous ne prenons pas les moyens de la mettre en œuvre. Ce qui importe, c'est de donner aux femmes la possibilité de ne pas avorter lorsqu'elles ne le veulent pas. Si tous les chrétiens s'unissaient pour aider les mères qui doivent faire face à une grossesse, seules, parce qu'un mec s'est vidé les couilles et s'est barré, elles ne resteraient pas dans la détresse. Ces salauds qui se cassent poussent les filles à une solution que, la plupart du temps, elles ne souhaitent pas.

Nathalie dormait encore dans le ventre d'Évelyne, sa mère, quand cette dernière est venue me voir.

« J'ai été violée par plusieurs mecs, me dit-elle. Je ne veux pas de ce môme. Ça a été trop affreux. S'il naît, je reverrai toujours sur son visage le moment épouvantable où trois types m'ont arraché le ventre. » Un silence, et puis : « Guy, j'ai pensé me faire avorter, mais tu ne serais sans doute pas d'accord. J'irai jusqu'au bout et je te le donnerai.

– OK, je le prendrai... »

Six mois plus tard, j'entends sonner. C'était Évelyne qui me tendait dans ses langes Nathalie, née huit jours plus tôt. Je la posai délicatement dans mon lit. Dix loubards autour me regardaient, stupéfaits. Nous ne savions pas quoi faire. Quelques heures plus tard, j'appelai un couple ami.

Je connaissais bien Gilles et Claude. Ce couple ne pouvait pas avoir d'enfant. C'était très dur pour eux. Ils s'enfermaient dans des élucubrations du style : « Dans ce siècle où une bombe peut tout détruire... avec la pollution actuelle... comment laisser un espoir de vie à des enfants... » Je comprenais très bien qu'ils avaient besoin de cacher leur détresse derrière des théories négatives.

Au téléphone, je leur parle de Nathalie, je leur dis que je n'ai ni le lait ni la tendresse d'une mère, que ma paternité est plutôt du genre viril étant donné les hordes de jeunes dont je m'occupe…

« On arrive tout de suite », telle fut la réponse.

Deux heures plus tard, Claude ravie, ses beaux yeux cachant mal des larmes de joie, emportait Nathalie, suivie de près par Gilles, attendri, inquiet, mais sachant bien qu'une vie nouvelle commençait pour eux.

L'avortement n'est pas le remède à tous les maux. Même dans le cas extrême de viol, il reste une décision très grave. Tout doit être fait pour éviter le massacre d'enfants. Le dialogue, l'écoute profonde de celles qui se sentent acculées à refuser et à tuer la vie, m'ont permis la plupart du temps de trouver une solution avec elles.

J'ai parfois accompagné des filles violées qui choisissaient l'IVG. Leur choix était clair et irrévocable après l'horreur qu'elles avaient subie. Être là sans juger est mon devoir. Sauver la vie quand je le peux est ma joie.

Parole de trop ou silence de miséricorde ?

Que l'Église soit contre l'avortement, sans nuance, je suis absolument d'accord. Parce que c'est justement la nuance qui empêchera son message d'être entendu ; il sera même traîné dans la boue ou, pire, on se servira de la nuance pour détourner complètement le message initial. Je m'explique : le « respect de la vie » que prône Benoît XVI est inestimable pour le monde d'aujourd'hui, et il le fait sans nuance, car la nuance détruirait le message.

La parole de l'Église s'adresse à l'humanité toute entière. Elle est universelle. Nous partons de ce combat pour la vie. Combat prophétique, pour nous qui œuvrons au ras des pâquerettes. Et, pauvres diables que nous sommes, même si nous comprenons les cinq mots de Benoît XVI : « Le préservatif augmente le problème » (ce qui est vrai), comment ne pas me munir de capotes pour les donner à certains jeunes, leur évitant ainsi le cauchemar du sida ? Ce serait criminel de ma part.

Cette parole planétaire, qui trouve le même écho dans le palace d'un roi ou dans la favela d'un Sud-Américain, ne peut pas être nuancée, sinon elle est défigurée. On en profitera pour détruire le message de vie de l'Église, puisé dans l'Évangile.

En revanche, dans les cas extrêmes, que l'Église se taise. Son silence ne sera pas complice, mais fera comprendre que la fille violée et enceinte ne peut, ni physiquement ni psychologiquement, accepter ce choc.

L'affaire de l'excommunication au Brésil d'une mère et de sa fillette de neuf ans, violée par son beau-père et enceinte de jumeaux, a soulevé la réprobation de l'humanité. Ah ! Si pape et évêques pouvaient traîner dans les rues des favelas ! Ils souffriraient avec les souffrants, c'est tout.

Dans mon métier d'éducateur, j'ai été témoin de suffisamment d'horreurs, quand des filles étaient violées par plusieurs sexes en forme de couteaux, pour comprendre que ces femmes sont incapables de garder le fruit d'un pareil saccage.

Mon silence devant la fille qui s'est fait avorter n'est jamais complice mais, au nom du Christ crucifié, il est ma participation à sa souffrance indicible.

L'euthanasie se situe dans la même ligne : je suis d'accord avec l'Église pour ne pas supprimer de vies humaines en les achevant sciemment ; qu'elle le crie, je suis d'accord. Mais qu'elle la ferme quand, à bout de souffrances, une personne a décidé de se supprimer ou de se faire supprimer.

Vincent, le jeune accidenté vivant depuis des années une atroce existence, voulait la mort. Sa mère et le médecin la lui ont donnée. L'affaire s'est étalée dans tous les journaux. Que l'Église se taise dans ce cas d'espèce, il est trop exceptionnel pour réaffirmer la loi morale ecclésiale, qui ne peut être alors que blessure.

Cette Église, médecin du corps et de l'âme, légifère, normalise et elle a raison. Mais devant tant de souffrances, que son silence soit parfois le signe d'une immense miséricorde au nom de Dieu.

Foncer dire Dieu

C'est toujours avec tristesse que je vois des prêtres éprouver le constant besoin de vivre autre chose que leur sacerdoce, pour se justifier à leurs propres yeux. L'un d'entre eux, militant dans de nombreuses organisations (politiques, sociales, jeunes...), m'avait envoyé une feuille polycopiée appelant à une réunion de militants chrétiens.

Atterré, je lus la dernière phrase : « Pour simplifier, il n'y aura pas d'eucharistie... »

L'Église du silence est chez nous... et pourtant la soif de Dieu est incroyable aujourd'hui, notamment chez les jeunes. Partout, elle apparaît.

Vous voulez des preuves ? Mon courrier quotidien contient très souvent des cris vers Dieu... avec réponses : les rassemblements de jeunes à Lourdes (« Jamais on n'avait vu ça », m'a confié un vieil hôtelier de la cité mariale) ; les regroupements à Taizé ou ailleurs, de milliers de jeunes attirés par l'aimant du spirituel, le désir de Dieu ; les sectes qui, hélas, foisonnent de plus en plus, de pire en pire… Là, les « vocations » pullulent. Dans ces goulags pseudo-religieux, on offre à des êtres qui « cherchent » des drogues multiples : travail forcené, bouffe à la limite de la survie, ascèse terrifiante et déséquilibrante… Ces magiciens profitant de l'attrait des jeunes pour un au-delà, un dépassement d'eux-mêmes, les racolent et les foutent en l'air tout en les exploitant.

Mine de rien, c'est la preuve, même maléfique, que nos jeunes sont en quête de quelque chose, de « quelqu'un » qui les pousse vers les plus hauts sommets.

Mais nos Béatitudes, notre fabuleuse loi d'amour, de tolérance, de respect, de liberté, pourquoi n'ont-elles parfois plus de prise sur eux ? À cause, sans doute, d'un christianisme européen affadi, privé de son dynamisme par ceux et celles qui se contentent de le consommer, sans en vivre. Cette image est terrible au regard de l'adolescent qui cherche des exemples « vivants » dans sa foi naissante. Alors, il s'adresse ailleurs…

Il faut en accuser notre peur à nous, prêtres, pourtant acculés à être les « témoins » du risque, de la Parole, de l'eucharistie, les « révélateurs » de Dieu : par notre vie, d'abord, par la prière, ensuite, par la parole, enfin.

Le « Malheur à moi, si je n'évangélise pas », de saint Paul, retentit sans cesse à mes oreilles.

Nous n'avons pas de temps à perdre. Dieu a besoin d'être dit, annoncé, crié par nous, pauvres hommes, mais tout entiers voués à cette mission prioritaire et incomparable.

8

Le prêtre et les médias

Le danger de l'image télévisée, c'est de vous faire passer pour un héros. En même temps, la puissance de cette image, liée à la parole, peut changer le cœur et le regard. Jésus, de sa seule voix, n'atteignait que cinq cents personnes. Il n'avait pas de micro. Aujourd'hui, il atteindrait des millions de téléspectateurs.

Quand l'Église prendra conscience que la télévision peut être un formidable moyen d'évangélisation, elle cessera de nous présenter des prêtres, des évêques, des cardinaux figés dans leur fonction, nés avec la foi, sortis du vagin de leur mère tout habillés en clergymen ou vêtements pontificaux. L'Église est vivante. Elle a besoin d'une annonce de l'Évangile vivante, exprimée en termes clairs, nets, exigeants, rigoureux, jaillissant du cœur du Christ. Elle a besoin aussi d'une humanité vécue dans les épreuves et dans la joie.

Jésus nous stupéfie par sa clarté, son humanité forgée par trente ans de vie vécue au ras des pâquerettes. Il n'avait pas de licence de théologie, de droit, il n'avait pas fait non plus d'études de com'. Il n'aurait jamais imaginé qu'on lui bâtisse un jour des boîtes à évêques, ces séminaires romains dont sortent, trop souvent, les évêques du monde entier – ces sérails chloroformés, qui fabriquent tant de technocrates de l'Évangile, de la pastorale d'ensemble, de la catéchèse. L'Évangile annoncé par l'Église a besoin de vagabonds de l'amour et de l'espérance, d'apôtres qui, avant de parler, auront vécu durement et simplement.

« Curé gadget »… ou apôtre de la Parole

Les médias ne se lassent pas de tout ramener à mes cheveux, à mon langage (fort peu châtié, c'est connu), mon cuir, mon jean. Je ne me lasse pas de répondre aux journalistes que ce sont ceux pour lesquels j'ai écrit qui comptent et qui doivent être écoutés et entendus. Il est évident que mes jeunes, même favorables à mes bouquins, m'attendent au tournant.

Ils me l'ont dit : « De qui tu t'occupes : des journalistes ou de nous ? Je suis passé en justice hier après-midi. T'es pas venu. » « On m'a dit que tu donnais une interview. »

Il me fallait répondre à ça. J'ai vite choisi. Je me suis barré. Je me suis souvenu que Jésus poursuivi par la foule s'était réfugié dans la montagne. J'ai fait la même chose. Je suis allé à trois reprises rejoindre un gars qui m'appelait à l'aide au fin fond de la France, travailler du mortier avec lui, mastiquer des carreaux et réparer une toiture.

Faire des gestes humbles et cachés, sous le regard d'un gars fier de me montrer comment on se sert d'outils, c'est radical pour éviter de se prendre pour une vedette et de se regarder le nombril. Je veux rester un apôtre de la Parole, vivant avec les petits. Je ne veux être récupéré par personne… Seulement par l'Évangile.

Quelques-uns, aussi, et ça c'est merveilleux, me guident sans craindre de m'appliquer une correction fraternelle : « Guy, je saisis cette occasion de t'écrire pour te dire très simplement "casse-cou". En effet, avec ton livre, tes interventions à la télé et à la radio, tu deviens un peu vedette. Tant d'autres se sont cassé la figure à cette épreuve et ce sont les "petits" qui en font les frais. »

Merci, Geneviève.

« Fais gaffe, Guy. Que ton éditeur te vende à tous les journaux, c'est son métier. Mais n'en rajoute pas. J'ai eu mon heure de gloire à la radio et à la télé. Mais j'ai arrêté le jour où un pote m'a fait comprendre que j'allais me casser la gueule. Je prends ton boulot trop au sérieux pour ne pas te dire de ne pas faire le con. Les puissants sont des salauds. »

Merci, François.

Je médite cette lettre arrivée à la suite d'une émission : « Guy, tu te médiatises trop… Tes santiags ne sont plus assez lourdes… Tu décolles… Nous savons que tu le sais. Alors, reste avec nous ! »

Merci, frère ou sœur anonyme, toi qui n'as pas peur de me rentrer dedans.

Francis et l'Évangile

Je me souviens qu'un jour d'avril 1978, je devais prêcher au cours de la messe télévisée. Juste avant de commencer, je regardais le texte que j'allais livrer sous les projecteurs. Je savais que ce serait dur de parler des prisonniers, de dénoncer leurs conditions de vie, notre refus de comprendre. J'ai eu deux secondes de panique, et puis j'ai vu au fond de l'église Francis adossé au dernier pilier. Il sortait de prison.

Je me suis dit alors : « C'est pour lui, Francis, que

je parlerai d'abord. » Et puis aussitôt, en un éclair, je me suis dit : « C'est au nom de l'Évangile que je veux parler. Ma force, c'est l'Évangile, rien d'autre. »

À la minute, la panique s'est muée en désir puissant : annoncer l'absolue priorité de nos vies de chrétiens à tous ceux qui sont écrasés. En même temps, crier l'Évangile qui a le pouvoir étonnant de donner un formidable souffle d'Espérance.

« Il est le seul témoin »

Le stade de Nantes était rempli à ras bord. Je terminais de parler à trois mille jeunes de ce que je vivais comme témoin de la tendresse et de l'espérance dans un monde de désespoir et de violence.

À la fin, un silence total enveloppa cette foule impressionnante de calme et d'écoute. J'annonçai la prière du « Notre Père » pour terminer cette veillée. Alors une petite voix féminine, venue du fond de l'assistance, osa articuler très distinctement : « Pourriez-vous enlever le projecteur du visage de Guy ? Mettez-le sur Jésus-Christ : c'est le seul témoin. »

Lentement, le phare blanc pivota sur lui-même et accrocha sur le mur une effigie géante du Christ…

J'ai revu souvent dans mes tournées en France un certain nombre de ces jeunes. J'ai constaté que cette petite phrase anonyme a eu plus de retentissement que le témoignage que j'avais été appelé à donner.

Chaque fois qu'un faisceau aveuglant éclaire la scène (qu'elle se déroule dans une salle ou dans un studio de TV), le tilt se déclenche en moi : « Il est le seul témoin. Je ne dois annoncer personne d'autre que lui. »

Le rôle public que j'endosse m'a appris le danger

des projecteurs. Ils peuvent à ce point éblouir qu'on court le risque de ne plus voir personne. Les médias sont capables de modifier quelqu'un jusqu'à lui faire perdre son identité. Il se croira le nombril du monde, et se perdra tout court.

Crier la misère des petits

On me demande à France 2. J'accepte. Et puis, dans le studio, on me présente Mohamed, jeune immigré de la banlieue parisienne, qui devait lui aussi participer pour parler de son copain algérien tué d'une balle dans la tête par un vigile que le bruit dans la cage d'escalier agaçait.

D'emblée, Mohamed me déclara que je n'avais rien à faire là. D'accord avec lui, pensant que sa colère était plus utile sur les ondes que ma prestation, je décidai de partir. Le présentateur refusa. Si je partais, Mohamed devrait se taire. Moi, je voulais qu'il parle. Je restai… Il parla magnifiquement. Il dénonça, en termes fort peu diplomatiques, le racisme, sa solitude, la misère des grands ensembles où on parquait ses frères et exploitait son père depuis vingt ans. Au passage, je tentai quelques phrases. Il les coupa d'un cinglant : « On n'a pas besoin d'éducateurs à notre cul chaque fois qu'un jeune passe à la télévision. »

Je vis, à la fin de l'émission, les standardistes débordés accrochés à une dizaine de téléphones. 90 pour cent des appels protestaient : c'était intolérable de laisser parler ainsi des jeunes immigrés, ils trouvaient incompréhensible ma présence à côté de lui devant les caméras. Jamais ne m'apparut aussi clairement l'importance de ma présence, justement. J'avais cautionné le cri d'un jeune écrasé de nos sociétés, même s'il avait exprimé avec insolence son refus de ma présence.

Être le témoin de l'Amour de Dieu et des petits reste ma seule chance de ne pas me prendre pour le Saint-Esprit.

Rentrer dans le lard

D'année en année, j'ai appris à avoir du culot. Il en faut une sacrée dose pour accepter d'être interviewé. Qu'est-ce que cherchent, en général, les journalistes ? L'inédit, la phrase cinglante ou grossière, le look peu commun… le scoop perpétuel. Rares sont ceux ou celles qui évitent d'épier, de mettre en danger ou en colère, et s'efforcent d'aller au fond des choses. Nombreux sont ceux qui s'appuient sur l'invité pour affirmer leur ego.

Il faut être « méfiant comme un serpent », comme dit le psalmiste. Il faut s'accrocher pour refuser de parler de l'avortement en deux mots, de la morale sexuelle en une phrase et de la délinquance en une minute.

Parfois j'ai quitté un plateau de télé avec le goût amer d'avoir été joué. L'essentiel est de dire des choses simples qui sortent des tripes, de dire Dieu et de défendre les écrasés de notre société. Mais à force d'avoir été coupé dans mes réponses, maintenant je n'hésite plus à rentrer dans le lard du journaliste.

Celui qui, un jour, m'a fait venir du fin fond de la France (avion payé aller et retour) n'a pas été déçu du voyage quand, après une présentation folklorique longue et stupide, il s'est entendu dire : « Tu m'as fait venir à grands frais. Mais je vois que seuls ma gueule et mon cuir t'intéressent. Alors on arrête là, ou je me casse. » J'ai pu m'exprimer ce jour-là sans frein, longuement. J'ai terminé cette émission sur un nuage !

Il faut aussi apprendre à dire non. Sinon, on s'use à l'écran. Le risque est énorme : on finit par dire n'importe quoi, n'importe où. Et le Royaume de Dieu en prend un vieux coup.

Des messagers hors pair

Les médias ont un rôle capital à jouer : faire passer un souffle d'espérance. Marteler que personne n'est irrécupérable. C'est ce que je hurle chaque fois. Expliquer que le délinquant d'aujourd'hui est capable d'avoir un avenir peut changer les mentalités. C'est là que les médias sont une chance.

J'aime aller à l'essentiel. À moi de montrer une extrême prudence en différenciant d'avance le bon grain de l'émission où l'essentiel passe… de l'ivraie dans laquelle les médias aiment se vautrer. C'est un exercice périlleux.

Les grands problèmes de société sont souvent traités à une vitesse stupéfiante, affligeante. On banalise tout. La vie, la mort, la souffrance. On zappe avec allégresse sur tout : les jeunes happent malheureusement ces flashs qui les désemparent et les rendent inaptes à différencier le bien du mal, le beau du sordide. Grande dévoreuse de l'image, si elle n'a pas derrière elle une solide formation humaine, morale et spirituelle, elle est désarçonnée, désarticulée. Bonjour, alors, l'avenir pour tant d'êtres jeunes, donc fragiles. Toutes les dérives sont possibles.

Combien de lettres, après de nombreuses émissions, m'ont dit combien un moment télévisé peut éclairer, dynamiser et provoquer le meilleur. Combien de groupes ont voulu tenter ce que nous avons si durement entrepris ! L'éveil des médias sur une pratique éducative peut être essentiel.

Face aux médias

Invité à une belle émission, j'entends soudain le journaliste me décocher : « Mon père, est-ce que vous vous masturbez ?

– OK, je vais te répondre. Mais puisque tu veux qu'on mette nos zizis à côté du micro, une question d'abord : es-tu homo ou hétéro ? Et quelle est ta position favorite dans le plumard ? Voltige russe, saut de lapin ? » Le journaliste, vexé, est passé illico à une autre question. Évidemment.

Il faut une forte présence d'esprit, instinctive et culottée, pour savoir remettre en place celui ou celle qui touche l'intime. Et demander à l'Esprit-Saint d'être là, tout près, pour ne pas tomber dans le discours people qui viole l'intimité et s'en repaît.

Il est vrai que, parfois, il m'arrive d'aller trop loin dans le familier, la vulgarité, voire la grossièreté. Je me note après chaque échange, craignant toujours un dérapage. Mais trente-deux ans de médias m'ont aguerri. Et mes adjoints, qui me suivent pas à pas, savent mieux que personne m'alerter, me critiquer. Leurs avis sont pertinents et ils ne manquent jamais de me prévenir de mes dérives.

Comme je l'ai déjà dit, je suis souvent invité aux « Grosses têtes » par Philippe Bouvard, et je n'y manque jamais depuis six ans. Son équipe n'est pas faite d'enfants de chœur. Le sexe y a une part large, débordante. Surpris d'abord, j'attaque ensuite. Comme un diable dans un bénitier, j'essaie d'être à la hauteur pour les millions de personnes qui écoutent cette célèbre émission. Elle touche surtout des gens simples, les taxis, les travailleurs de tout poil, tant d'autres. « Bravo d'être là », me félicite-t-on souvent. Quelques vieilles bigotes m'assènent, bien sûr : « Mais enfin, ce n'est pas la place d'un prêtre ! »

Dire Dieu avec cette équipe lubrique, fraternelle, qui affronte allègrement l'Église par ma présence, n'est pas inutile. Et puis, ces gaillards à la faconde savoureuse et à l'esprit tonitruant possèdent cette qualité rare : la repartie. La repartie jaillissante et joyeuse. Cette émission réjouit le cœur de l'homme. Tant mieux. Dieu doit être là dans ce studio. Il doit sans doute se marrer tout en fronçant les sourcils !

Dans ma vie avec les loubards, je n'ai jamais désiré autre chose que les servir. Ils sont ma passion. Accepter d'être au cœur des médias pour eux d'abord, et exceptionnellement pour des personnes illustres, ne me gêne en aucune façon.

Évangéliser aussi les « pipoles »

Je n'ai jamais cherché à fréquenter les grands de ce monde qui font la une. Servir les plus pauvres et en même temps rencontrer ceux qui ont pignon sur rue donne à mon sacerdoce la joie d'être là où on me sollicite. Sans en tirer d'autre bénéfice que celui de l'universalité.

Fils de prolétaire, je n'aurais jamais cru manger à la table des rois. Après le mariage du prince Laurent de Belgique, que je connaissais depuis des années, c'est pourtant ce qui m'est arrivé. L'homélie que je partageais avec le cardinal Danneels a soulevé la Belgique de joie. Ayant marié, huit jours auparavant, deux adultes dont le cortège nuptial ne comptait que cinq personnes, je découvris avec stupéfaction, à la cérémonie du mariage princier, les multiples caméras qui emplissaient la nef.

Tenu par le protocole à une intervention de trois minutes pile, je débordai mon prêche de quinze minutes ! Sans que je le veuille, il fit sensation. Que voulez-vous, parler en trois minutes de l'amour était pour moi insurmontable. Inutile de vous préciser l'afflux des réactions médiatiques. Sachez seulement que le mariage princier fini, je bondis à Paris. J'avais prévu deux jours de retraite, antidote nécessaire pour oublier les ors, les limousines et autres somptuosités, et retrouver ma cellule monastique.

Djamel et Mélissa

Un jour, Djamel Debbouze et Mélissa Theuriau m'ont demandé de les marier. D'abord étonné, j'y ai consenti ensuite, joyeusement. Les deux tourtereaux étaient lumineux d'amour. Peu de personnes savent qu'un musulman et une chrétienne peuvent être unis par notre sacrement du mariage sans qu'il soit nécessaire que le musulman renonce à sa foi. Djamel est resté musulman. Il a consenti à cette cérémonie catholique par amour pour Mélissa. Sa tolérance est belle et noble.

Le mariage religieux, dans une abbaye désaffectée, a été superbe, joyeux et recueilli. Avant d'entrer dans le temple, la foule étant à l'intérieur, je vois un vieil homme musulman dehors, tout seul. Je l'interpelle :

« Vous ne rentrez pas ?
– Qu'allez-vous faire ?
– Les bénir au nom de Dieu. »

Je le revois plus tard après la cérémonie. Il me dit alors : « Il n'y a qu'une feuille de papier entre votre religion et la nôtre. »

J'avais su, je crois, unir Dieu et Allah grâce à tout ce que j'avais vécu et acquis en Algérie durant treize ans. Ce périlleux exercice a été salué par vingt-cinq roses reçues le lendemain de la part des deux mariés.

Un petit Léon est aujourd'hui leur belle fleur.

Rien ne vaut des gestes

L'Église écrit beaucoup. Jésus, lui, n'a laissé aucun écrit. Il a parlé, certes. Mais trois ans seulement.

Cependant, l'Évangile est bourré de ses « gestes ». Ils ont été si forts, si imagés, si incarnés dans l'émotion populaire de son temps que, deux mille ans après, ils restent d'une force, d'une actualité intactes.

Citons en vrac des « gestes » de Jésus. Confronté à la prostituée Marie-Madeleine, son signe silencieux sur le sable. Le lavement des pieds qui restera éternellement dans les esprits. Son regard, son seul regard, accroché à l'escroc de tous les temps, Zachée. Les mômes rejetés par ses disciples, comme l'ancienne mise de côté, tous priés dare-dare de se rapprocher. L'eau changée en saint-émilion, etc.

Les évêques, à mon sens, manquent de « gestes ». Ils parlent, ils écrivent, dénoncent. Soit. Leurs homélies, trop souvent, poussent l'assistance à se gratter, passées les dix minutes où leurs envolées mystiques atteignent des hauteurs inatteignables.

Jean-Paul II m'a ravi par son attitude de pardon qui restera la plus belle, la plus forte de son pontificat : l'accolade à son agresseur.

Une reine me demandait récemment ce qu'elle pouvait faire, tenue par des discours prémâchés à la virgule près, et un protocole figé et compassé : « Majesté, fais des "gestes"... de simples gestes. Ils resteront, dans ton royal sillage, des signes qui marqueront. »

Un évêque, juste nommé, s'interrogeait devant moi : « Comment dire à mon peuple que je l'aime ?

– Avant d'aller sabler ton intronisation avec le préfet, réunis les clochards, les SDF, les sans-papiers, et fête avec eux ta joie d'être leur père spirituel. »

Pensez à la force incalculable des « gestes ». Le Christ en a été le maître incontesté.

Cherchez les prophètes

Je me fends la gueule quand, dans un catéchisme, je découvre mon visage et les quelques phrases qui l'accompagnent. Coincé entre Mère Teresa et l'abbé Pierre, j'ai bonne mine ! On m'a déclaré d'autorité prophète de notre temps. En quoi suis-je différent des innombrables apôtres du Christ de l'Église actuelle ?

En rien. Mais l'exceptionnel attirant irrésistiblement, je me trouve toujours devant des salles pleines. Imaginons qu'un curé de campagne, isolé, maintenant la foi dans une solitude terrible, veuille un jour en parler dans une salle. Pauvre de lui : il n'y aura pas un chat. Et pourtant, c'est un héros de notre temps et un grand prophète devant l'Éternel. Ou supposons qu'un éducateur veuille un jour se risquer à parler de son métier dans une salle de la ville où il travaille d'arrache-pied à sortir les jeunes de leur misère : ce grand prophète-là risque de faire un bide.

Cela dit, pouvez-vous imaginer les difficultés de ceux que vous nommez prophètes, et que vous poursuivez dès qu'ils apparaissent ? Avez-vous pensé une seule fois que ces projecteurs qui les éblouissent peuvent les aveugler et les faire vaciller ? Rien de plus terrible que ces lumières de la rampe qui fixent quelqu'un jusqu'à lui faire perdre son âme.

Avez-vous pensé aux tentations qui guettent les plus visibles dans l'Église d'aujourd'hui ? Tentations multiples et souffrances intérieures très grandes.

Jusqu'à ce jour, qu'est-ce qui m'a sauvé de tant de périls ? Les loubards. Oui, eux d'abord. Quitter une salle comble et enthousiaste et filer pour être deux heures après sur mon terrain, où m'attend un mec paumé qui désire être écouté une soirée entière, j'en suis certain, cela me sauve d'une certaine manière.

Oublier tout pour lui. Ma gueule. Les regards des autres. Les rampes illuminées. Être à lui totalement, oui, cela me sauve.

Et puis mon équipe. Elle est inébranlable. Ces équipiers solides, les pieds sur terre, vous font redescendre, sans nuance, sur le plancher des vaches.

La prière, enfin, reste l'aliment le plus solide pour réapprendre toujours l'humilité. Elle rectifie tout. Parce que Dieu nous voit nus et nous fait entrevoir tels.

Cherchez autour de vous les prophètes !

9

Et demain ?

Là où deux prêtres agissent aujourd'hui, un seul sera encore présent dans dix ans. Outre les décès, dix fois plus nombreux que les ordinations, les évêques déplorent le départ de jeunes prêtres dont, fait nouveau, un nombre croissant quitte l'Église. L'interrogation du cardinal Barbarin en dit long : « Nous n'arrivons pas à comprendre. Que se passe-t-il au juste aujourd'hui ? S'agit-il d'un manque d'espérance ? Le ministère sacerdotal est-il trop difficile à vivre ? »

Je ne ferai aucune controverse. Il ne s'agit pas de pleurer, mais de stimuler l'Église pour qu'elle trouve un nouveau chemin et que l'eucharistie descende dans tous les clochers de France. « Sans l'eucharistie, l'Église est morte », dit et redit Benoît XVI.

C'est à l'Église de trouver le renouveau des vocations. Le Seigneur n'a pas dit : « Là où il manque des prêtres, faites des commissions et des sous-commissions… » Non, Il a dit : « Priez le maître de la moisson ! » On ne s'en souvient pas assez. Il appelait à la sainteté. Si nous sommes saints, nous donnerons à l'Église ce dont elle a besoin. Je pense qu'un prêtre saint peut avoir une formidable influence sur les vocations. Des exemples comme celui du curé d'Ars l'ont parfaitement montré.

Quelle Église pour un monde en crise ?

Saint Jean Chrysostome disait : « Ne vous éloignez pas de l'Église ! Rien n'est plus fort qu'elle, elle est votre espérance et votre refuge. Elle est plus haute que le ciel et plus vaste que la terre. Elle ne vieillit jamais. »

Ces phrases sont à méditer par tous les chrétiens grincheux, qui pleurent sur les églises vides, qui pleurent le manque de vocations, qui pleurent l'ignorance ou l'indifférence vis-à-vis de l'Église.

Il faut noter une chose : à Pâques, on fera le plein quand même. Aux Rameaux aussi, évidemment. Et puis, il y a Noël. Les baptêmes sont moins fréquents – sauf ceux d'adultes qui augmentent – mais n'ont pas disparu. Il reste aussi les mariages. Les funérailles ? Là tout le monde y vient ! Pratique garantie d'un peuple qui clame de plus en plus : « Je suis croyant non pratiquant. »

Une chose intéressante à noter, c'est la fréquentation constante des lieux de pèlerinage. Lourdes accueille six millions de visiteurs par an ! Même si la pratique religieuse diminue en Europe, il y a de plus en plus de visiteurs à la grotte miraculeuse. Les croyants vont aussi à Fatima. À Saint-Jacques-de-Compostelle, là où on comptait quelques centaines personnes par mois, on en voit maintenant des milliers ! La dévotion populaire est forte. Les croyants sont en recherche.

Le chiffre des catéchumènes devient grand : des dizaines de milliers en Europe. J'ai reçu la confirmation quand j'étais petit. Actuellement, beaucoup d'adultes la demandent. Dans les paroisses de Paris, ils sont des centaines ! Ces jeunes et ces adultes ne veulent pas adopter une religion, ils adhèrent à une personne vivante, source de vie : Jésus-Christ.

Ne pas jeter le bébé avec l'eau du bain

J'entends dire fréquemment : le Christ, OK, mais l'Église, non. Le Christ est un homme formidable, mais alors l'Église, quelle horreur… Voudrait-on jeter le bébé avec l'eau du bain ? On dit que l'Église souffre d'un déficit d'image. C'est sans doute exact. On attaque ses positions morales, sa hiérarchie, son mode de fonctionnement, on dit qu'elle est vieille, qu'elle est coincée. C'est un réquisitoire sans appel. Dans la religion, l'Église apparaît comme le maillon faible. Ne parlons pas de l'institution, elle donne des varices à encore plus de gens !

Comment peut-on avaler l'Église et la digérer ? Je crois qu'il faut la situer à sa juste place. Ce n'est pas dans les palais épiscopaux ou sous les ogives des cathédrales qu'il faut regarder l'Église, mais sur les routes de Dieu, celles que le Christ a empruntées : la route des Béatitudes, la route d'Emmaüs, la route de Césarée. Dieu chemine avec nous, dans notre quotidien, peu dans les églises. Mais l'Église reste indispensable. La parole du Christ qui nous est transmise est fabuleuse, mais cette parole passe par l'Église. Sans elle, sans le travail inlassable de tous ses membres, le Christ serait un mec super-bien, mais un mythe inaccessible.

Le fils de Dieu doit être dit et vécu par l'Église.

Sur les fractures de la société

Mgr Claverie, l'évêque d'Oran que je connaissais bien, disait que la vocation des chrétiens est de vivre sur les fractures de la société. C'est une phrase superbe. Il l'a vécue et il en est mort. Un jour, alors qu'il ouvrait la porte de son évêché, une bombe a explosé. C'est dans les endroits où apparemment elle n'a « rien à faire » que l'Église doit se situer. Je pense aux sept moines martyrs de Tibhirine. Ils savaient ce qu'ils risquaient. Ils sont restés jusqu'au bout. Ils en sont morts, par fidélité au peuple algérien.

L'Église est confrontée à la mondialisation. Dans un monde en crise, on ne peut plus échapper à un avenir collectif. Auparavant, nous avions notre paroisse, point final. Actuellement dans beaucoup de paroisses de France, des collectes et des prières sont faites pour des chrétiens étrangers. Nombre de diocèses et de paroisses sont liés à des diocèses d'Afrique ou d'Asie.

Le kit de survie de l'humanité

L'Église n'est pas une société de l'unanimisme. Elle accepte toutes les sensibilités religieuses, du traditionnel au progressiste. C'est ça, l'Église. Thomas d'Aquin n'était pas d'accord avec saint Bonaventure. L'école thomiste dominicaine n'était pas d'accord avec l'école franciscaine. Pascal n'était pas d'accord avec les jésuites. Et l'évangile de saint Matthieu n'est pas toujours en accord avec celui de Jean.

La foi est une épreuve, aujourd'hui, surtout dans une Église qui manque de vocations. Il n'y a pas d'homme providentiel dans l'Église, et ce n'est pas le plus important. Simplement il faut que des jeunes répondent encore à l'appel. Une Église sans prêtres est infirme et menacée. Il faut garder foi en elle, en sa capacité de renouvellement, de régénération.

L'avenir de l'Église tient en quelques mots : lutter,

prier, aimer… et se former. Notre époque a particulièrement besoin de chrétiens adultes, il faut leur donner spirituellement une solide ossature. Si la chrétienté doit se refaire et vivre aujourd'hui, c'est par le témoignage, le rayonnement de ses membres. Il nous faut de véritables adultes, libres. L'Évangile ne dit-il pas que « la vérité nous rendra libres » ?

La mission de l'Église est de rappeler sans cesse la morale commune parce qu'un jour on risque de l'accuser de non-assistance à personnes ou à civilisations en danger. Les dix commandements constituent le kit de survie de l'humanité. En sortir, c'est aller à la mort, directement ou indirectement. Aimez votre Église et n'ayez pas peur. Elle sera toujours à contre-courant. Le Christ l'a dit. On peut le vérifier deux mille ans après.

L'avenir de l'Église, c'est un christianisme plus attentif à l'homme. Pas une Église triomphante aux temples pleins. Mais mille et une étoiles qui resplendiront dans le doute actuel et parfois dans les ténèbres.

Si les curés faisaient grève…

Si les curés faisaient grève… tous les médias seraient là, micros tendus vers les « dinosaures » ecclésiastiques, qu'on verrait en tête de la manif, évidemment… Les pancartes des revendications des ancêtres de l'Église ? « Assez de retraites », « On veut bosser », « On s'emmerde dans les mouroirs de l'Église », « Où est la relève ? »…

Derrière, fleuriraient les « suggestions » des vicaires généraux, ayant trop peur de perdre leur place à droite de l'évêque : « Monseigneur, sois plus cool », « Patron, j'existe », « Courir derrière toi, ça craint »…

Les doyens, hommes de terrain et responsables d'un secteur de plus en plus vaste : « On élargit mon champ et j'ai de moins en moins d'ouvriers », « Les réunions, d'accord ! Mais mes vieilles ne me voient plus », « Rien de plus dur que de bosser avec des curés, ils gardent le regard vissé sur leur montre »…

Les curés, ces besogneux de l'Église aux dix paroisses, affirmeraient : « Je suis l'homme du sacrement. Je voudrais être sacrement de l'amour », « Ma 4L est foutue », « Je ne vois les gens qu'aux enterrements », « On veut deux jours de repos par semaine »…

Les vicaires, impétueux, brandiraient des demandes fort contrastées : « Le clergyman pour tous », « C'est pas au mètre carré de chiffon qu'on calcule un témoignage », « Le mouvement que j'anime est la priorité de l'Église », « J'ai pas le temps pour la brebis perdue », « Mon curé sait tout »…

Bien sûr, la longue procession serait respectueusement suivie par les diacres de l'Église tenant leurs pancartes : « Curés, pensez qu'on a femme et enfants », « Diacres, d'accord, mais pas sous-curés », « L'Évangile à proclamer, OK ! Mais vivons-le d'abord »…

Les religieuses finiraient le cortège, le chapelet à la main et les revendications… dans leur poche : « On est toujours là », « Sans nous, il n'y aurait plus de caté », « Servantes, oui, mais coopératrices aussi ».

Une marée de laïcs assumerait le service d'ordre en clamant comme slogans : « On vous aime bien, mais on est d'Église comme vous », « Célibat, mariage, même combat », « On a le même Christ », « Vos deux pieds à l'autel, personne ne vous les enlèvera », « Rejoignez aussi nos deux pieds dans la paroisse », « Dites-nous, mais faites surtout », « Le dimanche, soyez brefs », « Parlez notre langage », « Nos gosses s'emmerdent à la messe ».

Bien sûr, il n'y aurait pas de grève de la messe. Ça serait priver les prêtres de leur oxygène ! Et puis, avec l'évêque, en bout de table pour une fois, la grève se terminerait par un bon gueuleton d'autrefois. Les curés ont le charisme des bonnes bouteilles. Rien de tel pour reprendre sa tâche dans l'allégresse.

Fleurs venues d'Afrique

Présider une eucharistie entouré de quatre prêtres africains était une première pour moi. Je n'étais pas en Afrique, mais en Belgique !

Leurs prénoms, Placide, Vénuste ou Balthazar, que l'Europe n'a pas l'habitude de donner à ses enfants, évoquent des saints. J'ai fait applaudir les quatre célébrants pour leur présence dans nos paroisses. Cinquante de leurs frères lointains faisaient partie du diocèse belge où je célébrais.

Je pensais qu'il était heureux (et je l'ai dit) de voir mes frères prêtres à la peau d'ébène partager notre eucharistie. Nous, pasteurs blancs, avons été des pionniers dans l'évangélisation de leur peuple lointain. Eux nous rejoignent, apparemment, pour nous aider à enrayer l'hémorragie lente et inéluctable que vivent les prêtres européens. Mais l'Europe n'est-elle pas devenue un pays de mission au moins autant que l'Afrique ? Voilà nos frères africains devenus des pionniers au cœur de l'Europe… Beau retour de l'histoire de nos Églises réciproques.

Le nom de leur pays d'origine évoque souvent des calvaires insondables. Rwanda, Congo, Côte-d'Ivoire sont des pays de souffrance. La pudeur de mes frères prêtres est éloquente quand je tente de déchiffrer avec eux leur calvaire. Leurs yeux seuls trahissent ce qu'ils ont vécu.

De plus, ils ne retrouvent aucune commune mesure avec les eucharisties qu'ils ont pu vivre là-bas, face à nos assemblées gentilles, priantes certes, mais souvent coincées, rarement explosant de joie comme les leurs.

Les prêtres africains ne sont pas des immigrés venus balayer nos églises. Ils ont une bonne formation théologique ou la spécialisent en France. Ils réjouissent les fidèles qui, sans eux, déserteraient encore plus nos clochers. Leur pastorale africaine mixée à la nôtre ne peut que nous enrichir.

L'opposition de certains prêtres européens à leur accueil meurtrit ces frères venus de loin. L'argument « laissons pourrir la situation » pour que l'Église d'Europe recrute autrement sur son propre terrain n'est ni bon ni évangélique. Je me réjouis d'avance de voir arriver un jour un pape noir venu d'Afrique, ou un évêque noir à la tête d'un de nos diocèses.

Que des Églises riches en prêtres nous servent en apportant une nouvelle dimension sacerdotale et ecclésiale est un signe pour nos paroisses. Elles ne peuvent que nous dynamiser. Sans oublier que ces dernières s'enrichissent de plus en plus de laïcs africains immigrés.

Ces fleurs d'Afrique sont les bienvenues. Il paraît qu'elles sont géantes et très odoriférantes dans les forêts tropicales ! Qu'elles nous apportent le meilleur en nous fortifiant dans l'universalité.

La place des femmes dans l'Église

Les femmes auront une place comme prêtresses sous Benoît XXXV – peut-être –, c'est-à-dire dans quatre cents ans. Pour l'instant, l'Église n'est pas prête. Il n'est pas supportable qu'au niveau hiérarchique, la place la plus élevée qu'une femme puisse occuper actuellement au sein de la curie, soit celle de sous-secrétaire de dicastère…

En France on compte deux cent mille catéchistes. Cent cinquante mille sont des femmes, c'est-à-dire les trois quarts. On ose prétendre qu'elles ne sont pas formées. Je pose une question : qui assure les retraites spirituelles et les formations, y compris théologiques ? À 80 pour cent, des femmes. Elles ont un sens aigu du mystère. Qui est majoritairement représenté dans les funérailles ? Aux préparations aux mariages ? Aux baptêmes ? Les femmes !

J'aimerais bien qu'elles revêtent une aube blanche, par exemple pour présider aux funérailles. Je crois que cela sacraliserait leur fonction. Les prêtres ont-ils peur de voir une femme en aube ? Penserait-on d'elles qu'elles sont prêtres ? On habille bien ainsi les enfants de chœur ! Dans les superbes chorales de Notre-Dame de Paris, les femmes portent des aubes. Pourquoi pas lorsqu'elles président des funérailles ?

Qui trouve-t-on dans les prisons ? Plus souvent des aumônières que des aumôniers. Dans les hôpitaux ? Des visiteuses.

La dernière conférence épiscopale a précisé qu'il fallait des femmes lectionnaires, donc des femmes qui sachent lire ! Personnellement je pense qu'il s'agit de beaucoup plus qu'une simple lecture.

On dit toujours : « Attention ! Elles cherchent le pouvoir, les coquines. » Rien n'est plus faux, elles cherchent simplement à être reconnues. Et nous, les hommes prêtres, n'avons-nous pas un formidable pouvoir ? Comment l'utilisons-nous ?

Comme le disait très bien Jean-Paul II au sujet des femmes : « Ce n'est pas le pouvoir qui compte, mais la sainteté. » Bravo, mais il serait peut-être temps d'en donner à la femme dans notre Église. Cela me semble important. Car le pouvoir de service est le seul qui ait une valeur aux yeux du Christ.

Les femmes rendront l'Église plus humaine

La présence de Jésus auprès des femmes était extraordinaire. Il ne les exploitait jamais. Il les soutenait. Jamais dans l'Évangile on ne le voit rabaisser une femme.

Il ose parler ouvertement à la Samaritaine, pourtant démasquée parce qu'elle a connu une vie tumultueuse et de multiples mariages. Il ne l'a pas humiliée. Il l'a sortie de la souillure où elle était et il l'a revêtue de la miséricorde de son Père céleste. Il n'a jamais été menacé ou intimidé par une femme. Il devait avoir sur elles un regard d'une grande pureté. Il est certain que les femmes étaient très attirées par lui. Mais lui n'avait rien à prouver.

Le Seigneur élevait les gens au-dessus d'eux-mêmes et il n'y a rien de plus grand sur la terre. Ce n'est pas ce qui plaît le plus dans un monde où l'on a tendance à viser le plus bas…

Quelle espérance s'offre à nous ? J'ai constaté, au cours de mes nombreuses rencontres, que beaucoup de prêtres et d'évêques voudraient un vrai partenariat avec les femmes. Mais les choses restent figées : le catholicisme et l'islam sont les dernières religions où l'autorité et la parole sont uniquement masculines.

Dans l'équipe de la Bergerie de Faucon, nous avons trois éducatrices dans une équipe de dix. Elles sont fondamentales. Mon équipe parisienne compte cinq secrétaires femmes. Elles nous amènent un plus, absolument indiscutable. Malgré ma « misogynie » légendaire, je sais au fond de mon cœur qu'elles sont irremplaçables. Sans elles je ne serais jamais ce que je suis.

Honni soit qui mal y pense

D'où vient le refus de l'Église catholique d'autoriser l'accès des femmes à la prêtrise ? Dans sa Tradition, l'Église a stigmatisé le sexe et le plaisir.

Dieu est-il masculin ou féminin ? C'est évidemment un problème posé depuis longtemps, et c'est une bonne question. Dieu est homme et femme à la fois, car les deux sont à l'image de Dieu. Alors ?

Sur la question des femmes prêtres, reste un élément troublant. N'y avait-il pas de femmes du temps des apôtres ? Elles sont étrangement présentes, surtout dans le plus terrible moment du calvaire. Un psychanalyste dirait avec humour que l'on devrait exclure tous les hommes de la liturgie du vendredi saint puisque l'Évangile nous apprend, cruellement, que seules au pied de la croix se trouvaient les femmes amies de Jésus… Même le futur pape et les apôtres mâles s'étaient barrés courageusement pour se mettre à l'abri.

Aujourd'hui, des femmes souhaitent des ministères. Le diaconat peut être envisageable, par exemple.

Pourquoi les femmes souhaiteraient-elles tellement un ministère dont les hommes ne veulent plus ? Il y a de moins en moins de prêtres masculins et de plus en plus de femmes demandent à servir l'Église.

Pourquoi hommes et femmes n'offriraient-ils pas le sacrement des malades quand ce sont eux et elles qui apportent la communion, et assurent une présence vivante auprès des souffrants ? Cela participerait au ministère du prêtre, très pris, et n'en ferait pas un gourou qui apporte ce sacrement quand s'approche le départ pour l'éternité.

Les différentes traditions chrétiennes

Dans la tradition protestante, on insiste sur le sacerdoce universel des baptisés, au point de refuser une différence d'état, de statut ontologique entre pasteurs et laïcs. Les pasteurs sont des laïcs et le pastorat est purement fonctionnel. Dans les traditions catholique et orthodoxe, on distingue le sacerdoce commun de tous, et le sacerdoce ministériel des évêques et des prêtres, qui en est tout à fait détaché. Ce dernier, pour reprendre le catéchisme de l'Église catholique, confère un pouvoir sacré autorisant à exercer le service des fidèles, et un caractère spirituel inaltérable à celui qui le reçoit.

Le prêtre est à la fois, comme le catéchisme l'a écrit, un frère parmi d'autres, un vis-à-vis. Celui-ci exprime le message de l'Église, mais ne la rassemble pas en son nom propre, à la manière d'un club. Il agit à l'initiative du divin.

Ces deux conceptions divergentes cohabitent au sein de la communauté anglicane, ce qui explique les débats souvent épiques, houleux entre la tendance protestante et la tendance catholique. Cette dualité a des conséquences sur la question qui nous occupe.

Dans la conception protestante, le pasteur étant un laïc, nous voyons mal ce qui pourrait logiquement empêcher une femme d'exercer cette fonction. Par contre, dans la conception commune aux orthodoxes et aux catholiques, cette question est plus délicate. L'Église souligne la pertinence symbolique qu'il y a pour le ministère à appartenir au sexe mâle, puisque c'est la configuration du Christ.

La prudence légendaire de l'Église est son atout maître depuis deux mille ans. Enfoncer des portes la fait toujours trembler. Le mieux est de glisser le pied dans la porte qu'elle a entrouverte pour que celle-ci ne se referme pas et qu'on progresse enfin.

Avançons donc avec elle.

Mais que le cri des femmes soit entendu. Et vite, le temps presse.

III

Devenir homme d'espérance

1

Mes saints prêtres

« Que t'ont apporté tes études de théologie quand tu regardes quarante-cinq ans en arrière ? » me demandait dernièrement un séminariste. C'est surtout l'histoire de l'Église qui m'est restée.

Pour être prêtre, il faut un bagage théologique. Mais c'est surtout ceux et celles qui ont voulu vivre de façon radicale l'Évangile qui forment nos guides. Leur engagement a été total. Pour eux, pas de concession, pas d'à-peu-près évangélique. Je me suis baigné dans leurs vies. Leurs engagements multiples, contrastés, étaient tous également centrés sur la lecture de l'Évangile, où ils ont puisé la force d'en devenir les témoins prestigieux.

Et puis, à la lecture de leur vie, on voit que c'est leur union à Dieu qui leur a permis de réaliser des choses impossibles. Si on lit cela, qu'on le croie et qu'on veuille le vivre, on a tout compris. Saint Jean de la Croix a été un type qui avançait tout droit. C'était un fonceur et un contemplatif, fou amoureux de Dieu. Il y avait pas mal de désordre dans les carmels à ce moment-là. Il y a mis de l'ordre. Si toi, tu entends l'appel de Dieu, fonce tout droit. Dieu fera le reste.

Benoît Labre est un mec que j'aime bien. Lui, sa vocation, c'était d'être clochard. Quand les pauvres hères étaient tous rassemblés au hasard des rues et des saisons, Benoît choisissait l'endroit le plus humide, le plus sale. Il avait une humilité extraordinaire. Un type humble, personne ne prend sa place. On aime tellement le meilleur fauteuil, devant, en pleine vue.

Les saints sont des points de repère indispensables. Ils sont l'eau vive qu'on atteint en plein Sahara. Regarde-les, étudie leur vie, et marche. Ils illumineront tes pas. Jeune séminariste, je me régalais de lire leur vie.

Vieillard aujourd'hui, c'est toujours pour moi le même régal.

Le curé d'Ars

Le curé d'Ars est un de mes saints préférés. Il a été proclamé, en 1925, saint patron des prêtres. J'ai beaucoup d'admiration pour lui, même s'il ne portait pas de blouson noir et ne jouait pas de la guitare…

Que peut-il nous dire, après sa canonisation, sur le prêtre ? « La sainteté est un don de Dieu. Elle se reçoit par l'humilité, par la pauvreté, par la prière, par l'eucharistie, par le sacrement de réconciliation. » Le curé d'Ars ajoutait quelque chose de très caractéristique : « Il est là », en montrant le tabernacle. « Jésus est là, le Fils de Dieu est là », enseignait-il aux gens.

Il était un maître dans trois domaines : la prière, l'eucharistie et le sacrement de réconciliation.

Il fut nommé en 1818, à Ars, petit village de quelques centaines d'habitants où on était hostile aux curés. Il voyait que son église était dépeuplée et que les habitants n'accrochaient pas à ses discours. Alors il se renferma et pria beaucoup.

En 1858, quarante ans plus tard, des millions de pèlerins se rendaient à Ars ! L'année précédant sa mort, cent mille personnes venaient prier avec lui.

Au début il était devant le Saint-Sacrement tous les jours. Il priait sans cesse, il rencontrait les malades, les paysans dans les champs, les paroissiens chez eux. Il se présentait souvent au moment où les gens mangeaient. Il acceptait un morceau de pain, une pomme de terre, c'est tout.

Un discernement d'enfer

Il savait prêcher. Mais, comme il n'arrivait pas à apprendre le latin, quelques supérieurs avaient déclaré qu'il n'était pas fait pour le sacerdoce. Il avait du mal à retenir les leçons.

En revanche, son intelligence pratique était remarquable. Il avait un discernement d'enfer, une grande finesse. Quand quelqu'un qui se confessait loupait des aveux difficiles à faire, il observait : « Vous avez oublié quelque chose. » Il lisait dans les consciences avec une capacité tout à fait étonnante. L'histoire dit que souvent des gens sortaient en pleurant du confessionnal, complètement changés, parce qu'ils avaient osé confier leurs faiblesses et leurs hontes.

Le feu de Dieu

Il apprenait par cœur ses premiers sermons, non sans peine car il n'avait pas beaucoup de mémoire. Alors il sautait une phrase ici et là, ratait une page. Puis il s'est mis à prier, et sa parole est devenue percutante, poignante, touchante, parce qu'il parlait au cœur des gens. Beaucoup de prêtres devraient s'inspirer de lui. J'en vois certains toujours en train de lire, qui ne regardent pas les gens en face, qui butent sur les mots. Je me dis que, s'ils étaient tenus par la force de l'Évangile, il leur suffirait de prendre quelques points de repère sur une feuille. Et qu'ils se lancent plein pot !

Même si le prêtre se trompe de temps en temps, les gens s'en foutent. L'important, ce sont les vibrations qui animent notre prédication. Si nous avons le feu de Dieu, les autres seront brûlés par notre parole.

Le curé d'Ars prêchait sur deux grands sujets : l'eucharistie et le sacrement de réconciliation. Je dirais que ce sont les deux mamelles de l'Église, ses deux plus grands sacrements.

Il a prononcé des paroles absolument superbes sur la prière. Il avait ce talent de concevoir des phrases courtes, bourrées de sens. « Le prêtre n'est pas là pour lui, disait-il, il ne se donne pas l'absolution, il ne s'administre pas les sacrements, il est pour vous. Le prêtre ne se comprendra bien qu'au ciel. »

Il disait que la prière est « l'union à Dieu, tout simplement ». Il disait : « Plus on prie, plus on veut prier. » L'inverse est vrai aussi : moins on prie, moins on a envie de prier.

Il disait : « Ce ne sont ni les longues ni les belles prières que regarde le Seigneur, mais celles qui viennent du fond du cœur avec un grand respect et un véritable désir de plaire à Dieu. » Il disait : « Laissez une paroisse vingt ans sans prêtres, on y adorera les bêtes. » J'en ai été témoin dans le petit village de Provence où j'ai commencé à célébrer il y a trente-six ans. Dans certaines paroisses, des laïcs maintiennent une présence spirituelle par des réunions de prière. Mais c'est très important d'avoir un prêtre dans la paroisse, notamment pour l'eucharistie.

Le sacerdoce royal, c'est vous, chrétiens !

Que vous ayez quatre-vingt-dix ans, vingt ans, onze ans, c'est vous, l'Église. La sainteté n'est pas réservée aux prêtres. Elle est pour chacun d'entre nous.

La vie du curé d'Ars changeait les cœurs. Aujourd'hui, il est un modèle pour nous tous. Un exemple parfait pour les jeunes séminaristes d'aujourd'hui. C'est notre grand frère dans le sacerdoce. Il ouvre le chemin de la sainteté. Il disait que les saints n'ont pas tous bien commencé mais qu'ils ont tous bien fini.

Il n'est pas imitable dans sa pauvreté. Il avait une vie extrêmement sommaire. Il mangeait ses légendaires deux patates par jour. Je ne vous conseille pas d'en faire autant. Pendant le carême, si vous voulez…

S'il peut être le modèle du sacerdoce pour les quatre cent mille prêtres du monde, c'est qu'il symbolise l'essentiel du don du sacerdoce. Du prêtre-ouvrier des grandes villes à celui vivant seul au Sahara, au cœur de l'Islam, nous avons tous à regarder le visage du saint curé, à le prier et à nous inspirer de sa sainteté.

« Mohamed » Duval… et mes racines

Quand l'avion décolle d'Orly, tous les ans, pour m'amener en Algérie où je participe à la retraite annuelle des prêtres, c'est mon enfance sacerdotale que je retrouve, avec la joie de revoir mes frères prêtres. Cette terre d'Algérie que j'ai connue en 1957 comme militaire et comme prêtre en 1965, je la porte dans mon cœur après l'avoir quittée en 1970.

La grande figure de celui que tant de pieds-noirs avaient baptisé « Mohamed » Duval a dominé, là-bas, durant les événements dramatiques de la guerre et de l'Indépendance. Le cardinal Duval, archevêque d'Alger, pourtant grand romain traditionnel, dans le meilleur de l'Église, a passé souvent dans la presse pour un gauchiste invétéré, un kamikaze de l'indépendance, totalement au service des seuls Algériens. Image fausse s'il en est. Je l'ai connu de très près. Homme de Dieu, déchiré, sali, calomnié par la majorité de ses ouailles, il a, sans désemparer, conduit l'Église d'Algérie sur les seuls sentiers de l'Évangile.

Un héros de l'Évangile

Mgr Duval avait été nommé archevêque de Constantine fin 1954, peu de temps avant le déclenchement de la rébellion. Dès son discours d'installation, il avait rappelé les exigences de la justice et des droits des plus pauvres. Deux mois et demi après, il condamnait la torture, prêchait la charité fraternelle, estimant que l'Église ne devait être « inféodée à aucune cause temporelle », et qu'il fallait « assurer par le dialogue la libre expression des aspirations légitimes… ». Avec une telle prise de position, il ne pouvait que s'attirer les foudres de la population européenne qui le traitait de « fellagha ». À plusieurs reprises, il fut hué par les chrétiens et ovationné par les musulmans à la sortie de la cathédrale. Pourtant, son discours était inattaquable au regard de l'Évangile, et ses orientations pastorales furent soutenues par le Saint-Siège. Après l'Indépendance, il fut nommé cardinal, ce qui revenait à dire : « Mon pote, tu as bien combattu pour la dignité de l'homme. »

Pour l'Algérie, c'était aussi un grand honneur. Les responsables du pays le reçurent en grande pompe à son retour de Rome. En 1964, il obtint la nationalité algérienne. Les musulmans le considéraient un peu comme un héros de l'Indépendance. Ce qu'il n'était pas. Il était un héros de l'Évangile.

Il rendit l'âme à quatre-vingt-treize ans, quelques heures avant que les restes des sept moines martyrs de Tibhirine soient découverts. J'assistai à son enterrement et à celui des sept martyrs. Ce fut un des plus grands moments de ma vie sacerdotale. La peine, la joie de l'espérance. Le peuple algérien tétanisé par l'horreur du massacre. Les autorités algériennes au grand complet à la basilique Notre-Dame-d'Afrique… Lumière et souffrance.

Julien, le secrétaire trépidant du cardinal, m'a offert l'encensoir que le saint prélat avait tenu à me léguer.

Ses paroles de feu

Je sortais un jour de chez lui. Pendant notre entretien, des balles sifflaient autour de l'archevêque. À chaque rafale, la pâleur de son visage s'accentuait. Il m'avait dit : « Les paroles ne comptent plus. Seuls des gestes d'amour peuvent avoir l'impact suffisant qui nous fera sortir de ce bain de haine et de sang. » J'emportai dans les rues ces paroles de feu.

Il m'a appris à aimer l'éventail sans fin des mouvements d'Église, sans jamais me radicaliser ou penser que les loubards sont tout pour moi.

Il avait le culte de l'amitié sacerdotale. Lui-même portait à ses prêtres, qu'il recevait souvent sans rendez-vous, cette affection paternelle qui nous dynamisait. Notre immense amour filial le lui rendait bien.

Il aimait nous taquiner. L'humour perçait souvent sous un dehors hiératique, un peu glacé, qu'une taille imposante renforçait.

Un jour que je mangeais à sa table en compagnie d'évêques et de prêtres, il me décocha soudain : « Guy, tu tutoies tout le monde, sauf moi. À partir de maintenant appelle-moi "Léon" et tutoie-moi. » La table s'esclaffa. Je n'ai jamais vraiment réussi à faire ce qu'il me demandait.

Léon, juste avant de mourir, tu as dit : « La mort des moines de Tibhirine m'a crucifié. » Tu as porté une croix énorme toute ta vie. Le peuple chrétien, dont tu étais le pasteur, te vomissait parfois, t'insultait à la sortie de ta cathédrale. L'immense peuple musulman, en revanche, te vénérait. Tu étais le pasteur d'un peuple qui, écrasé, voulait se libérer. Contre vents et marées, tu as porté une parole d'Évangile et de libération au cœur de l'Islam.

Ma prière montera toujours au cœur de la basilique de Notre-Dame-d'Afrique, à l'ombre de laquelle tu voulais terminer ta vie. Aujourd'hui je te dis « merci ».

À Dieu, Léon.

Ça y est, maintenant, je peux enfin te tutoyer !

Le père Joseph

Il y a vingt-cinq ans, le CRS qui me fouille à l'aéroport, me reconnaissant, me glisse amicalement : « Alors, mon père, on fonce sauver une de ses ouailles ? » Il pense « loubard », sans aucun doute ! « Non, mon fils, s'entend-il répliquer tout aussi amicalement. Je pars fêter l'anniversaire d'un vieux prêtre, le père Joseph, qui m'a beaucoup aidé, il y a longtemps, à être un curé heureux. » Un signe fraternel et je m'engouffre dans l'avion.

Le rendez-vous de la reconnaissance

Il est assis maintenant devant moi sur son tabouret. Le geste est vif. Le regard pétillant de chaleur humaine. Des mésanges, derrière son dos voûté, picorent les petits morceaux de fromage qu'il vient de placer sur le bord de la fenêtre. Les pâles rayons du soleil d'hiver caressent son visage doux et humble à la fois. Un étonnant visage d'enfant. Il ne porte pas du tout ses quatre-vingt-onze ans ! Sans une arthrose du genou, il marcherait… et sans doute allègrement, le père Joseph !

Je l'ai connu en Algérie, il y a cinquante ans. Jésuite et prêtre, il a été, à un moment charnière de ma vie, celui qui m'a ouvert la porte du sacerdoce. Une retraite de cinq jours pour « déposer mon bilan », après la guerre d'Algérie, me l'avait fait rencontrer à Ben Smen, en banlieue d'Alger. Avec lui, pas de dirigisme du genre : « Sois prêtre ou pas la peine… » mais : « Décide-toi à la lumière du Saint-Esprit. Note sur deux feuilles ce qui, pour toi, est positif pour aller de l'avant et ce qui serait un obstacle à un futur sacerdoce. »

Son regard paternel m'a guidé dans cet exercice difficile qui consiste à se retrouver face à soi-même et, pour le maximum de clarté, dans le silence absolu et la prière. Cinq jours qui ont pesé lourd dans un choix ecclésial dont je n'entrevoyais que la beauté et les servitudes, mais évidemment pas le chemin escarpé de ma mission d'Église d'aujourd'hui. Revoyant son visage, je me rappelle que la folie est chrétienne, que saint Paul nous l'a criée et que Jésus-Christ l'a suffisamment expérimentée.

Un très beau moment, juste après nos retrouvailles, fut l'eucharistie que le supérieur de la maison de retraite m'avait demandé de présider le matin. Je salue affectueusement les célébrants, très âgés, qui avaient rempli de multiples missions aux quatre coins du globe. Sans doute, comme Joseph, ont-ils accompli sereinement des tâches nombreuses et variées qui n'ont pas toutes été ce qu'ils voulaient, quand et où ils le voulaient. Si l'obéissance est reine, c'est bien chez les jésuites qu'elle doit avoir son royaume !

L'après-midi, nous avons parlé de ma mission avec ceux que mon ministère intéressait.

Ensuite, je restai seul avec Joseph. Après un long dialogue spirituel, un secret dévoilé, un au revoir ému de part et d'autre, il me fallut partir rejoindre à tire-d'aile mes ouailles habituelles.

Frère Roger

Au cours de la prière du soir du mardi 16 août 2005, au milieu de la foule qui entourait la communauté dans l'église de la Réconciliation, une femme déséquilibrée a violemment frappé de trois coups de couteau dans le dos le frère Roger Schutz, qui est décédé quelques instants après.

Une vie donnée

En 1940, frère Roger, jeune Suisse protestant de vingt-cinq ans, arrive sur son vélo à Taizé, un petit village de Bourgogne. Il veut partager le sort des Français occupés. Il accueille des réfugiés juifs avec sa sœur Geneviève, puis, en 1942, retourne en Suisse. En 1944, il se retrouve à Taizé pour venir en aide aux prisonniers de guerre allemands et aux orphelins.

Au fil des ans, la communauté de Taizé se développe. « Dans ma jeunesse, disait-il, j'étais étonné de voir des chrétiens qui, tout en se référant à un Dieu d'amour, perdaient tant d'énergie à justifier des oppositions. Et je me disais : pour communiquer avec le Christ, y a-t-il réalité plus transparente qu'une vie donnée, où jour après jour la réconciliation s'accomplit dans le concret ? Alors j'ai pensé qu'il était essentiel de créer une communauté avec des hommes décidés à donner toute leur vie et qui cherchent toujours à se réconcilier. »

Une prière œcuménique

D'origine protestante, frère Roger était en pleine « communion » avec la foi de l'Église catholique. Sa propre foi, il l'avait exprimée en 1980, en présence de Jean-Paul II, dans la basilique Saint-Pierre : « J'ai trouvé ma propre identité de chrétien en réconciliant en moi-même la foi de mes origines avec le mystère de la foi catholique, sans rupture de communion avec quiconque. »

L'originalité formidable de Taizé est d'être une

prière œcuménique totale. La communauté n'accepte aucun don pour elle-même. Une seule règle : la prière soutenant une vie de travail. Les membres n'acceptent ni les dons ni les legs parce qu'ils veulent travailler de leurs mains. Leurs héritages familiaux sont donnés aux plus pauvres.

D'année en année, des jeunes affluent. Ils étaient trois en 1944 ; quarante, deux ans après. La communauté se compose aujourd'hui de frères venant d'une trentaine de nations. Du 28 décembre 2002 au 1er janvier 2003, à Paris, cent mille jeunes les entouraient pour prier, chanter ou faire silence. Et échanger sur deux choses : sur la source et sur les engagements concrets de sa foi.

Cette expansion phénoménale fut pour le frère Roger une énorme surprise.

Au lieu d'avoir peur de tous ces jeunes, il eut cette phrase : « Ne fuyons pas, accourons ! » Et ces autres mots : « Ici, pas de maîtres spirituels ; ici, pas de pasteurs conférenciers. » Parce qu'il faut d'abord écouter ces jeunes, écouter leurs aspirations.

À la veillée du soir, le frère Roger donnait une seule phrase à méditer, c'est tout.

Jean XXIII disait, en 1962 : « Nous ne ferons pas un procès historique [aux protestants, aux orthodoxes...]. Nous ne chercherons pas à savoir qui avait raison ou qui avait tort. Les responsabilités sont partagées. Nous dirons seulement : “Réunissons-nous.” »

Vingt ans auparavant, le frère Roger prônait la réconciliation en renvoyant chacun à sa propre religion : « Progresse dans ta foi, dans ta propre religion, le Christ est au cœur de ta vie. »

D'une certaine façon, le dalaï-lama fait la même chose.

Une dynamique du provisoire

Taizé n'est ni un nouveau mouvement de l'Église ni une nouvelle Église, c'est une magnifique réunion de jeunes chrétiens ancrés dans l'instant. J'ai toujours admiré ce que disait le frère Roger : « Nous avons une dynamique du provisoire. »

J'aime reprendre ces mots à Faucon. À propos de cette ruine que j'ai achetée pour les loubards, je dis souvent : « C'est du provisoire ! » Et aujourd'hui, c'est toujours du provisoire… C'est du provisoire parce que ça ne s'arrêtera jamais… On marche ensemble, on prie, on cherche ensemble. On rassemble.

L'ABBÉ PIERRE

Pour une fois, lors de l'enterrement de l'abbé Pierre à Notre-Dame de Paris, les plus pauvres étaient devant. À deux reprises, j'ai pu avec joie le constater moi-même.

Alors que je voulais entrer dans la cathédrale, le barrage des policiers se dressa sans appel. Pas de « celebret » (carte authentifiant mon sacerdoce), donc interdiction d'entrer. En revanche, la foule des pauvres d'Emmaüs s'engouffrait en masse pour un dernier au revoir à « leur » abbé.

J'ai vraiment aimé être refoulé de prime abord ! Finalement, un lieutenant de police m'a conduit dans la cathédrale pour me « faire identifier », ce qui m'a permis de participer à la cérémonie.

Bien sûr, notre président Jacques Chirac était à l'avant, à quelques mètres du cercueil. Mais avoir placé derrière lui plusieurs rangées de membres d'Emmaüs, devant les ministres du gouvernement, était un geste hautement significatif.

Si on veut vraiment faire de la bonne politique en France, la seule condition sera que les pauvres soient placés devant, et qu'on les voie, qu'on s'occupe d'eux d'abord. Elle est vraiment inspirée, cette parole de saint Vincent de Paul : « Ce n'est que pour ton amour, pour ton amour seul, que les pauvres te pardonneront le pain que tu leur donnes. » Phrase à méditer le dimanche sur le seuil de nos églises…

Le génie de l'abbé Pierre

Le génie de l'abbé Pierre vient essentiellement de son état de contemplatif et d'homme de prière. Les médias ont oublié de le dire. Peu de temps avant sa mort, le 17 décembre 2006, quand j'ai fait l'eucharistie avec lui, je sentis que toute la puissance de sa vie était là. Je me souviens de ce petit carnet plein de notes et de photos qu'il gardait sur lui, et de cette petite boîte offerte par une Iranienne dans laquelle il rangeait ses hosties. Juste avant de faire l'eucharistie, l'abbé Pierre me remit la Légion d'honneur. Personne d'autre que lui n'aurait pu le faire.

Après la réception du ruban rouge, l'abbé Pierre le tendit à Amine, qui représentait les jeunes de la Bergerie, et lui demanda : « Quel est ton animal préféré ?

– C'est Paola, une femelle lama.

– Alors tu lui accrocheras au cou cette Légion d'honneur. Elle le mérite bien, puisqu'elle te donne tant de joie. »

Ce qui fut fait dès notre retour à Faucon.

On ne pourra pas dire, à propos de l'abbé Pierre : « Les meilleurs s'en vont les premiers. » Non, l'abbé aura eu également le génie de la durée : quatre-vingt-quatorze ans ! Mais comme le temps parfois lui semblait long ! « Prie pour que je m'en aille, Guy, je crois bien que le Seigneur m'a oublié », furent les derniers mots qu'il m'adressa.

Jean-Marie Lustiger disait, parlant de l'abbé, que c'était « comme si saint Vincent de Paul avait fait un saut de deux siècles », et André Vingt-Trois qu'il était « un pauvre parmi les pauvres ».

Quand je l'ai vu pour la dernière fois, un mois avant sa mort, dans sa modeste chambre, tout était très bien rangé. Rien n'était superflu. Il y avait un petit lit encastré et une petite table. Il vivait vraiment comme un pauvre.

Des raisons de vivre

Souvenons-nous que, sur son parcours, tout a commencé par la rencontre avec Georges, un mec qui sortait de prison.

Le pauvre gars, comme sa gonzesse était partie avec son gosse, voulait se suicider. Alors l'abbé lui a dit : « Moi, je n'ai rien à te donner, toi, tu n'as rien à perdre puisque tu veux mourir, alors donne-moi ton aide pour aider les autres. » Georges est resté pendant quarante ans aux côtés de l'abbé. Georges se souvient : « Ce qui me manquait, ce n'était pas seulement de quoi vivre, c'était aussi et surtout des raisons de vivre. » Si l'abbé Pierre a aidé beaucoup de gens à vivre, il leur a surtout donné des raisons de vivre.

Les anciens se souviennent de l'hiver 1954. Cette

femme qui mourait sur le trottoir du boulevard de Sébastopol, à Paris, on l'avait fichue dehors par une nuit glaciale. Il faisait moins quinze degrés dans les rues, cet hiver-là.

Et puis le petit Marc meurt de froid dans un camion.

Partout dans la presse on diffuse la photo du cadavre. Alors, cet hiver 1954, quelque chose se passe. L'abbé Pierre réagit. Il veut alerter la France entière, il trouve les ondes de Radio Luxembourg et, comme une bonne dame lui a proposé d'accueillir quelques personnes dans son hôtel (elle avait six chambres disponibles), avec un culot évangélique, l'abbé donne l'adresse de l'hôtel et fait appel à la générosité de la population.

Le Christ était sa passion

L'abbé a lancé l'insurrection de la misère, il a secoué les puces de René Coty, de Giscard d'Estaing, de Mitterrand, de Chirac… Il n'était heureusement pas un homme politique, sinon il se serait bouffé la France et, au bout de cinq ans, on ne l'aurait plus supporté. Je suis sûr que maintenant il doit apostropher saint Pierre parce que certains vont au purgatoire et d'autres en enfer. Quel bordel il doit foutre là-haut : « Non ! doit-il dire. Je n'entre pas au paradis tant que tout le monde n'y va pas ! »

Il n'était pas un homme politique, il était un homme tout court, et un homme libre. Il prononça un jour cette phrase inoubliable : « L'homme doit vivre debout. »

Il refusait l'injustice et proclamait la charité et la justice indissociables. Et puis il avait une qualité tout à fait extraordinaire : sa science des médias. Le micro et la télévision étaient pour lui des armes de combat.

Il sut les utiliser de façon prodigieuse. Il avait le don. Au point même de souffrir de sa popularité.

Il était un formidable aiguillon du monde politique. Il se fichait de plaire à la droite comme à la gauche. Mais il avait une « insolence mesurée », comme il disait… C'est une qualité remarquable. Il aurait pu insulter les politiques ou oublier leurs fausses promesses. Mais il ne l'a jamais fait. Il avait l'art de leur parler sans les heurter.

Si l'abbé n'insultait jamais, il ne se taisait pas pour autant.

Il osait dire aux hommes politiques qu'ils avaient menti et qu'à cause d'eux des gens sans logement crevaient dehors. Il fallait un sacré culot. Quel homme actuellement en France oserait déclarer devant tout le monde qu'un ministre est un menteur et exiger de lui de faire immédiatement ce qu'il a promis ?

C'est que l'abbé avait l'autorité et la force d'un patron formidable : Jésus-Christ. Il ne parlait pas en son nom, l'abbé, il n'avait rien à gagner. Il parlait au nom du Christ. C'était sa passion.

Nous sommes tous appelés à la sainteté

On pense qu'en dehors des vierges consacrées, des évêques, des papes et des prêtres (tous forcément très âgés), nul ne peut accéder à la sainteté. Et pourtant, Dominique Savio n'est-il pas devenu saint à l'âge de quinze ans ? La sainteté, nous y sommes toutes et tous appelés.

« Soyez parfaits comme votre père céleste est parfait. » Jésus n'a pas dit cela qu'à saint Pierre et à ses douze trublions. Il l'a dit au monde entier. La sainteté peut se pratiquer isolément, mais elle se vit en Église. Elle existe pour les athées, pour les bouddhistes, pour les musulmans ! Les livres saints, comme le Coran ou la Torah, appellent à découvrir la plénitude en Dieu.

Comment se dépasser ?

Un musulman, un athée ou un agnostique qui vit pleinement des valeurs laïques peut être un grand saint. Nous, les chrétiens, partons du baptême. Vivre notre baptême, c'est accueillir l'invitation à être des saints, c'est participer à la mission de l'Église, les yeux tournés vers l'au-delà.

De l'Église on dit qu'elle est vieille, ringarde, démodée, alors qu'elle rajeunit sans cesse. Ce qui est merveilleux dans l'Église, c'est que d'année en année naissent de nouveaux saints !

Chaque saint a un charisme spécial. Saint François d'Assise est parti d'une phrase du Christ : « Soyez doux et humbles de cœur. » Il fut le fervent adepte de l'harmonie entre les bêtes, la terre, l'univers et les humains.

Sainte Thérèse, enfermée dans un couvent pendant près de dix ans, était concentrée sur l'amour de Dieu : « Ma vocation, c'est l'amour. »

Madeleine Delbrêl vivait à Ivry, dans un milieu ouvrier complètement athée et marxiste. Elle arrivera certainement sur les autels aussi.

Mère Teresa, une des grandes saintes de notre temps, n'était pas enfermée entre quatre murs. Elle vivait de plain-pied avec les rejetés. Son œuvre extraordinaire a fait exploser le monde.

Sans le regard confiant de celui qui rêve qu'un jour le monde peut être une terre heureuse où chacun gardera sa dignité, on ne peut tenir. Cette espérance-là, nous, chrétiens, la devons au Christ. Elle est invincible.

2

Silence et prière

Quand, pris par le boulot inhumain et à la fois merveilleusement humain de la rue, las et fatigué, je n'écoute plus les mecs, il y en a souvent un pour me dire : « T'es pas branché. Fous le camp chez tes religieuses. Va te reposer et faire tes prières, tu reviens toujours tout neuf de là-bas. » C'est le Saint-Esprit qui parle, à l'évidence. Je ne manque jamais de lui obéir. Ma survie sacerdotale en dépend.

Prière d'un vieux hibou

Il est trois heures du matin.

Mes valises dans ma voiture et mes deux clébards, Vagabond et Brigande, par-dessus, je fonce vers l'« essentiel ». Quelle joie, ce moment ! Crevé mais heureux. Soixante-quinze kilomètres et je vais retrouver ma cellule minuscule chez les religieuses.

L'urgence, c'est moi et moi seul dans l'intimité de Dieu avec, comme seule compagnie, mes chiens, ravis quand ils me voient embarquer mes valises.

Épuisé, j'arrive au couvent lové au cœur de la forêt de Fontainebleau. Je dépose mes bagages et m'étends sous un arbre. Moment merveilleux s'il en est. Je ne peux qu'offrir à Dieu mon silence et ma fatigue.

Je remercie la chouette qui ulule sur la branche d'un pin. Elle chante Dieu pour moi. Je n'en ai plus la force. Je préfère le rossignol. Mais, cette nuit-là, il psalmodie sans doute ailleurs.

J'entre ainsi dans la prière par chouette interposée. J'entre surtout dans une merveilleuse symphonie. Après un long moment sous le ciel étoilé, je pars me coucher, mes chiens sur les talons. Le tout petit que je suis va s'endormir dans les bras de son Père : « Il comble Son bien-aimé qui dort... »

J'aime cette formule étonnante de saint Antoine : « Le moine n'est jamais aussi près de la prière que lorsqu'il ne sait pas qu'il prie. »

Je ne sais pas prier. Je balbutie seulement. Je sais, par contre, que seule la prière me construit. Surtout durant ces quarante-huit heures que j'arrache à un planning dément.

Dieu doit être sensible à cet aveu du serviteur qui dit : « J'en peux plus. Trop de cris m'agressent, trop de choses me pressent. J'arrive devant Toi sans autre désir que Toi.

« Toi seul sais. Parce que Tu es l'Amour. Parce que Tu n'es que l'Amour. Et c'est la chaleur de ces moments happés pour Toi qui me donne la flamme pour faire fondre le froid glacial, pétrifiant des jeunes humains dont j'ai la charge. »

Ce temps consacré gratuitement à la prière est gagné pour les autres. J'en ai une conviction absolue. « La prière donne un sens à toute la vie, à chaque instant, en toutes circonstances », avait proclamé Jean-Paul II, huit jours après son installation comme timonier de l'Église.

C'est au milieu de ce peuple loubard que je dois

incarner, dans une tourmente quotidienne, ma prière incessante. Ces pousses loubardes, parfaitement adaptées au terrain des rues et de la violence, je me dois de les arroser de l'eau vive divine. Partir d'elles pour monter vers Dieu. Et non tout déraciner ou vouloir défricher à coups de bulldozer.

Partir de la prière des musulmans avec qui je cohabite… Partir de l'adolescent fragile et désarticulé qui nie Dieu farouchement parce qu'il a été enfermé dans un placard pendant quatre ans par des parents inhumains qui ont tué en lui, pour longtemps, tout désir d'aimer et d'être aimé.

Lire doucement le bréviaire. Ces heures que saint Benoît appelait l'« Opus Dei » (l'œuvre de Dieu) rassemblent toutes les situations, de la plus tragique à la plus joyeuse, dans une symphonie où je retrouve la joie éclatante d'un de mes lascars, la détresse sans nom d'un autre, le coup de main de Dieu dans une situation apparemment inextricable.

Apparaît alors, dans la lecture du bréviaire comme dans la prière du chapelet, la dimension humaine de mes compagnons de route et des jeunes dont j'ai la charge. Mais surtout la mienne, avec ses petitesses et ses lâchetés : « J'ai été un salaud vis-à-vis d'untel », « J'aurais jamais dû envoyer chier tel autre », « Il faudra que je demande pardon à ce môme. J'ai été vraiment injuste avec lui »… Ces phrases se mettent à foisonner.

Le monde crève du manque d'êtres de miséricorde. Seule la prière nous campe de façon certaine sur des prés d'herbe fraîche pour nous réconcilier avec Dieu. Et, partant, avec les autres. Tous les autres. Me réconcilier d'abord avec moi-même est le plus beau sentier fleuri de ces quarante-huit heures de retraite.

« Prier, c'est aimer »

« Aimer, c'est prier » m'apparaît en lettres de feu. Ma prière ne serait rien si je ne me sentais pas voué à l'Amour qui est le moteur de ma vie.

Mon amour ne serait rien s'il n'était pas purifié sans cesse par la montée inexorable, quotidienne, acharnée, vers Dieu. C'est dans et par l'eucharistie, où je fais descendre l'Amour dans mes mains nues, que je rassemble tous les actes d'amour, tous les sacrifices, toutes les tensions parfois dingues vécus durant mes jours de lutte sur l'un des terrains les plus durs qui soient.

Le vieux hibou que je suis peut repartir. Le plein d'amour et de silence est fait. C'est de la dynamite, pour retrouver mes lascars. Je remets mes bagages dans ma voiture. J'entends le cri des corbeaux qui attendent mon départ pour foncer sur les croquettes de mes chiens dont ils sont friands. Mais, comme la chouette qui me souhaitait la bienvenue à mon arrivée en magnifiant Dieu mélancoliquement, ils font partie de cette symphonie qui m'a saisi durant deux jours. Symphonie du silence de la forêt, de la splendeur de la Création. Dieu ne Se livre vraiment que dans le silence. Tous les jours. Impérativement. Il suffit de trouver l'endroit.

« Donne-moi aujourd'hui le pain du jour » n'a pas d'autre signification.

Je redémarre

Mes chiens toujours sur les talons, je monte avec eux dans ma voiture pour filer vers Paris. Le plein de forces est fait. Ma jauge de gazole m'avertit de stopper à la prochaine station. Pour rouler, il me faut du carburant. Mon gazole intérieur, lui, est au max de sa jauge spirituelle. Je démarre…

Quelle joie renouvelée de me replonger dans la tourmente de la rue, avec au fond de moi-même l'immense lac de paix retrouvée et de force qui en découle. Je peux me replonger dans les bars les plus malfamés de la capitale, à une heure qui n'est certainement pas celle d'un bon curé. J'ai noté cependant avec joie qu'à l'instant où je vais dormir, les contemplatifs attaquent matines. C'est pour moi la certitude absolue que la relève se fait dans le silence et la prière.

Qui suis-je ? Où vais-je ?

Un casque sur les oreilles, l'image de la télé dansant en face de lui, il fait son devoir de maths… Délicatement, je déplace un de ses écouteurs pour lui poser une question.

« Comment peux-tu réfléchir tout en regardant un film et en écoutant ton lecteur mp3 ?

– Question d'habitude, me répond-il, ça m'aide à faire mes devoirs. »

Il replace l'écouteur. Ma question saugrenue trouble, à l'évidence, sa triple concentration !

Le monde d'aujourd'hui a un besoin urgent de silence. Les jeunes notamment. D'ailleurs, il suffit de les appeler au silence pour qu'ils en découvrent la force incomparable.

On revenait d'un amphithéâtre comble où les étudiants m'avaient appelé à témoigner de ma mission. Je n'avais trouvé sur scène en guise de place que quelques centimètres carrés pour mes santiags ! L'enthousiasme de ces étudiants faisait plaisir à voir… Ils voulaient dialoguer, savoir, entendre parler des plus pauvres.

Je reste cependant réservé sur cette ferveur. Je sais que, considérant que tout est éphémère, les jeunes d'aujourd'hui ne s'engagent pas en fonction de l'enthousiasme que peut susciter un témoin. De plus, si ce dernier ne fait pas gaffe en appelant à l'intériorité, il ne provoquera qu'un feu de paille. L'étudiant qui me ramenait me confia ceci : « J'ai beaucoup aimé ce soir… le silence parfois total de la salle. C'était impressionnant. C'est chouette que, dès le début, après les applaudissements, tu aies demandé d'arrêter les frais. Il y a une semaine, un autre témoin est venu. Chacune de ses reprises a été ovationnée. La vedette est passée. Elle ne m'a rien appris d'autre que je ne savais déjà. Son message n'a pas été entendu. Trop de bruit. »

Le silence porte, en lui-même, une force pas possible. Celle qui permet de s'interroger sur soi d'abord. Les questions « Qui suis-je ? », « Où vais-je ? », « Qu'est-ce qui me pousse à agir ? », on peut les esquiver toute une vie, en courant après tout, sauf après soi-même, en refusant de se donner des réponses à ces questions vitales. Peut-être avons-nous peur des réponses, justement, à cause de l'engagement qu'elles peuvent susciter et des virages à prendre.

Présence oubliée

Quand je rentre vers quatre heures du matin, après une équipée nocturne à la recherche de la brebis perdue, je passe invariablement rue Archereau et je longe l'église Notre-Dame-des-Foyers, dans le XIXe arrondissement parisien.

Ses vitraux, très bas, laissent entrevoir, chaque fois, une petite lumière qui témoigne que Dieu est présent.

Un mec, une nuit, me voyant regarder cette lumière, m'a demandé pourquoi. « Pour moi, chrétien, Dieu est là, dans une minuscule maison miniature, lui ai-je répondu. Il y a du pain dedans. Un prêtre en a fait le corps du Christ. Je crois que Dieu est présent comme ça. C'est pour moi une grande joie de Lui dire bonsoir et merci, chaque nuit. »

C'est alors que mon interlocuteur me décocha cette phrase admirable : « Mais, si c'est vrai, tu devrais jour et nuit être devant Lui. Tu te rends compte, Dieu, qui est plus grand que tout, qui peut tout, est là et vous n'allez presque jamais Le saluer. »

C'était vrai. À force d'avoir rabâché que Dieu est dans l'homme, on entraîne à déserter les lieux de silence et de prière, à la recherche d'un Dieu que beaucoup tentent de trouver vainement dans l'action.

L'homme est égoïste, décevant, bruyant, déconcertant, changeant. Dieu est Amour, joie, paix, profondeur et immuabilité. Il réclame, pour Le connaître, silence, vide en soi, humilité. L'espace pour ça est essentiel… Le temps aussi.

Le temps qu'on lui offre

Dieu parle dans le silence, dans l'action aussi. Mais là, j'avoue que je perds souvent Son numéro de téléphone, alors qu'en retraite, à tous les coups, je me branche sur Sa ligne et Il ne la quitte pas.

De plus, j'avoue que j'ai eu la grâce parfois d'avoir une ligne directe, sans doute tenue par des anges.

Oui, le temps, Dieu doit en être amoureux. Pourtant, Il s'en fout du temps. Mais le temps de la terre, ça doit compter pour Lui. Pourquoi, en effet, nous a-t-Il donné vingt-quatre heures à combler tous les jours ?

L'espace qu'on aime, le temps qu'on offre servent à Lui rendre compte de ce qu'on a fait de nos jours et de nos nuits.

C'est le temps du tête-à-tête amoureux où l'Amour infini baigne de sa lumière l'amoureux limité, petit, pécheur qui dit avec ses mots combien il aimerait avoir dans son cœur si rétréci un peu de l'Amour gigantesque de Dieu.

Comment as-Tu pu me mettre cette puissance d'aimer dans un cœur aussi petit ? Lui dis-je chaque fois.

Il ne répond jamais. C'est après que ça vient, quand parfois la joie en moi éclate, inégalable, que l'amour jaillit comme une source puissante ou que des pics, hier infranchissables, se transforment en collines, allègrement parcourues.

Trouver un lieu, une date (à noter d'urgence) pour se retrouver, seul ou en couple, est un impératif que chaque être, croyant ou non, se doit de réaliser. Programmer dix minutes de solitude chaque jour, oui, c'est une urgence dans un monde qui bouge à toute vitesse. Combien de couples, de jeunes, d'anciens, savoureraient ces quelques instants au point de ne plus s'en passer. Oh oui, c'est l'urgence, la priorité.

3

Solitude et fragilité du prêtre

Rien sur terre n'est plus petit, plus fragile, et en même temps plus grand qu'un prêtre. L'isolement affectif, la solitude et un ministère asséchant peuvent le tuer. Par voie de conséquence, il peut devenir dominateur et intransigeant, ou déraper tragiquement.

« En tout homme et toute femme se trouve une part de solitude, qu'aucune intimité humaine ne peut combler. Pas même l'amour le plus fort entre deux êtres. Qui ne consent pas à ce lieu de solitude connaît la révolte contre les humains, contre Dieu, contre lui-même », disait frère Roger de Taizé.

Les souffrances d'un prêtre

La veille de son ordination Don Bosco demande à sa mère de lui définir la tâche du prêtre : « C'est souffrir, souffrir, souffrir », lui répond-elle.

Combien, jeune prêtre, j'ai médité ces mots. Depuis longtemps, je les vis vraiment, je connais une souffrance quotidienne dans mon ministère. Comme tout prêtre évidemment, avec en plus un métier social particulier qui s'avère crucifiant, parfois impossible, mais jamais désespérant. Parce que la croix du Christ est le signe, la force et le passage obligé de tout prêtre.

Comme toute histoire d'amour, c'est un combat.

Mon portable, une souffrance quotidienne

Que je sois chez moi ou en voyage, mon portable est ouvert douze heures par jour. Je me couche à quatre heures du matin, quand les moines et les moniales se lèvent pour ma relève et celle de tant d'autres ! Je confie à Dieu le peuple turbulent que j'assume, puis je dors comme un lézard. Juste avant, j'éteins mon téléphone portable, pour le rallumer le lendemain à quatorze heures. Donc douze heures de téléphone ouvert par jour avant de me coucher.

Beaucoup d'appels dans la journée, bien que je distribue peu mon numéro ultra-personnel. Mais les anciens l'ont. Après minuit, ce sont eux, adultes malades ou mourants, qui m'appellent. Ils connaissent mes horaires nocturnes. Des cris de solitude, d'angoisse de jeunes malades voyant la mort s'approcher et hurlant leur souffrance dans la nuit. Ils ont souvent rompu toute attache familiale ou amicale, car leur déroute leur a fait couper les ponts. Je suis souvent le seul interlocuteur qui leur reste. Je l'accepte parce que je connais leur cœur, leur destin, leur enfance terrible qui revient à la surface. Leurs amours manquées. Leurs gosses éparpillés. La maladie qui les dévore. « J'ai envie de mourir », « Je rêve de me suicider », « J'ai envie de tuer ma femme », « J'en peux plus », voilà leur litanie nocturne. Je me souviens alors de la bouleversante écoute de ma mère, qui m'a marqué à vie. Jusqu'à quatre-vingt-dix ans, elle était restée une femme dont les oreilles écoutantes réchauffaient nos cœurs. Je pense toujours au Christ le jour de son agonie. Pas un seul de ses apôtres n'avait la force de veiller une heure avec lui.

Mais le Christ, lui, avait la chance de ne pas être tombé sur terre à l'ère des téléphones, alors qu'il est pourtant l'écoute suprême. Comme il devinait tout par avance il avait la possibilité d'accorder une écoute brève avant, souvent, de guérir son interlocuteur.

Je n'ai pas cette chance, alors il faut que je m'accroche. Parfois désespérément. Longuement.

Qu'un ancien m'appelle à trois heures du matin pour me demander de mes nouvelles, c'est un miracle. C'est un sourire de Dieu, rare, que j'apprécie beaucoup.

Les appels nocturnes sont aussi des appels d'aide pratique. « As-tu un numéro de recharge téléphonique ? », « Je ne peux plus payer mon eau et mon électricité », « J'ai plus d'essence », « Je pète les plombs sans cigarettes »…

Ajoutons que j'assume le destin matériel de dizaines d'anciens qui sont incapables de travailler ou qui ont un salaire insuffisant pour leur permettre de manger ou de dormir. Pas les deux à la fois.

Mon portable serait un cauchemar si chaque jour je ne le confiais pas à Dieu. Je suis persuadé que cinq minutes avant ma mort, des mecs m'appelleront encore pour me demander de les aider. Je leur dis déjà en me marrant : « Je mettrai mon portable dans mon cercueil pour que vous continuiez à m'appeler. Je vous donnerai régulièrement des nouvelles du paradis. »

Et puis là-haut, j'aurai un sacré piston ! Si j'y vais, bien entendu.

Le cœur et les oreilles du prêtre

Comme tout prêtre, j'ai la hantise de sauver des âmes. Même si les corps des humains exigent de moi un maximum d'aides de toutes sortes. Garder une âme de prêtre au cœur de multiples demandes n'est pas facile. Benoît XVI met régulièrement le prêtre en garde contre cette tentation. Que le service social ne l'envahisse pas au point de lui faire perdre son âme de feu, vouée à la louange et à l'amour de la Parole de Dieu.

Prêtres, nous sommes appelés à écouter inlassablement. C'est notre ministère premier. Nous le négligeons souvent. Stressés, surchargés, pris par le culte, passant d'un enterrement à dix-sept heures pour terminer par une réunion paroissiale à dix-neuf, il nous est de plus en plus difficile d'écouter.

Il est utile de dire à son évêque de temps à autre : « Eh, monseigneur, ça suffit, pas question d'accepter une responsabilité de plus. Je veux bien vivre ce que j'ai à assumer. Mais trop, c'est trop. »

Comment un prêtre débordé peut-il se reposer, prier et ensuite se jeter dans la mêlée ? Combien de fois ai-je vu des prêtres et des évêques en réunion dormir sur leur chaise ? Il nous faut savoir dormir en tenant compte de nos fragilités physiques. Il nous faut impérativement deux jours de repos par semaine. Pour moi c'est huit heures de sommeil par nuit. Je m'y tiens absolument.

Deux jours de retraite tous les dix jours dans le silence absolu est mon trip prioritaire. Donc quarante jours de retraite faits de sauts de puce, plus cinq jours de retraite sacerdotale en Algérie par an m'apaisent, me réchauffent et me donnent une force pas possible.

Le corps du prêtre

Ensuite il s'agit d'entretenir ma carcasse en faisant du sport régulièrement. La marche, la varappe et monter dans les arbres restent mes trois sports favoris. Je les pratique malgré mes vieux os et mes muscles de soixante-quinze ans. C'est une nécessité, même si mon corps gueule : « Tu feras ton sport demain. » Attaquer tout de suite avec les jambes qui rechignent, c'est la tête alors qui décide. Redescendre de la montagne est toujours un enchantement. La fatigue a disparu, le corps crie joyeusement : « On a gagné. »

Garder son corps en parfait état est une nécessité pour tout prêtre. Le sport régulier est un atout majeur d'équilibre.

Prendre du temps pour soi

Le premier prochain à convertir, c'est moi. C'est toi. Tu dois vivre d'abord avec toi-même, même si cette compagnie est parfois lourde à assumer. Jusqu'à la mort ta carcasse physique, ton âme et ton intelligence doivent être prioritairement entretenues.

Sinon toutes les dérives sont possibles. « Aime-toi toi-même » est l'exigence évangélique prioritaire. Sinon, bonjour le lien amical avec le Christ, lien qui doit être constant, permanent. Ce lien est force et fraîcheur incomparable. Il prime tout, il sauve tout. Sinon notre spiritualité bâclée enlève le sel de la terre que nous devons être, et nous devenons des salières vides. Autrement, on frôle les gens et on les zappe. On passe pour des gens pressés, super-actifs, superficiels, débordés. Notre évangélisation devient aléatoire, même nulle.

Le regard du Christ dans l'Évangile m'a toujours fasciné. Je médite souvent ce seul mot : « Il le (ou la) regardait. »

Donner la communion sans regarder les yeux de la personne est du ressort du distributeur automatique. Faire semblant d'écouter est pire encore. La personne s'en apercevra.

Un jour où j'étais pressé, je reçois un ancien pas vu depuis longtemps. Au bout de dix minutes, il part et glisse ce mot sous ma porte : « J'étais plein de joie de te revoir depuis si longtemps. Tu m'as vite salué. Durant un quart d'heure tu as répondu à trois coups de téléphone et tu as donné plusieurs consignes urgentes à ta secrétaire. Merci, Guy, de m'avoir reçu. » Je n'ai jamais oublié. Chaque personne compte plus que tout en sa présence. À travers elle, sauver le monde.

Fuir la télé, sauf à la limite les informations ou les émissions qui feront monter d'un cran notre réflexion.

Fuir comme le feu Internet, inestimable mais dangereux. Notre solitude risque de nous faire taper des touches maléfiques qui nous conduiront aussitôt sur des sites qui fragiliseront notre célibat. Ou, pire, nous jetteront dans les ténèbres où certains prêtres pédophiles se sont engloutis. Terrible de lire leur chute dans les journaux. Souvent, l'une des causes est l'accrochage sur Internet. Des images qui tuent l'âme et provoquent un carnage.

La solitude, notre souffrance

« Il n'est pas bon pour l'homme de rester seul. » Contemplons la solitude du Christ. Il était pourtant toujours entouré. Son mariage d'amour avec le peuple qui le harcelait dès qu'il mettait le nez dehors lui enlevait tout stress. Mais quand la pression était forte, il se réfugiait tout seul sur un lac ou à la montagne.

Son union avec son Père était constante. Dialogue d'amour. Ses proches et sa famille devaient être une chaleur affective forte et protectrice. Ses disciples, ces enfoirés d'incultes appâtés par la gloire ou leur futur fauteuil au paradis, étaient fascinés par lui, par ses miracles, par sa parole aussi qui, elle, glissait souvent sur eux comme de l'eau bénite sur les plumes d'un canard. Mais ils étaient toujours proches de lui avec parfois d'étonnantes réponses amoureuses. « M'aimes-tu ? » demande Jésus à Pierre. À l'insistance répétée du Christ, réponse aimante de Pierre : « Mais enfin, tu m'agaces avec ta question. Toi qui sais tout, tu sais bien que je t'aime ! »

Il nous aime, le Christ, et infiniment. Il nous le redit sans cesse. À nous de lui dire sans fin : « Je t'aime. » Dialogue intime à l'infini. Mais on ne peut pas le toucher. Pas de tape amicale dans le dos. Il ne nous serre pas avec force sur sa poitrine d'amour. On ne le touche pas physiquement. Sauf certains saints qui étaient fous d'amour et le sentaient réellement.

Pauvres de nous dans notre solitude. Il y a des jours où ça peut nous rendre dingues. S'il y avait au moins un cœur et un corps pour nous réchauffer, nous caresser, faire vibrer notre cœur et notre corps ! J'ai toujours envie de faire l'amour. Caresser mon corps et le faire exploser d'allégresse est un manque certain depuis mon adolescence. Mais l'Église m'a enchaîné tout jeune, dès l'âge de treize ans, quand je suis entré au séminaire. Certains prêtres qui me confessaient commençaient par cette question : « As-tu commis le péché de chair ? » Je n'y comprenais rien, au début. On ne se touchait pas. Trop jeunes, et puis aucune tentation extérieure. Pas de Skyrock, ni de télé, ni d'Internet. On était protégé.

Voir le taureau de la femme de mon grand-père monter la vache n'était pas une tentation délirante pour notre puberté naissante. Juste une curiosité dont on parlait à notre grand-père qui, en retour, nous décochait : « Vous ne pensez qu'à ça. » Alors on la fermait en pensant que c'était sale ou mal. Sauf pour les bêtes.

S'entourer d'une communauté

Un prêtre doit assumer la solitude, mais ne peut ni ne doit vivre seul. Trop de tentations risquent de le submerger. Il est très important que le prêtre soit entouré d'une communauté. Je me souviens qu'après un baptême, un prêtre me disait : « Ce soir encore, mon presbytère est vide. »

Les prêtres ont aussi un passé. Quand ils n'ont pas eu une enfance heureuse, ce passé peut hanter leur solitude, et ils en souffrent. J'ai eu des tas de copains prêtres qui ont fini par renoncer à leur vocation et qui se sont mariés. Certains d'entre nous ont eu le courage de quitter l'Église. D'autres, les plus nombreux, ont eu le courage de rester.

La pesanteur de la solitude peut être terrible. Un regard imprudent, une rencontre peuvent faire vaciller.

Le prêtre doit se préserver, faire preuve d'une grande humilité.

Travailler seul est suicidaire. Je le répète sans cesse. On ne peut apporter l'amour sans être très fort soi-même. Si on n'a pas la force nécessaire, si on ne l'entretient pas sans cesse, on projette sur l'autre ses manques, ses faiblesses et on le fait régresser au lieu de le grandir. Pour donner la force de vivre, il faut avoir une grande joie de vivre.

Je ne dirai jamais assez combien mes équipes successives sont pour moi vitales dans cette lutte ; elles m'ont toujours fait faire des bonds en avant. Et si elles me prennent au sérieux quand il le faut, elles ont assez de réserve d'humour pour m'aider à briser une image dangereuse, que les médias, mes livres et les conférences sèment sur ma route.

Dieu n'aime pas les surhommes

Seuls mes carnets secrets savent ma pauvreté, mes tentations, mes manques et mes échecs. Ils sont ma joie, ces carnets, parce qu'ils sont témoins de ma lutte quotidienne. Ils me connaissent mieux que quiconque.

Au fil des années, je m'aperçois que j'avance cahin-caha. Mais j'avance ! On traîne toute sa vie sa fichue peau, son ivraie qui profite de tout pour envahir le peu de terrain qu'on a défriché.

Ma fragilité me donne une force. Elle me replonge, chaque fois que j'en prends conscience, dans l'immense cohorte des pécheurs de tous les jours. Pécheurs rénovés qui, la faute admise, repartent joyeusement pour une étape nouvelle.

Je ne me vante pas de ma fragilité, mais je la reconnais et je vis avec elle. J'ai lu seulement dans l'Évangile que Dieu S'appuie sur elle pour me donner une force pas possible. Je comprends de plus en plus pourquoi le Seigneur a aimé prioritairement les pécheurs. La tendresse particulière de Jésus s'est toujours manifestée pour celui où celle qui, se reconnaissant coupable, cherche désespérément à savoir qui pourrait lui pardonner et comment.

La force de la croix

Porter sa croix chaque jour est une grande joie pour celui qui renonce à lui-même. L'amour du chrétien pour Dieu et pour les autres lui fera comprendre que toute souffrance n'est jamais perdue ni gaspillée.

J'aime cette phrase de saint Paul : « Jetez en Lui tous vos soucis, Il prendra soin de vous. » Dans mes journées lourdes de cris d'angoisse, combien de fois ai-je jeté en vrac au Seigneur les soucis des autres : « Seigneur, donne Ta force de vie à Jean qui m'écrit de sa cellule qu'il pense souvent au suicide » ; « Suscite l'espérance pour ce couple qui vient de perdre son premier enfant… »

Combien de fois ai-je regardé avec amour une des multiples croix qui ornent ma permanence parisienne ! Elles m'ont été offertes par des jeunes de toutes les religions. Rien n'est dit et tout est dit. J'aime aussi regarder les multiples calvaires qui, d'un seul coup, apparaissent au détour d'une route.

Si tu places un crucifix dans ta chambre, regarde-le et prie-le. N'en fais pas un objet décoratif. Beaucoup de saints passaient des jours et des nuits en contemplation face à la croix. Ils l'adoraient et trouvaient là des lumières extraordinaires sur la signification de la souffrance.

Nous savons, nous chrétiens, que la souffrance que nous assumons, nous pouvons l'offrir aux autres. C'est le mystère de la communion des saints. Quand parfois, alors que je n'en peux plus, je sens une force nouvelle m'envahir, je me dis : « C'est sans doute un malade qui m'offre sa souffrance, ou une contemplative qui, dans le silence de sa cellule, supplie le Seigneur de me porter. »

Des pas dans la neige

J'ai la certitude qu'Il me soutient quand le fardeau est trop écrasant et que moi-même je tente d'aider les autres à assumer leurs angoisses ou leurs révoltes. Connaissez-vous cette très belle histoire ?...

Un homme monte au paradis. Là-haut, le Seigneur lui montre le paysage en dessous et lui dit : « Regarde, cette étendue de neige superbe. Vois-tu, sur l'immense surface, la trace de deux pas ? C'est toi qui marches et Moi qui reste toujours à tes côtés durant toute ta vie. »

Le gars regarde en bas et observe la direction des traces. Après la grande plaine couverte de neige, il y a une montagne très haute. Un sentier très difficile mène au sommet. Dans les endroits les plus escarpés, on ne voit plus deux traces mais une seule ! L'homme dit alors : « Seigneur, Tu m'avais dit que Tu serais toujours avec moi. Sur la plaine, quand tout était facile, il y avait deux traces de pas, et aux moments les plus difficiles de ma vie, il n'y en a plus qu'une ! » Le Seigneur lui répond : « C'est vrai, il n'y a plus qu'une seule trace. Sache qu'aux moments les plus durs de ta vie, Je te portais... »

Le Seigneur nous porte. Il nous demande aussi de porter notre croix et de porter la croix des autres.

Qui est la brebis perdue ?

L'Église, forte de son milliard de chrétiens, cherche très loin d'elle ses fameuses brebis perdues, vers lesquelles elle se doit d'aller en priorité. Mais prend-elle le risque de les chercher tout près ?

L'évêque paumé dans son diocèse, muré dans ses seules certitudes et coupé de son peuple, en prônant une pastorale dirigiste qui divise ses prêtres, n'est-il pas la brebis perdue de l'Évangile ?

Le jeune prêtre priant, enfermé dans des lois ecclésiastiques, nécessaires certes, mais qui, appliquées sectairement, font fuir les fidèles, ne fait-il pas partie des brebis perdues ?

Le fringant vicaire, passionné par sa tâche ecclésiale, mais jetant aux orties bréviaire, chapelet et retraites, se perdant dans de multiples activités qui n'ont, comme justification, que le mot « apostolique », n'est-il pas à mettre dans le troupeau des brebis qui se perdent ?

Le prêtre brillant, coqueluche de sa paroisse, vivant secrètement le drame d'un célibat qui n'a pour lui plus de signification, n'est-il pas une brebis égarée, sans que personne en ait conscience ?

Le croyant non pratiquant, lui, sait qu'il est une brebis perdue ! Aussi paumé lors du baptême, simple rituel qu'il exige pour ses enfants, qu'au jour de son mariage religieux vécu comme un sacrement de surface, il se rend compte que tout cela ne colle pas avec ce qu'il voudrait faire et vivre.

Quant au militant estimant que, seule, sa sensibilité chrétienne, incarnée dans son mouvement ecclésial, est la vérité, il se plante sans savoir qu'il est une brebis qui se fourvoie.

Aimez vos prêtres

Surchargé, sans cesse bouffé, écartelé, sur les routes, le prêtre est en danger. Chrétiens, vous devez l'aider dans sa mission.

S'il a renoncé à tout amour pour vous aimer et vous servir, votre amitié et votre proximité seront ses deux remparts pour l'aider à montrer l'exemple à votre communauté. Combien de prêtres m'ont dit leur reconnaissance aux fidèles qui les ont portés, soutenus, soulevés par leurs interpellations et leur franchise !

Ils auront alors beaucoup de chance de ne pas vous livrer un « Évangile des ténèbres », mais une Bonne Nouvelle qui sera une force et un phare pour vous. Parce que vous les aurez aidés à devenir des « êtres de lumière ».

Chrétiens, aimez vos prêtres. Vous êtes comptables de leur fidélité. Le célibat rend affectivement très sensible. Le prêtre a besoin d'amis. Il a un cœur et un corps d'homme. Son service d'amour est poussé à l'extrême. Souvenez-vous-en. Sa vie est pour vous.

4

Et les autres religions ?

Toutes les religions sont-elles bonnes ?

Toutes ont des principes essentiels où l'amour, la pauvreté, le partage avec les plus pauvres, la miséricorde reviennent sans cesse. Sauf lorsqu'elles sont dénaturées, falsifiées au profit de gourous, pourries par le fric, la puissance de leurs prêtres, la violence du prosélytisme, ou bien encore par la dépendance où elles enferment des groupes humains.

Beaucoup de jeunes, actuellement, veulent mélanger toutes les religions. On prône un « syncrétisme » religieux si confus qu'on risque de n'avoir plus aucune foi précise, aucune morale établie. C'est le vague complet, parsemé d'élans d'amour, de fraternité, d'égalité. Ça ne s'élève jamais très haut. Le syncrétisme est une grave erreur. Chaque religion comporte des essentiels sans lesquels la foi perd tout sens. Ces essentiels-là, il faut les affirmer sans peur, sans crainte, après les avoir vécus.

Me réincarner dans un scarabée après avoir vécu dans la peau d'un maharadjah, très peu pour moi. Ma foi de chrétien me pousse à croire que je ressusciterai et que pour toute l'éternité je resterai moi et pas un autre.

L'amour vaincra

Cette présence fantastique du Christ dans l'histoire des hommes est l'atout maître du christianisme. Le dire ne diminue en rien l'autre qui vit sa foi à sa façon. Ça lui permet simplement de penser que les richesses religieuses sont infinies et doivent aboutir, pour les croyants, à une source commune : Dieu.

Je lisais dernièrement, dans une rue de banlieue parisienne, ce graffiti agressif : « L'islam vaincra ». Je suis allé chercher aussitôt un feutre pour barrer « islam » et mettre le mot « Amour » à la place.

Oui, « l'Amour vaincra ». L'amour, pour moi, chrétien, vient de Dieu. Mais nous, chrétiens, nous n'en avons pas le monopole. On le retrouve dans toutes les religions. De plus, même celui ou celle qui n'en revendique aucune sait bien que c'est l'essentiel de toute vie.

Ce graffiti universalisé interpellera celui ou celle qui le lira. L'autre graffiti l'agresserait.

L'homme a trop tendance à diminuer l'autre. Tout ce qui nous unit nous grandit.

Quand on croit que l'autre détient une vérité qui nous manque, alors on garde sa foi et on cherche en l'autre le plus qui nous aidera à mieux vivre ce que notre religion nous prescrit.

La psalmodie de Yusuf

On préparait dans la sacristie une cérémonie œcuménique qui devait se dérouler dans la cathédrale suisse de Lausanne. Protestants, orthodoxes et catholiques m'y avaient convié. Chacun étudiait avec acharnement son texte. « Pas trop de Jean-Paul II pour ne pas effaroucher les orthodoxes… Pas trop de Sainte Vierge pour ne pas offenser les protestants… »

Enfin, ça commençait à me courir sur le haricot. Je patientais, au bord de l'overdose œcuménique.

Et puis un ancien qui m'accompagnait, Yusuf, musulman, nous dit timidement : « Et moi, je suis croyant aussi. J'aimerais annoncer Dieu. » Des yeux chrétiens fusillent aussitôt l'intrus, issu d'un autre livre… d'une autre rive.

J'entends : « Impossible ! On n'a pas le même livre saint. »

Je bondis : « J'en ai rien à foutre. Yusuf est musulman et croit en Dieu. S'il veut le proclamer, qu'il le fasse ! »

Silence. Je me tourne vers lui : « Comment veux-tu dire ton Dieu ? » Tout jeune, il était muezzin au fin fond de la Turquie et je savais qu'il aimait psalmodier l'appel à la prière si cher aux musulmans. Psalmodie que j'ai tant aimée pour l'avoir entendue des milliers de fois en Algérie.

Yusuf répond : « Je peux faire l'appel à la prière. » Je décide alors :

« OK ! C'est toi qui commenceras notre prière. »

Les intervenants se taisent. Silence hostile ou interrogatif.

L'assistance de huit cents personnes nous attend dans l'ancienne cathédrale catholique kidnappée par les protestants du temps de Luther.

De sa voix d'or, Yusuf attaque la psalmodie musulmane.

L'appel à la prière résonne dans un silence parfait. Stupéfaction de l'auditoire.

Une immense ovation clôt ce moment spirituel inédit, unique en ce lieu.

Ce même jeune homme m'a offert une croix, mon signe. Elle est sur mon blouson noir et y restera.

Religion communautaire

L'islam dit que la religion n'est pas affaire privée, mais communautaire. C'est cette intensité spirituelle collective qui m'a le plus frappé en Algérie.

Elle offre certes des dangers d'intolérance pour les autres religions qui cohabitent avec elle. Mais quand on retrouve l'Europe areligieuse, paganisée, matérialiste, où la religion est du domaine strictement privé (malgré le pourcentage important de ceux qui se disent catholiques), on comprend la grande misère des jeunes Occidentaux. Ils ne sont portés par rien, par personne, et surtout pas par Dieu.

Nous sommes entrés à toute vitesse dans une civilisation du chacun pour soi, Dieu y compris. Les signes terribles de notre manque collectif d'idéal sont à chercher là.

Dans le peuple musulman, tous les rythmes de la vie sont de façon quasi naturelle rapportés à Dieu. La naissance, le travail, les joies, les peines, la mort sont vécus sous le regard de Dieu.

La tolérance

La tolérance est une vertu maîtresse chez ceux qui assimilent et vivent bien le Coran. Ce qui n'est pas toujours le cas dans le monde musulman actuel. Durant un week-end dans l'Ouest algérien, où je campais avec un groupe de jeunes au milieu d'une immense forêt de cèdres, un des jeunes, sans doute pour se faire bien voir d'un homme religieux musulman que nous avions rencontré, lui dit : « Ce prêtre chrétien n'ira pas au paradis. C'est un mécréant. Il ne croit pas en notre Dieu. »

L'imam lui cloua le bec : « C'est toi qui risques de ne pas y aller. Car tu décides à la place de Dieu. Repens-toi de ce que tu viens de dire. Et ne juge plus personne. »

Il m'arrive souvent d'entendre mille critiques sur les religions. Le pire, c'est de commencer à les comparer. C'est super-chouette quand l'autre en face, appartenant à une autre religion, admire d'abord ce qui est beau dans la tienne.

Pourquoi ne dis-je jamais que ma religion est la meilleure de toutes ? Pour ne pas abaisser celle de l'autre. Je dis seulement : « C'est dans la Révélation chrétienne que je vis le mieux mon désir de connaître et de "vivre" Dieu. » Je respecte ainsi l'autre qui vit sa foi différemment.

Le dialogue alors devient possible. Sauf si on confronte nos théologies respectives, qui nous opposent souvent. Avec les mêmes mots, on cache des réalités différentes, sources de controverses sans fin, par exemple : Dieu unique et Dieu Trinité. Les mystères propres à chaque religion ne s'expliquent pas. Ils se vivent et se respectent.

Avec les musulmans modérés, nous déplorons l'islamisme qui peut s'avérer démoniaque. Voir un fanatique derrière chaque musulman est une erreur dans laquelle tombe facilement l'Occidental.

Cloches et muezzins

Face à certains musulmans, algériens ou français, traitant d'intolérants ceux qui refusent le fameux foulard, j'ose rappeler que le clergé catholique d'Algérie a payé un lourd tribut à l'intolérance.

En Algérie, un Arabe chrétien doit cacher sa foi s'il veut vivre tranquille. Nous avons donné aux Algériens des centaines d'églises devenues mosquées. En France, c'est par dizaines que des églises ont été offertes aux musulmans. Parfois même, comme ce fut le cas à Annecy, la mosquée a été construite avec l'aide des chrétiens. Mais je n'ai pas encore appris qu'une mosquée ait été offerte comme temple à des chrétiens ! Or le prophète Mohammed lui-même, en 631, a permis à une délégation de chrétiens de Najran de célébrer leur office religieux dans la mosquée de Médine.

Pourquoi les cloches des églises d'Algérie, où vivent des communautés chrétiennes, ne sonnent-elles plus ? « Faire entendre les cloches est du prosélytisme », répondent les musulmans qui ont rendu muets tous les clochers algériens. Les musulmans français trouvent-ils, eux, des obstacles à leur prosélytisme de plus en plus militant ? Je ne le pense pas. Plus de deux mille mosquées ont fleuri en France. Et tant mieux. Ajoutons les dizaines de minarets qui piquent le ciel de France.

Que les musulmans puissent chanter et prier Dieu est un impératif. Mais leur rappeler que, nous, chrétiens, souhaitons ardemment que, dans tous les pays arabes, les chrétiens puissent, eux aussi, chanter ce même Dieu et Le prier sans se cacher n'est pas inutile.

Quand, partout, les cloches sonneront et les muezzins chanteront l'appel à la prière, en toute liberté, chrétiens et musulmans sauront que Dieu, Unique et Amour, est présent. Et la paix régnera sur le monde.

Le synode d'octobre 2010 autour du pape Benoît XVI est une alerte au monde. Des centaines de milliers de chrétiens quittent de plus en plus l'Irak, la Palestine et d'autres pays arabes à cause de la persécution grandissante qui les chasse de leurs racines.

Les priants de Tibhirine

Le voile de mystère qui entoure les circonstances de la mort des moines de Tibhirine n'est pas près de se déchirer. En revanche, le mystère de leur vie est dévoilé à tous, chrétiens ou pas, à pleines pages, à travers maints livres, et maintenant par écran interposé grâce au film de Xavier Beauvois, *Des hommes et des dieux*.

Il m'a ému et fasciné. Et pas moi seulement. À la fin d'une séance, en temps normal, tout le monde se barre pendant le générique. Mais la foule qui emplissait la salle ce soir-là ne s'est retirée qu'après la dernière ligne. Trop rare pour ne pas être noté.

Ce film m'est apparu humain et divin à la fois. Il révèle des hommes de Dieu, la peur au ventre, écartelés entre une mort qu'ils pressentent proche et leur passion de rester au cœur d'un village où ils sont enracinés comme des « priants parmi les priants ».

Les acteurs du film traduisent remarquablement les sentiments que j'ai pu décrypter moi-même, connaissant chaque moine depuis longtemps. Proche du monastère de Tibhirine durant cinq ans, de 1960 à 1965, alors que j'étais vicaire à Blida, à cinquante kilomètres de là, je connaissais les sept moines qui vivaient avec quelques ouvriers musulmans. J'aimais tant les soirs resplendissants où une orgie de couleurs illuminait le monastère à la nuit tombante, devant l'Atlas blidéen. Il y avait une mosquée en construction en face du couvent. Comme elle n'était pas terminée, les moines avaient prêté leur lieu pour que les musulmans puissent prier. On entendait les musulmans psalmodier le Coran dans l'abbaye.

Le visage d'Amédée (un des rescapés), traduit par l'acteur Jacques Herlin, est étonnant de ressemblance. Petite fourmi laborieuse, il parlait peu et secondait le père Luc, que Michael Lonsdale interprète à merveille dans le film. Le côté bourru de Luc, à l'humour explosif et rafraîchissant, crève l'écran. Quant au comédien Lambert Wilson, il redonne vie étonnamment au prieur Christian de Chergé, responsable éclairé d'un minuscule troupeau.

Cette histoire vraie se déroule dans les années 1990, à l'époque où l'Algérie était à feu et à sang. Cent cinquante mille personnes ont perdu la vie en moins de deux ans. Le suspense de *Des hommes et des dieux* rend la peur sensible, à fleur de peau, et la spiritualité des moines fragile et forte, resplendissante dans sa montée.

J'ai apprécié qu'un acteur mentionne ce que j'ai moi-même entendu de la bouche d'un moine : un mufti avait été égorgé à la sortie de sa mosquée parce qu'il avait dénoncé dans son prêche la violence inouïe et fratricide où baignait l'Algérie.

Si le film montre admirablement combien les moines étaient enracinés dans la communauté alentour, en soignant les blessés des deux bords ou en assistant à une circoncision, il manque la vision de leur enracinement total dans l'Église d'Algérie. Dommage. *Des hommes et des dieux* témoigne du mystère chrétien incarné dans la simple phrase du Christ : « Il n'y a pas de plus grand amour que de donner sa vie pour ceux qu'on aime. »

Un beau sourire écologique

En 1992, le père de Chergé m'avait invité à parler de mon ministère à sa communauté de neuf moines. Je partageais leur repas avec joie. J'ai même fait la vaisselle avec les moines. C'était le premier miracle : j'ai la vaisselle en horreur…

Leur sérénité m'a marqué à vie. Ils se savaient en péril, mais leur volonté de demeurer au cœur de ce monde violent était sans appel. Je rapportai du jardin du monastère un lierre avec trois feuilles et ses racines. À mon grand étonnement, il est resté intact quatre ans, dans ma chambre.

Brusquement, en avril 1996, lors de la capture des moines, une pousse en jaillit, au point de ceinturer très vite mon bureau. À Pâques suivant, je le plantai à la Bergerie de Faucon où il s'accroche superbement sur un des côtés de la maison. C'est pour moi un beau sourire écologique et un symbole vivant des moines.

« Protège les prêtres, protège les moines »

Quand j'ai appris leur mort, je suis allé en Algérie pour assister à leur enterrement. C'est la cérémonie qui m'a le plus marqué dans ma vie. L'archevêque d'Alger, Mgr Duval, était mourant. Il est décédé quand il a su la mort des sept moines et a été enterré en même temps qu'eux. Nous étions entourés de voitures de police, on avait peur d'un attentat. Je me souviens des regards tétanisés des Algériens lorsque nous sommes entrés dans l'église Notre-Dame-d'Afrique. Il y a une sourate du Coran qui dit : « Protège les prêtres et protège les moines, ce sont des gens du bien. » C'était quelque chose de terrible pour les Algériens de voir que des moines avaient été assassinés, et de façon horrible. Cela reste une grande blessure pour eux.

Le 19 septembre dernier, j'étais sur leur tombe. J'étais en retraite en Algérie et ce sont des musulmans qui m'ont amené. Ils se sont mis à côté de moi, mains ouvertes, et nous avons prié, chacun dans sa langue. J'ai touché le marbre de chaque prénom. C'est merveilleux que les moines aient pu être portés en terre chez eux, à Tibhirine. Des sœurs contemplatives y vivent maintenant. J'ai rencontré les jardiniers qui, plus jeunes, ont connu les moines, ont travaillé avec eux. Un prêtre, Jean-Marie, veille sur ce lieu béni.

Ils veillent sur nous à présent

Je revois le père Luc, avec ses quatre-vingt-un ans. Un mendiant, les mains largement ouvertes, un porteur de dons innombrables, un homme sur un champ de bataille, comme ses sept frères. Tendu vers le haut, les pieds sur terre, fait pour la joie, connaissant la souffrance, loin de toute envie, clairvoyant, parlant avec franchise, un ami de la paix, ennemi de l'inertie, constant à jamais, réconfortant les malades, prêt à donner sa vie pour Celui qui les avait appelés à vivre ensemble sur ce bout de montagne. Quand on demandait au père Luc s'il n'avait pas peur, il disait que non, que la seule chose qu'il attendait était de voir le soleil se lever le lendemain, et ensuite se coucher. Ses frères et lui veillent sur nous à présent.

Son souhait, était de passer la chanson de Piaf « Non, je ne regrette rien » à son enterrement. J'ai exaucé plusieurs fois son désir dans des émissions où je parlais des moines.

5

Un homme libre

« Guy, ne penses-tu pas être récupéré ? me demande-t-on souvent au cours de mes conférences.

– Récupéré par qui ?

– Eh bien ! Par la société, par l'Église, par la gauche, par la droite… »

Je réponds que je fais tout pour n'être récupéré par personne, sauf par l'Évangile… Et que si je passais mon temps à le craindre, je ne ferais plus rien.

Et si la gratuité existait…

Combien ai-je vu de personnes démobilisées car elles se croyaient « utilisées » ou, le grand mot, « récupérées » !

Cette suspicion vis-à-vis de gestes gratuits, de sentiments nobles et d'idéaux purs, déresponsabilise.

On en arrive à penser que le mal ne vient jamais de nous, mais des autres. Qu'il est là, qu'il s'impose à nous, que tout est pourri. Je ne suis donc pas responsable. De là à se juger victime de tout et de tous, et notamment de la société, il n'y a qu'un pas vite franchi. Après avoir accusé les flics, les juges, les voisins, son patron, les hommes politiques et je ne sais qui encore, on s'arrête en général, essoufflé, sur ces six mots magiques : « C'est la faute à la société. » On peut alors tout se permettre puisqu'on est irresponsable.

Donc, droguons-nous, jouissons de tout sans risque et sans frein, en utilisant l'autre comme objet de sa jouissance. De toute façon, il ne vaut pas plus cher que nous. Qu'est-ce qu'on a à perdre, et pourquoi se gêner ? Et puis, en poussant jusqu'au bout ce nihilisme destructeur, si on se détruit, on a conscience de ne pas détruire grand-chose.

Toute société porte en elle des tares dingues et… des valeurs sûres, belles, admirables.

Beaucoup d'hommes politiques nourrissent une volonté de puissance qui passe par l'écrasement de leurs copains, mais aussi des heures incalculables de don gratuit et de gestion du bien de l'homme.

Tout policier possède des forces de haine et de violence, ainsi que des gestes très beaux de dialogue et de fraternité. Comme chacun de nous…

Pour renverser la vapeur, il nous faut d'urgence happer sans cesse et partout les mille et un gestes gratuits capables de réchauffer une journée entière.

La douceur de nos matins dans la perspective des rencontres et échanges futurs, on la vivra alors comme l'antichambre du royaume de Dieu.

Là où tout est gratuit…

L'Église a fait de moi un homme libre

Je ne remercierai jamais assez l'Église d'avoir fait de moi un homme libre. Un séminaire rigoureux m'a façonné, m'a dirigé et a dévoilé tout ce qui était en moi, égoïsme, activisme, désir forcené d'aider les autres – avec le risque de m'y perdre.

Elle m'a modelé sans casser ma personnalité. J'ai toujours une reconnaissance immense pour mes maîtres. Déconcertés par mon indépendance, ils ne m'ont pas brisé. Mais ils m'ont aidé à dynamiser les talents reçus en m'appelant sans cesse à l'« intériorité ». Ma hâte de retrouver ma cellule de moine pour prier, contempler, faire silence, je la leur dois. Dans un merveilleux dialogue d'Amour.

Très vite, j'ai éprouvé une attirance pour les gens qui vivent en marge de la société. Hors-la-loi, délinquants, gangsters sont généralement de fortes personnalités. Ils vivent comme ils ont choisi de vivre, une fois pour toutes. Malgré leurs méfaits, leur code moral est prodigieux quand on sait déceler ce qu'ils ont de meilleur. La souffrance qui les habite depuis leur jeune âge fait d'eux les perpétuels bons larrons de l'Évangile.

Il faut bien sûr se méfier de leur séduction. Le dérapage est possible. Je ne dois admettre aucune compromission qui me fasse passer dans leur camp et m'y perdre. Il me faut être vigilant en permanence. Épris de liberté, paradoxalement ils ont besoin de barrières et de garde-fous. Il faut être fort et sans faille pour leur dire « non ».

La parole du pasteur est libre

Le vieux paysan me dit : « J'ai averti le nouveau curé qu'il avait intérêt à ne pas parler de certains sujets dans ses prêches.

– Lesquels ? lui ai-je demandé.

– Les héritages, nos histoires de champs, nos intérêts dans la commune, les questions d'argent… »

Et la litanie continue sur tous les points de friction qui empuantissent les rapports quotidiens, rendant invivable la vie, et impraticable l'Évangile.

Je réponds à ce paroissien qu'il veut faire de son curé un toutou bien dressé, un homme de culte qui doit, sur ordre, baptiser, marier, enterrer. Mais surtout qu'il enferme son curé dans la pire des solitudes, en lui imposant le rôle du fonctionnaire bien « huilé », ayant mission d'annoncer un Évangile de pacotille.

« Bien sûr, ai-je terminé, tu lui donnes le droit, je l'espère, de parler du sexe des anges, du rendement laitier des vaches de Nouvelle-Zélande ou de la qualité du fromage des brebis anglo-saxonnes ? »

Le paysan, pantois, se retire.

Que les paroissiens contestent la parole politicienne du prêtre est excellent. Que les dadas de leur pasteur, ressassés chaque dimanche et lassant les chrétiens, lui soient reprochés n'est jamais mauvais. Mais entendre par la voix du prêtre, dont la mission prioritaire est l'annonce de la Parole de Dieu, la voix du Christ, rude, belle, écartelante souvent, provocatrice parfois, est plus que jamais d'actualité.

Le monde vacille sur ses bases morales et spirituelles. Les « premiers de cordée » se font rares. On dilue tout. Tout est permis, selon une conscience que le monde façonne à sa mesure. Mesure de l'instant, du dérisoire, du clinquant, de l'être qui disparaît derrière son apparence.

Petits, pécheurs, fatigables, blessés souvent, écartelés toujours, nous prêtres le sommes. Mais canaux irremplaçables, véhicules cahotants, ténors ou malhabiles, hésitants ou ardents, nous obéissons à l'ordre redoutable de Celui qui nous presse sans cesse : « Allez et enseignez toutes les nations. »

Seule notre humilité face à la Parole de Dieu lui donne sa formidable puissance. La parole du pasteur est parole libre. Parce qu'elle ne vient pas de lui.

Ne pas se laisser acheter

Après avoir prêché dans une grande paroisse de banlieue, je sortais de l'église ; un petit enfant s'avance, tendant dans sa menotte un billet de cent euros en me disant : « C'est maman qui vous le donne !

– Tu diras merci à ta maman, mais elle n'a pas bien compris ce que j'ai dit tout à l'heure dans l'église. »

Un jour, alors que je bavardais dehors, un gars s'approche : « Est-ce que les gens n'ont pas fini de te peloter les fesses ? » J'ai compris ce qu'il voulait dire : c'est pas pour nous que ces gens te filent du fric, c'est pour toi, pour tes « bonnes œuvres » qu'ils te glissent des billets dans tes poches. Je refuse d'être le coffre-fort de la bonne conscience des personnes.

Le petit gars s'en alla, rapporta le billet, sa sœur prit la relève, toujours de la part de maman. J'étais sous le porche de l'église. Sans un mot je pris cette fois le billet et le mis dans le béret d'un clochard qui mendiait. Le pauvre homme, surpris et émerveillé, prit ses jambes à son cou, croyant sans doute que mon geste était dû à l'inattention. Cette scène très rapide se déroula sous les yeux atterrés de la donatrice insistante. La quête dans les églises reste quelque chose de fort critiqué, mais pourtant nécessaire à l'intérieur du jeu paroissial.

L'humour de certains curés y trouve parfois sa place.

Tel celui du prêtre qui ne manquait jamais de claironner avant qu'on passe les paniers : « Surtout, mes frères, pas de bruit pendant la quête. Que des billets ! Que des billets ! »

Des réflexions comme celle-ci m'ont aidé à découvrir la force d'une annonce évangélique gratuite : « J'ai entendu beaucoup de missionnaires depuis trente ans parler de leurs pauvres et partir avec notre argent. C'est la première fois qu'on m'a vraiment aidé à réfléchir. Vous nous avez parlé de la misère de tant de jeunes de grandes villes sans faire appel à notre portefeuille. J'ai du bon travail à faire, ici, dans ma ville. »

Il m'est apparu souvent que la recherche des grosses paroisses à fric pour y parler de ses pauvres, est la meilleure façon de conforter les riches dans leurs richesses. « J'ai donné à tel prêtre », « Je participe à telle œuvre » ! Tout cela peut démobiliser absolument et donner une bonne conscience qui empêche les personnes, notamment riches, d'avoir une simple idée de la pauvreté universelle. Évangéliser, c'est passer du singulier au collectif, de la misère de la petite vieille croupissant dans son taudis à celle des cent mille marginaux qui survivent en France, de l'isolement de l'immigré.

Évangéliser, ce n'est pas se laisser acheter.

Combat et joie d'écrire

L'aventure commence en 1978. Je ne pensais jamais faire de livre. Aucune note sur rien. Je vivais passionnément la rue, son mystère, sa magie, ses abîmes et ses turbulences. Perdu dans le monde des loubards, j'y cherchais ma place, rien que ma place, découvrant les mœurs et le langage de ceux et celles de nos enfants qui poussent sur le bitume.

On me demande alors de raconter ce que je vivais. Je le fais, avec la légère angoisse de dévoiler par des mots l'ordinaire de la violence, vécue au quotidien, et ce que les Béatitudes avaient de puissance dynamisante pour m'empêcher de me perdre.

Mon premier livre : *Un prêtre chez les loubards*, le dit ou plutôt le crie. D'autres livres ont suivi.

Écrire est un combat. Décrypter, derrière la violence et la désespérance, l'extraordinaire part de cristal que cache ce peuple est ma façon de dire que « fendre le cœur de l'homme, c'est y découvrir toujours un soleil ».

Écrire, c'est témoigner. C'est raconter inlassablement l'autre. C'est tirer de ce peuple tourmenté le meilleur, le noble, le pur, pour nous faire grimper. C'est deviner Dieu en lui, avec passion. Dieu le plus souvent crucifié.

Écrire est devenu une joie.

Un fait, quelques mots entendus, une situation m'interpellent ! Sur le coin d'un bar, à trois heures du matin ou surtout dans mon lieu de retraite, au milieu de la forêt, ma plume file. Ça me prend brusquement. C'est une irrésistible pulsion qui me fait jeter quelques notes pour ne pas laisser passer le geste significatif, la situation à camper, le visage à esquisser de celui ou celle que je rencontre.

Oui, c'est une joie douce et forte, libératrice et ardue parfois, quand les mots se cherchent, se bousculent et mille fois se raturent. Un jour, mes brouillons témoignent d'une plume qui court allègrement ; un autre jour, c'est le parcours d'obstacles pour bien dire ma pensée.

« Écrire, c'est choisir », disait de Gaulle. C'est raccourcir sans cesse, biffer, centrer, concentrer, c'est donner aux mots un max d'impact. Je m'y essaie seul

puis, avant parution, mes textes écrits sont lus, pour la plupart, par mes adjoints ou les loubards eux-mêmes.
Meilleurs critiques qu'eux, tu meurs.

Sarko, Benoît et Raymond

Un jour de décembre 2007, un appel de l'Élysée me convie à accompagner notre président lors de sa visite officielle d'État au Vatican. Étonné, j'hésite.

Personne ne sait que j'ai connu Nicolas Sarkozy par hasard, alors qu'il était maire de Neuilly-sur-Seine. Une amitié fraternelle, forte est née à ce moment-là. J'ai suivi depuis seize ans son ascension sans qu'on le sache. Si l'amitié reste intacte, ma distance vis-à-vis de sa politique reste aussi forte, comme avec tous les hommes et femmes politiques que je connais.

Mon équipe est partagée sur l'opportunité d'un tel accompagnement.

J'appelle André Vingt-Trois, mon évêque. Il me répond : « Je n'y vois pas d'inconvénient majeur », en ajoutant malicieusement : « La discrétion qui te caractérise te fera passer inaperçu. »

Ai-je alors peur d'être « instrumentalisé » ? Non, à vrai dire.

Je vis avec les pauvres depuis trop d'années pour être effrayé par la rencontre des rois, des princes et puissants de la terre. Les petits savent où mon cœur est fixé et ce qui donne un sens à ma vie.

Dans l'avion, le Président me présente à son équipe. Ce sera pour moi le meilleur souvenir. On veut toujours connaître les têtes d'affiche. Mais il est chouette aussi de rencontrer ceux et celles qui les aident à exister dans leurs fonctions. Surtout quand elle est suprême.

Deux heures d'avion, puis c'est le ballet des voitures qui avancent, sirènes hurlantes, dans Rome éternellement embouteillée.

Visite de Saint-Pierre-de-Rome, vidé de tout bipède ; rapide coup d'œil au tombeau du premier pape, Pierre. Puis c'est le moment d'arpenter les couloirs sublimes qui mènent aux appartements pontificaux. J'admire les Gardes suisses colorés et raides qui nous frôlent sans ciller. J'en reconnais un et le salue. Le gentilhomme du pape, qui me suit comme mon ombre, me dit que ça ne se fait pas. Je le salue quand même. Ce protocole de la Renaissance et ces costumes, la cour du pape nous fait revenir au XVe siècle.

Pour l'instant, je marche vers ce vieil homme qui nous attend au bout du couloir.

Son sourire a illuminé ma journée.

De retour de Rome, je trouve Raymond blotti contre ma porte. Son sourire humble et doux fait écho à celui du vieillard vers lequel, quelques heures auparavant, je me dirigeais.

Au moment où j'écris ces lignes, Raymond vient de mourir, il y a quelques jours. Il a rejoint d'autres splendeurs. Sa quête de Dieu était inextinguible. Clochard, il avait une sainteté réelle au cœur d'une vie très dure.

Il est à présent dans le plus beau des palais. Il est dans le cœur de Dieu.

6

Les sourires de Dieu

Humour et amour, dans ma vie, se rejoignent sans cesse. Donner ma peau pour ce peuple des rues de Paris est mon exigence première, quotidienne. La donner en riant est, pour moi, la deuxième exigence. Je n'ai jamais vu sourire le Christ sur nos statues… C'est dommage. Lui, l'homme parfait, devait avoir un sacré humour…

Vous n'êtes qu'un salaud

« Vous n'êtes qu'un salaud de mauvaise foi, ou tout simplement un imbécile. De toute façon, vous êtes malfaisant. Et puis coupez donc votre ridicule tignasse. Elle ne ressemble en rien aux longs, beaux et propres cheveux d'un Jésus-Christ que vous représentez si mal ! »

C'était une parmi les sept cents lettres reçues après ma prestation télévisée chez Bernard Pivot en 1978. J'ai répondu sur-le-champ. Priorité absolue à l'humour face à cette correspondante échevelée : « Chère Madame, merci de votre lettre particulièrement "amicale" ; une précision cependant : puisque vous me semblez, deux mille ans après, si bien renseignée sur la propreté des cheveux de Jésus-Christ, pourriez-vous d'urgence m'indiquer la marque du shampooing qu'il utilisait ? »

La dame repentie m'envoya cent francs pour le shampooing d'abord, et pour mes œuvres ensuite…

Richard et François

Dans ce métier d'éducateur spécialisé, on n'est pas à l'abri des coups durs, parfois même un peu plus. Il arrive que des menaces de mort viennent assombrir notre marche en avant. Assombrir, simplement, car on va vers tant de lumières que ces ombres disparaissent vite.

Un jour, je reçois un coup de téléphone. Au bout du fil, deux mecs me menacent, chacun à leur tour. L'un parce que je lui avais arraché une fille qu'il prostituait à Pigalle, l'autre, que j'avais déjà beaucoup aidé, voulait encore plus et, devant mon refus catégorique, essayait de m'intimider.

J'ai eu la présence d'esprit de leur dire : « Si vous voulez me buter, il faudrait vous mettre d'accord pour savoir qui commencera. Ce serait marrant que vous ne veniez pas en même temps. Que l'un me tue à dix heures, et l'autre à dix heures trente ! » La réconciliation ne s'est pas fait attendre !

L'humour, dans certains cas, est un des moyens les plus efficaces de dédramatiser les choses, tout en laissant clairement entendre : « J'irai jusqu'au bout de ma tâche. Je n'ai peur de personne. Aucune menace ne me fera céder. Vous aimer, oui, mais dans la force. » Bon ne s'écrit pas avec un c !

Ça doit pas sentir la rose, ton fric !

Richard et François, deux frères, en ont fait un jour la vigoureuse expérience. Ils venaient souvent à la permanence de Paris. À peine passé la porte, c'étaient les mêmes cris : « On a faim ! On n'a pas un sou ! Guy, tu es éducateur, tu dois nous donner à bouffer ! » Je m'exécutais en les priant, chaque fois, de mettre un bémol à leurs revendications alimentaires qui commençaient à me courir sur le haricot.

Et puis, un jour, un mec de l'équipe demande à me voir dans mon bureau : « Guy, tu exagères. Richard et François tirent tous les jours dans le métro. Avec les portefeuilles fauchés, ils sont pleins aux as. Toi, tu les nourris. Tu te laisses avoir parce qu'ils te montrent leurs poches vides. Mais leur fric, ils le cachent dans leur slip. »

Quelques jours plus tard, les deux frères se pointent. Avant qu'ils commencent leurs jérémiades, j'attaque : « Richard et François, vous êtes mes invités, ce soir. On mange, et je vous emmène au cinéma.

– T'es super, Guy. C'est vraiment chouette ce que tu fais pour deux pauvres gars comme nous. »

Au restaurant, je régale les deux larrons qui, la bouche pleine, ne tarissent pas d'éloges sur mes qualités, éloges qu'ils arrosent copieusement de beaujolais. Je laisse dire, paie, puis on monte dans le camion pour aller voir le film de leur choix. On arrive à un feu rouge que je savais long. Alors, profitant de la pause, je me tourne vers eux, assis à côté de moi sur la banquette avant :

« Vous avez bien mangé et bien bu ?

– C'était formidable, Guy !

– Bon, maintenant, on peut être franc ?

– Guy, on n'a rien à te cacher.

– Alors, ouvrez vos braguettes, et montrez-moi combien vous avez de fric dans vos slips ! »

Interloqués, ils se regardent deux secondes et, d'un seul mouvement, ils ouvrent leur « cache-truc », véritable planche à billets.

« Les mecs, merci pour votre franchise. Dis donc, Richard, tu me devais combien, déjà ? Quatre cents francs, je crois… Alors, envoie-les ! Ça doit pas sentir la rose, ton fric, mais tant pis. » Et le pognon s'envole dans mon portefeuille.

J'entends alors cette phrase merveilleuse de François à son frère : « Il est encore plus vicieux que nous ! » Ce qui signifie, dans le langage de la rue : « Derrière son air con, il voit bien les choses ! »

Bien sûr, on est allés au cinéma que François, magnanime, a payé. Depuis ce jour, c'est en éclatant de rire qu'ils arrivent à la permanence en gueulant : « On a faim.

– Bouffez votre slip ! » je leur réponds.

Et ils se marrent comme des tordus.

Du tac au tac

L'humour n'est pas réservé spécialement aux ecclésiastiques : des policiers aussi s'en servent. C'est rare, je l'avoue. J'en apprécie d'autant plus cette histoire…

En retard, je fonçais avec un mec sur ma moto vers la prison de Fleury, à cent quatre-vingts kilomètres/heure. Repéré par des policiers, je suis stoppé cinq cents mètres plus loin. Le policier, courtois, m'annonce l'infraction, avec ce commentaire : « À cette vitesse-là, vous risquez d'aller rapidement rejoindre vos ancêtres.

– N'ayez aucune inquiétude : Jésus-Christ est toujours avec moi !

– Double infraction, alors, puisque vous êtes trois sur la moto ! » me répond du tac au tac le policier.

Ravi de sa plaisanterie, après un rapide dialogue où il a compris la raison de mon excès de vitesse, il m'a donné… l'absolution.

La mob du vicaire

Un matin, un des vicaires de l'équipe sacerdotale du XIXe arrondissement de Paris, dont je fais partie, arrive affolé à la permanence : « On m'a volé ma Mobylette cette nuit. »

Je lui réponds de ne pas s'inquiéter et j'enquête. Parmi les hordes matinales qui nous assaillent, il doit bien y avoir un mec au courant. Effectivement, je retrouve le voleur. Brièvement, je le mets au parfum :

« T'as piqué la mob de mon pote le curé, ça se fait pas.

– OK, me répondit-il, je lui rends. »

Comme le gars l'avait désossée dans la nuit, il la reconstitue et la met en marche pour la rendre. Il constate alors que le moteur n'en peut plus. Qu'à cela ne tienne ! Il repère très vite une Mobylette neuve du même type, en vole le moteur et le met à la place de l'autre. Pour faire bon poids, il pique deux sacoches neuves et fait porter la Mobylette à l'église de mon copain, mais pas avant de lui avoir acheté un antivol dont il envoie la clef au vicaire avec ce papier griffonné : « Voilà votre Mobylette, je vous offre l'antivol pour pas qu'on vous la pique. »

Le curé, ravi, découvre les jours suivants que son tas de ferraille est devenu un Boeing 707 !

Comme il se pose… après coup, quelques questions

de morale sur ce moteur « gonflé », je lui dis de fermer les yeux (enfin, pas en roulant !) et que le Seigneur reconnaîtrait les Siens…

Bénédiction sur le terrain…

Je sors de Notre-Dame où je viens de célébrer avec mon évêque le repas de l'amour.

Tout heureux, je fonce reprendre ma tâche à la permanence. Je vois dans mon rétro une voiture de police arrivant rapidement. Elle me rattrape. Un policier à l'intérieur me montre du doigt. Aussitôt, les feux multiples de la bagnole s'allument et je m'imagine dans les secondes qui suivent mis dans l'obligation de stopper.

Un autre policier alors fait de nouveau signe… Je pense qu'il me reconnaît puisque la voiture continue tranquillement devant moi, les feux d'urgence s'étant éteints d'un seul coup.

Par hasard, on se retrouve côte à côte au feu rouge d'une grande artère. Les quatre visages des policiers se tournent vers moi. Pensant qu'ils sont en manque de religion, je baisse ma glace et les gratifie d'une solennelle bénédiction, celle même que je venais de recevoir de mon archevêque…

Mes « quatre poulets » baissent instinctivement le képi et esquissent chacun, et en même temps, un discret signe de croix. Puis, relevant la tête, ils partent d'un énorme éclat de rire. Le feu est au vert. En riant, chacun file retrouver ses ouailles.

L'humour, c'est bien le sourire de Dieu !

La « communion » du choucas

Cet été, un noir choucas atterrit dans le jardin d'un ami. Ses deux enfants s'amusent très vite avec cet oiseau noir étonnamment apprivoisé.

Lassé, le volatile s'envole sur le bord d'une route proche et se perche sur le guidon d'un motard, policier de la route. D'abord intrigué, le pandore décide avec ses copains de s'amuser. Constatant que l'oiseau, curieux, pénétrait dans les véhicules qu'ils contrôlaient, il décide avec ses collègues d'arrêter uniquement les voitures décapotables.

Hilarité garantie du côté de la maréchaussée ravie de voir le choucas picorer chevelure et parfois perruques, au grand effroi des usagers contrôlés.

Finalement, le choucas atterrit dans notre arche de Haute-Provence où il semble avoir définitivement élu domicile.

Notre choucas a l'art de voler tout ce qui brille. Petites cuillères, clefs de voiture, billets de banque, monnaie, croix, médailles et faux diamants accrochés à l'oreille de nos jeunes, passent de vie à trépas. La tombe, providentiellement, où il accumule ses méfaits étant située sous la même branche, il n'est pas difficile de récupérer les larcins qu'il accumule à longueur de journée.

Chaque fois que je célèbre le soir à la Bergerie, les six cloches venues de divers couvents de contemplatifs sont gaillardement sonnés par nos jeunes. Le choucas, fort religieux, prend l'habitude de piquer tout droit sur le bord de la balustrade et d'atterrir là où chrétiens et non-chrétiens attendent l'heure de la prière. L'oiseau se blottit alors entre deux assistants face à l'autel. Sa présence fort recueillie fait l'admiration du peuple des croyants. Sauf un jour, lors d'une messe champêtre célébrée par un moine en mon absence, à la même heure et au même lieu.

Au moment où le prêtre élève l'hostie consacrée, le choucas fonce sur elle, l'arrache des mains du célébrant et s'envole avec le Christ vivant. Stupeur de l'assemblée. L'oiseau lâche alors le Seigneur qui atterrit dans l'herbe. Le moine avec un bon sourire récupère l'hostie et a ce commentaire exquis : « Je viens de dire "Tu es descendu, Seigneur, pour la multitude"… Oiseau compris aujourd'hui ! ». Le choucas repenti revient religieusement sur la balustrade pour terminer la célébration.

Tout était sauf. Tout est grâce… Choucas compris…

7

Les six étapes de l'amour

Ce n'est pas évident d'aimer. Faire la charité, porter secours : est-ce aimer ? On ne peut éviter la grande tentation, celle contre laquelle le Christ n'a pas arrêté de nous mettre en garde. Elle reste une menace pour l'Église : celle de flirter avec les puissants en pensant qu'on va aider les petits.

Souvenez-vous de la mère de Jacques et de Jean, dans l'Évangile. Elle demande à Jésus d'arranger quelque chose pour ses fils quand il sera au pouvoir. J'imagine qu'elle pensait que Jean serait ministre de l'Intérieur et peut-être Jacques Premier ministre. Les apôtres n'avaient vraiment rien pigé. Le Christ avait beau leur montrer que son royaume n'était pas le royaume de la terre et qu'il n'avait pas besoin de fric ni de limousine, encore moins de couronne couverte de diamants, puisqu'il allait pieds nus, les apôtres ne comprenaient pas !

Quand on veut faire le bien, on pense qu'il faut avoir le pouvoir, avoir de l'argent et être en bons termes avec la puissance publique.

Le Seigneur n'est pas venu nous dire d'acquérir du pouvoir, de gagner de l'argent pour aider les plus pauvres. Il est venu nous demander de nous mettre du côté des plus pauvres.

L'amour est une longue patience. On pense que

l'on a aimé parce que l'on a fait des choses, passé du temps, renoncé à faire carrière ! Mais l'amour est bien autre chose.

Les grandes étapes de l'amour

La première étape de l'amour : la compassion. Tant que la misère des petits n'est pas entrée en nous, on n'a rien pigé. Nous devons ressentir ce qu'ils vivent. Ne passons pas au-dessus des pauvres, des exclus ou des mendiants de nos rues.

Souvenons-nous du mystère du Christ : il n'a pas choisi un secteur privilégié, brillant, comme une capitale. Il est allé à Capharnaüm, une ville dont on disait qu'elle était un ramassis de bouseux illettrés incapables de respecter une loi. Jésus n'est pas resté avec les super-théologiens de Jérusalem qui prétendaient savoir tout de Dieu. Il a voulu vivre avec les exclus, être avec eux en priorité. Il a regardé les enfants et il a dit : « Ils seront les premiers au Royaume des cieux. Ils en savent plus que les sages et les puissants ! »

Cette proximité de la pauvreté doit nous habiter. Et que le pauvre nous appauvrisse dans le meilleur ! C'est cela, aimer le plus pauvre. Donner et se casser sans même regarder la couleur des yeux de celui qui nous tend la main, ce n'est pas donner. Autant donner à un parcmètre ou à une borne kilométrique.

Chacun est unique

La deuxième étape de l'amour est d'appeler les gens par leur nom. Les pauvres, les exclus, les détenus, les loubards n'ont pas de titre, ils n'ont que leur prénom ou leur surnom. À chaque mec et chaque gonzesse qui m'interpelle et me pose une question, je demande toujours : « Quel est ton prénom ? » Je le fais même s'il s'agit d'un dinosaure de quatre-vingts balais !

À Vendôme, un beau mec se lève à la fin d'une conférence et me dit avec un accent pointu :

« J'ai une question assez importante, à vous poser sans détour, je n'irai pas par quatre chemins, n'est-ce pas ? Il s'agit de l'intégration de délinquants parmi la... »

Je l'interromps et lui demande : « Quel est ton prénom ?

– Marcel.

– OK, alors pose ta question, Marcel !

– L'intégration des délinquants dans le système aléatoire d'un État... »

Agacé, je l'interromps :

« Marcel, que fais-tu dans la vie ?

– Préfet du département. »

La réponse secoue de rire toute la salle.

Les gens du coin n'ont jamais oublié ce moment ! Appeler quelqu'un par son prénom rappelle son baptême et lui montre qu'il est un être unique et riche de cette pauvreté.

L'océan est fait de gouttes d'eau

La troisième étape de l'amour est de faire le peu qui est en son pouvoir, mais le faire à fond. Mettre en œuvre ce que l'on peut et mener une politique de la goutte d'eau. Tant de fois des gens ont tenté de me démoraliser en me disant que mon action n'était rien devant l'immensité des malheurs que connaît la jeunesse du monde. Je réponds que l'océan n'est fait que de gouttes d'eau.

Dans l'Évangile, j'aime bien le miracle du pain et des poissons. Le Seigneur n'a pas demandé un semi-remorque de quarante-quatre tonnes. Non, il a pris ce qu'il y avait là : trois poissons et deux pains, et il les a multipliés pour une foule de cinq mille personnes. Le Seigneur accepte le peu que nous avons. Il ne demande pas des efforts énormes. Donne ce que tu as. Il partira de là pour le multiplier.

Partez de ce que vous avez et Dieu le multipliera. Évidemment il faut s'associer. Pour faire le bien aux autres, il faut s'unir en petits groupes, en petites cellules.

Au début de sa mission, en 1954, l'abbé Pierre n'a-t-il pas demandé à un pauvre type qui voulait se suicider : « Viens d'abord me donner un coup de main » ? Cet ancien clochard est devenu un des plus grands responsables de son mouvement. Rendre responsables les plus pauvres est essentiel. Quand mes jeunes, à Faucon, me demandent comment me remercier, je leur réponds : « Rends aux autres ce qu'on t'a donné, c'est tout. » Autrement dit : « Rends-toi responsable à ton tour. » C'est de cette façon que l'on multiplie l'amour.

Pardonner et demander pardon

La quatrième étape de l'amour est pardonner. Nous devons pardonner soixante-dix-sept fois sept fois, demande l'Évangile. Si l'on songe que saint Paul disait : « Vous êtes tous habités par les démons », on a compris. Au lieu d'aller chercher des poux chez l'autre, essayons de regarder notre connerie et soyons aptes à demander pardon. On peut tuer d'un regard, on peut tuer en disant : « Tu ne changeras jamais. » Pardonner, c'est faire confiance.

Savoir durer

La cinquième étape de l'amour c'est « durer ». Tant de fois on m'a dit : « Vous savez, j'ai aidé des gens, mais maintenant je n'en peux plus. On m'a baisé la gueule, je suis las. » Ceux qui ont aidé des gens en comptant obtenir de la reconnaissance attendront longtemps. Aimer, c'est durer. Seul, je n'arriverais pas à durer. C'est certain. Mais le Christ nous appelle à durer. La vertu principale de l'amour est d'aimer gratuitement et de durer !

Le moyen est essentiellement le compagnonnage. Que ce soit à deux dans un couple ou à plusieurs dans une équipe. À plusieurs, c'est tellement plus chouette, et on a un meilleur discernement.

Savourer la joie

Sixième étape de l'amour : « prendre son plaisir ». Une malade, dans un hôpital tenu par des sœurs, fit cette réflexion intéressante : « Nous avons l'impression que nous leur servons de marchepied pour aller au ciel ! »

Un mec me demande un jour : « Pourquoi tu m'aimes ? » Il m'avait tellement importuné ! Je lui réponds : « Écoute, je t'aime. T'es une ordure et tu m'as vraiment baisé la gueule. Si Dieu n'existait pas, il y a longtemps que je t'aurais dit de dégager et de ne plus respirer mon oxygène à moins d'un kilomètre de moi. C'est grâce à Dieu que je t'aime malgré tout. »

Réponse du mec : « J'aime pas être aimé par personne interposée ! »

Pour lui, cela voulait dire que Dieu n'avait rien à faire là-dedans. Alors que pour moi, sans Dieu qui est amour, il ne nous serait pas permis de durer. Il ne s'agit pas d'aimer par pitié ou par devoir. Rien n'est pire. Mais d'aimer d'un amour pur et vrai.

Acceptons le plaisir de la réussite et la récompense de la joie. Quand un de mes mecs s'en sort, je me dis : « Seigneur, il m'en a fait baver, ce mec », mais quelle joie de savoir qu'on a permis à quelqu'un de se libérer !

Un jour, quelqu'un m'a dit ne pas pouvoir croire en un Dieu qui permettait tant de souffrances. Un autre jeune a répondu : « Moi, c'est à cause de cela que je crois en Lui, car quand je me tourne vers Lui en disant : "Qu'est-ce que Tu fiches ?", le Seigneur me répond : "Et toi, qu'est-ce que tu fiches ?" »

Le Seigneur nous donne la possibilité à nous, fils et filles, frères et sœurs de Jésus-Christ, de partager toute souffrance. C'est ça, être chrétien : aimer sans compter jusqu'au bout, comme le Christ l'a fait lui-même. Nous avons tous et toutes besoin de gratification. Elle viendra sans que nous la cherchions.

On a toute une vie pour apprendre à aimer.

Penses-tu à demain ?

S'il y a une chose dont je me fous, c'est de demain. Aujourd'hui me suffit plus que largement. Il y a tant de choses à faire en vingt-quatre heures. Prier, dormir, manger peu, et donner tout le reste au service des blessés qui frappent à ma porte. Mes équipiers et moi-même marchons à l'heure d'aujourd'hui. Ça donne une force pas possible.

Le désir brutal de tout donner aux autres, à treize ans, ne m'a pas quitté un seul instant. Merveilleuse drogue qui me conduit, au fil des heures et des jours, à tout investir dans l'amour. Avant que mes « vieux os » ne répondent plus, que mes nerfs lâchent ou que mes muscles jouent au ralenti, je ferai encore des choses. Puis je me réfugierai dans ma cabane en pleine forêt où je pourrai à loisir vivre ce silence qui me hante.

À moins que l'Église ne m'appelle à d'autres missions ! Elle a le secret de ne jamais démobiliser celui qui la sert, les mains nues et offertes, les pas obéissant à l'appel du sentier escarpé qui ne descend jamais. Alors je garderai mon rêve. C'est la meilleure façon de ne jamais vieillir.

8

Conseils à un jeune prêtre

Tu sais, ou tu sauras, que nombre de gens que tu rencontreras sont mal dans leur cœur, dans leur sexualité, dans leur affectivité. Ils ont besoin d'entendre parler de la beauté du don total à un Dieu d'Amour.

Un mec bien dans sa peau, et qui veut être prêtre, a des choses à dire. Évidemment les gens, très vite, buteront sur la question du célibat. Dis-leur ce que tu en penses. C'est important pour eux. Qu'un jeune leur dise que personne ne peut vivre sans amour et que cet amour ne passe pas forcément par le sexe. Fais-le avec force, pudeur et joie.

Sache que l'Église te réjouira le cœur autant qu'elle te fera souffrir. Tu rongeras ton frein face aux irréductibles du latin et aux adversaires à toute ouverture. Mais tu connaîtras aussi des communautés qui sentent bon le vent du large ou le parfum des fleurs sauvages.

Tu entendras gémir sur la foi du temps du grand-père. Mais tu verras naître aussi mille petites communautés où la foi naissante, débordante d'espérance, a les habits neufs du printemps.

Tu souffriras des incompréhensions et bagarres des chrétiens entre eux. Et celles des prêtres, surtout, t'atteindront en plein cœur.

Comme tu découvriras qu'une de tes plus grandes

tentations est de croire qu'à toi seul tu possèdes la vérité, tu ne pourras alors que revenir à ton unique chemin. Or le chemin est très dur, très escarpé : il est la mise en commun de ce que chacun découvre.

Si tu sais regarder ton frère prêtre, astreint à des tâches oubliées, humbles et routinières, alors ton ministère, le plus spécialisé ou le plus brillant soit-il, t'apparaîtra comme un parmi les autres qui font avancer l'Église.

Garde ta jeunesse

Tu apprendras au fil des ans que, si beaucoup de personnes sont très éloignées de l'Église, elles en ont un sens étonnant.

Beaucoup, apparemment, ne voient de l'Église que ce qu'en charrient la télé et les journaux. Et malgré cela elles savent très bien faire le partage entre ce qui est conforme à l'Évangile et ce qui s'en éloigne. J'ai entendu trop souvent : « C'est pas chrétien » pour ne pas le vérifier. Les mentalités ont été imprégnées depuis des siècles de l'esprit de l'Évangile. Alors les petites gens ont le sens de ce que l'Église doit être, devrait être. L'Église ne le sait pas assez.

Par contre, les jeunes d'aujourd'hui n'ont pas, ou peu, de passé chrétien. Ils regardent l'Église avec indifférence. Ils la jugent « hors course » par rapport aux grands problèmes de notre temps, notamment sur les sujets les plus brûlants pour eux : celui de l'amour en particulier.

Ta jeunesse te permet de les comprendre. Garde cette jeunesse-là toute ta vie.

On te critiquera, on te contestera, mais il faut que

tu saches que, à cause de cela, tu es déjà un point de référence et de vérification.

Tu vaux par ce que tu vis

Vivre du Christ par la prière, une prière qui t'aidera dans tes relations humaines, c'est « dire » silencieusement quelque chose de Lui. Si tu te répètes sans cesse : « Qu'est-ce que je fais pour annoncer le Royaume ? », tu te goures. Tu vaux par ce que tu vis et non par ce que tu fais. La qualité de ton être sera d'abord la « Bonne Nouvelle » que ta vie criera. Au séminaire, apprends d'abord à « être ».

La précipitation, des études survolées, la perte du sens de l'accueil en communauté seront des signaux d'alarme. En te laissant interroger par un prêtre, ami et guide, tu te rendras compte, alors, que la prière n'est plus au centre de ta vie et que ta vie communautaire, elle-même, n'est plus que peau de chagrin.

Réagis alors, car prière et vie communautaire, ce sont deux socles essentiels. Sans eux, on perd toute boussole, tout garde-fou, toute référence.

Certains jours, tu verras, la rencontre avec le Christ sera extraordinaire. Bréviaire, chapelet, méditation d'Évangile iront de soi. Tu devras t'arracher à la prière. Mais la plupart du temps, ce ne sera pas l'éblouissement. Ce sont ces jours-là qui seront finalement les plus lumineux. Ta preuve d'amour, en ces moments sombres, le Christ l'attend. Si tu la lui donnes, alors il te donnera tout.

Baigne-toi dans la vie des saints

« Que t'ont apporté tes études de théologie quand tu regardes en arrière ? » me demandait dernièrement un séminariste.

Je l'ai dit, c'est surtout l'histoire de l'Église qui m'est restée. Des saints comme saint Augustin, Charles de Foucauld, saint François de Sales ou la petite Thérèse continuent à m'enrichir.

Pour être prêtre, il faut un bagage théologique certain. Mais c'est surtout ceux et celles qui ont voulu vivre l'Évangile de façon radicale qui restent nos guides. Leur engagement a été total. Pour eux, pas de concession, pas d'à-peu-près évangélique. Je me suis baigné dans leurs vies. Leurs engagements multiples, contrastés, étaient tous centrés sur la même lecture de l'Évangile où ils ont puisé la force d'en devenir les témoins prestigieux.

Et puis, à la lecture de leur vie, on voit que leur union à Dieu est ce qui leur a permis de faire des choses impossibles.

N'aie pas peur

J'ai remarqué chez toi une crainte du monde où tu vas un jour lancer toutes tes forces apostoliques. N'aie pas peur. Ce monde, si loin de Dieu apparemment, en a une soif de plus en plus grande. Face à cela, tu ne pourras humblement que te répéter : « Pourquoi ne suis-je pas plus contagieux ? »

Ne sois pas un kamikaze de l'habit religieux ou du vêtement civil. Le témoignage ne se calcule pas en mètres carrés de chiffon. Avec un col romain ou un blouson noir, affirme-toi simplement comme futur prêtre. Mais ne t'accroche pas à ta tenue. À chacun son look. Pourvu que le Christ bouillonne à l'intérieur.

Mets sur ton cœur : « Réservé ». Garde-le jalousement pour Celui à Qui tu as dit : « Je te donne ce que Tu m'as donné de plus précieux : "la vie". Je veux la vouer à l'Amour universel ! »

Tu auras à le Lui répéter des centaines de fois dans ta vie sacerdotale, quand tu sauras te barrer régulièrement pour Lui offrir, dans le silence d'un monastère ou d'une retraite, une silencieuse preuve d'amour.

Jeunes prêtres, dormez !

Il est trois heures du matin. Ma journée est finie. Mes paupières sont déjà lourdes. Je rentre. Une heure de prières et de lectures des journaux et, à quatre heures pile, je sombre dans le sommeil.

Mon réveil sonne à midi. Dormir huit heures par nuit est ma force et l'exigence de ma nature. Je m'y plie depuis belle lurette. Tout en me souvenant de mes premières années de sacerdoce. Poulain clérical fougueux et intrépide, je rongeais mes nuits avec constance et inconscience. Je me pensais invincible et je courais partout.

Sauver les âmes me hantait. Cela me hante toujours mais le poulain est devenu vieux cheval de labour qui, la journée finie, ne pense plus qu'à retrouver son picotin (mon bréviaire) et sa paille (mon pucier). Au fil des années, j'ai découvert que ma tâche exigeait une vigilance et un discernement forts. Comme tout prêtre. Avec en plus un travail social épuisant.

Notre rôle de pasteur, et surtout d'écoutant, suppose une forme olympique d'athlète de Dieu. Courir partout, sans le repos minimal qu'exige notre corps surmené, nous met en danger permanent. Apprendre à biffer de notre calendrier ce qui va affaiblir, et donc rendre inopérationnels malgré les apparences, est un impératif prioritaire pour les prêtres.

Combien j'en ai vu lutter contre le sommeil en réunion (archevêque compris) ou s'assoupir religieusement au cours des cérémonies eucharistiques.

Ne prendre qu'une journée de repos par semaine, comme de nombreux prêtres le font, est anormal. Deux jours pleins sont indispensables. Leur ministère y gagnera en force, en amour gratuit, en plénitude, en équilibre.

On n'est pas tous des « curés d'Ars ». Lui ne roupillait que deux ou trois heures par nuit. Si nous sommes tous appelés à devenir saints, on peut l'être aussi… en dormant bien.

J'ai le souvenir de ce jeune prêtre surbooké le jour et qui répondait de nuit à tous les appels téléphoniques. Les insomniaques s'en donnaient à cœur joie. Bourré de médicaments, il était devenu gravement malade. Il a quitté le ministère après plusieurs dépressions nerveuses.

Jeunes prêtres, dormez !

Hommes de prière et d'action, vous ne serez opérationnels, dans votre sublime tâche, qu'en sauvegardant sans cesse votre équilibre. Archevêque compris.

Prépare-toi au silence

Sache que ces années de silence pour te préparer au sacerdoce, tu ne dois en perdre aucune minute, aucune seconde. Tu ronges ton frein face à l'océan de déchristianisation. Tu ne seras, demain, que ce que ces années t'ont fait : années de silence, de contemplation, dans une vie communautaire toujours difficile mais indispensable. Si ta vie apostolique, si tourbillonnante soit-elle, préserve fidèlement ce que tu as appris, alors, quelque part, séminariste, tu le resteras toute ta vie !

Protège ton cœur

C'est le cœur vibrant de joie que tu t'approches, aujourd'hui, de l'autel. Une immense aventure commence. Un appel, impérieux ou par à-coups, semé d'embûches ou sans aspérités, t'a conduit au jour béni de ton ordination. Ta joie est immense. L'évêque vient de te dire : « OK ! Avance au large. »

Ces pages blanches et enivrantes qui s'ouvrent devant toi, tu ne les rempliras qu'avec le cœur de Dieu, lié au tien.

Ton cœur de prêtre sera la clef de ton sacerdoce. Qu'il te fasse annoncer la Bonne Nouvelle. Tes études, ta théologie, tes licences ne te serviront à rien si ton cœur d'homme et de prêtre ne vibre pas à l'unisson de celui de Dieu. La prière assidue, forte, pressante, à tout instant te donnera ce feu intérieur que tu communiqueras.

Que tu sois orateur brillant ou besogneux n'aura aucune importance. Un vendredi saint, j'assistais, jeune séminariste, à la prédication d'un curé de campagne qui tentait de nous faire comprendre la Passion du Christ. Il était grotesque, tant il butait sur ce mystère qu'il tentait d'expliquer.

Eh bien, c'est ce jour-là que j'ai compris, pour la première fois, combien le Christ avait souffert atrocement. Pour moi. Pour nous.

Donne les sacrements avec amour et force. Ne t'y habitue jamais. Surtout quand tu fais descendre l'Amour durant l'eucharistie. Ta plus belle prédication sera là. Nulle part ailleurs.

Ton cœur d'homme, tu viens de l'offrir à Dieu, sans retour. Il te le rendra au centuple. Protège ton cœur, tes yeux, tes oreilles. Tout ton corps.

Tu ressentiras forcément les appels de l'amour humain. Le combat ne cessera pas. Tu crieras parfois, dans la nuit, ta solitude. Tu penseras que ton cœur peut être partagé. Que ton célibat est trop dur. Alors tu plongeras dans le cœur de Dieu. N'oublie jamais : Lui seul est fidèle.

Dis-Lui, crie-Lui : « Mon Dieu, rends mon cœur semblable au Tien ! »

Sois un « passeur »

Jeune prêtre, il te faudra toujours recommencer, accueillir mille douleurs, panser d'innombrables blessures.

Les sacrements de l'amour et de la réconciliation que tu offriras seront aptes à cicatriser. Si tu ne peux les donner, sois toi-même une croix vivante. Alors, ceux et celles qui frappent à ta porte ne manqueront jamais de voir la lumière qui t'habite.

Jeune prêtre, tu en seras simplement le passeur. Redoutable et superbe mission !

Aime à tout casser

Sache que ta sainteté suppléera au petit nombre, toi qui vas dire dans quelques instants, à l'appel de l'évêque : « Me voici ! »

On dit que tu as peur du monde. Que le monde se fout de ton sacerdoce. Que tu seras transformé rapidement en VRP des sacrements ou des célébrations. Que la multiplicité des tâches qui te sont promises fera de toi un zombi, un mec déchiré.

Tu passeras du pauvre au riche. Tu n'auras pas de frontières. Dès que tu verras le panneau « passage dangereux », fonce ! Le Seigneur t'attendra toujours là. Le chemin qu'Il indique est toujours périlleux, escarpé, difficile, chaotique.

Tu devras vivre dangereusement. Ainsi a vécu le Christ. Il t'appelle à le suivre avec ton charisme, ta pauvreté et surtout ton humilité qui fera fondre les cœurs et les âmes.

Tu prieras sans cesse pour être leur sourcier.

Ta foi resplendira. Ne la gueule pas. La publicité pour vendre des produits ou une image entraîne une surenchère dingue et dévastatrice.

Ta foi rayonnante percera le cœur le plus endurci.

Ton look, fous-toi-z-en ! C'est pas un signe d'Église. N'oublie jamais. Le signe du Seigneur, c'est le lavement des pieds.

Ton espérance sera complètement folle. À la mesure de la désespérance que tu côtoieras.

Ton espérance invincible appellera irrésistiblement à sortir de l'ornière.

Enfin, aime à tout casser. Sois le « torrent d'amour » de saint Paul. Rien n'y résiste.

Conclusion

La joie de ma relève

J'ai entendu dire des milliers de fois que j'étais irremplaçable. Je rigole chaque fois qu'on me décoche cet adjectif que les cimetières doivent savourer !

Chacun ses dons. Certes, le Seigneur m'a gâté. Mais un chrétien sait que, quel que soit le don – petit ou prestigieux – qu'il a reçu, il n'est pas pour sa gueule mais entièrement au service de la communauté.

On peut admirer les dons que l'on possède. Seulement, en tant que serviteur de ces dons, on n'a rien d'admirable. Le fameux « serviteur inutile » de l'Évangile m'a vrillé le cœur depuis toujours.

Ma relève, je la cherche depuis des années. Elle arrive à petits pas. Je la désire intensément.

L'œuvre de Faucon aura alors une pérennité. Elle a sauvé tant de jeunes qu'elle pourra en sauver d'autres, notamment grâce à l'outil incomparable de la zoothérapie.

Une fondation est envisagée pour qu'à ma mort Faucon ne devienne pas un hôtel quatre étoiles.

La rigueur, l'amour fraternel, le respect, la confiance donnée, le sens des responsabilités, le suivi inlassable des jeunes anciens qui ont rechuté après notre travail à la Bergerie, tout cela est un trésor vécu par mes équipiers et moi-même depuis quarante ans.

Les valeurs humaines et spirituelles de compagnons de différentes religions ont fait grandir nos jeunes dans toutes leurs dimensions. Elles sont des atouts maîtres, elles survivront et assureront, je l'espère, la pérennité de Faucon.

Cet avenir est déjà ébauché. En effet plus de quatre-vingt-dix associations sont nées du charisme dégagé par l'expérience de la Bergerie. De nombreux éducateurs ou stagiaires ont essaimé dans plusieurs pays.

Voilà ma première relève.

La deuxième, ce sont mes conférences et livres multiples qui ont suscité, et d'abord au sein des familles, des militants proches de leurs enfants. J'en ai de nombreux témoignages. C'est une joie pour moi.

Enfin, ma troisième relève, c'est toi, qui as lu ces pages.

J'y ai mis mon cœur et décrit mon histoire – étonnante parce que contrastée : les multiples horizons découverts au fil des années, les combats sans fin, kamikazes parfois, mais toujours vécus main dans la main avec Dieu.

Mon militantisme, je te l'ai fait partager, tout en m'enrichissant du tien à travers tant de rencontres qui m'ont réchauffé, boosté, encouragé et fait avancer sans jamais me décourager.

Avant de conclure, j'allais oublier une dernière relève, celle-ci fort aléatoire. Une ancienne me glisse un jour : « Faites-vous cloner, mon père. – J'y penserai ma fille, mais la machine n'est pas au point... », telle fut ma réponse humoristique.

À treize ans, le désir de donner ma vie était net, précis, irrévocable.

À soixante-quinze ans, il reste aussi neuf, aussi fort. Il n'a pas pris un poil blanc.

Ma vie d'éducateur est passionnante, celle de prêtre est ma joie. Les deux sont indissociables. Ma famille humaine si aimante, l'Église qui m'a appris la merveilleuse vie du Christ et qui m'a soutenu (en fronçant les sourcils parfois), ont été des cadeaux du ciel.

Ce passage de saint Paul, lu tant de fois, m'a habité et m'habite toujours :

« Je n'hésiterai pas à mettre mon orgueil dans mes faiblesses, afin que la puissance du Christ demeure en moi. C'est pourquoi j'accepte de grand cœur pour le Christ les faiblesses, les insultes, les contraintes, les persécutions et les situations angoissantes. Car, lorsque je suis faible, c'est alors que je suis fort » (2 Corinthiens 12, 9b-10).

Chaque matin, dès mon lever, ma première prière, courte, jamais répétitive est celle-ci : « Seigneur donne-moi Ton cœur. »

Sur ma tombe, j'aimerais qu'on place cette phrase au milieu des fleurs :

« Pourquoi m'as-Tu donné un cœur si petit et une telle puissance d'amour ? »

Le Seigneur là-haut me répondra à coup sûr :

« J'ai fait ce que tu M'as demandé chaque jour, mon pote, Je t'ai donné mon cœur. »

Table

III

Devenir homme d'espérance

DU MÊME AUTEUR

Un prêtre chez les loubards
Stock, 1978
et « Le Livre de poche », n° 5888

La rue est mon église
Stock, 1980
et « Le Livre de poche », n° 5967

Des jeunes y entrent, des fauves en sortent
Stock, 1982
et « Le Livre de poche », n° 6012

L'Espérance aux mains nues
Stock, 1984
et « Le Livre de poche », n° 6120

Aventurier de l'amour
Stock, 1986
et « Le Livre de poche », n° 6453

Avec mon aube et mes santiags
Stock, 1988
et « Le Livre de poche », n° 7313

Lutte, prie et aime
Livre ouvert, 1989

Les Petits Pas de l'amour
Stock, 1990
et « Le Livre de poche », n° 9536

Jusqu'au bout
Stock, 1993
et « Le Livre de poche », n° 13629

Dieu, mon premier amour
Stock, 1995
et « Le Livre de poche », n° 14351

Des loups dans la bergerie
Stock, 1996
et « Le Livre de poche », n° 14549

Dealer d'amour
Stock, 1997
et « Le Livre de poche », n° 14753

Chemin de croix
Béatitudes, 1998

Cris de jeunes
Salvator, 1999
et « J'ai lu », n° 5779

Le Rosaire : le plus bel album de famille
Béatitudes, 1999

Passeurs de l'impossible
Stock, 2000
et « Le Livre de poche », n° 15196

La Violence, un appel
Livre ouvert, 2001

Ma religion, c'est l'amour
Stock, 2001
et « Le Livre de poche », n° 15594

L'évangile selon saint Loubard
Philippe Rey, 2003
et « Points », n° P1281

Kamikaze de l'espérance
Stock, 2004
et « Le Livre de poche », n° 30455

Prières glanées
Fidélité, 2004

Les Mystères lumineux du Rosaire
Béatitudes, 2005

L'Évangile, une parole invincible
Philippe Rey, 2005
et « Points », n° P1673

Et si je me confessais
Stock, 2006
et « Le Livre de poche », n° 30987

Rallumez le feu !
Vivre l'Évangile
Philippe Rey, 2007
et « Le Livre de poche », n° 31521

Réussis ta vie
Conseils pour tous les âges :
du jeune au dinosaure
Philippe Rey, 2008

Une pensée par jour
Médiaspaul, 2008

Et si on parlait de tes mômes
Comment élever ses enfants
Philippe Rey, 2008

Mes plus belles prières
Philippe Rey, 2008

Face à la souffrance
Que pouvons-nous faire ?
Philippe Rey, 2009

Ose l'amour !
S'aimer soi-même, aimer les autres
Philippe Rey, 2009

Lutte et aime, là où tu es !
Philippe Rey, 2009
et « Points », n° P2651

Apprends à pardonner
La plus belle promesse de liberté
Philippe Rey, 2010

La Magie des animaux
Aimons ces bêtes qui nous rendent humains
Philippe Rey, 2010

Petit Guide de prière
En cœur à cœur avec Dieu
Philippe Rey, 2011

La Vieillesse, un émerveillement
Bien vivre son âge
Philippe Rey, 2011

Éveilleur d'espérance
(photographies de Jean-Claude Gadmer)
Philippe Rey, 2011

La Solidarité, urgence de notre temps
Philippe Rey, 2012

Le Couple
Philippe Rey, 2012

COMPOSITION : NORD COMPO À VILLENEUVE-D'ASCQ
IMPRESSION : CPI BRODARD ET TAUPIN À LA FLÈCHE
DÉPÔT LÉGAL : JUIN 2012. N° 105274. (68178)
IMPRIMÉ EN FRANCE

Éditions Points

Le catalogue complet de nos collections est sur Le Cercle Points, ainsi que des interviews de vos auteurs préférés, des jeux-concours, des conseils de lecture, des extraits en avant-première…

www.lecerclepoints.com

DERNIERS TITRES PARUS

P2564. Mémoires d'un antisémite, *Gregor von Rezzori*
P2565. L'Astragale, *Albertine Sarrazin*
P2566. L'Art de péter, *Pierre-Thomas-Nicolas Hurtaut*
P2567. Les Miscellanées du rock
Jean-Éric Perrin, Jérôme Rey, Gilles Verlant
P2568. Les Amants papillons, *Alison Wong*
P2569. Dix mille guitares, *Catherine Clément*
P2570. Les Variations Bradshaw, *Rachel Cusk*
P2571. Bakou, derniers jours, *Olivier Rolin*
P2572. Bouche bée, tout ouïe… ou comment tomber amoureux des langues, *Alex Taylor*
P2573. La grammaire, c'est pas de la tarte !
Olivier Houdart, Sylvie Prioul
P2574. La Bande à Gabin, *Philippe Durant*
P2575. « Le vote ou le fusil », *suivi de* « Nous formons un seul et même pays », *Malcolm X, John Fitzgerald Kennedy*
P2576. « Vive la Commune ! », *suivi de* « La Commune est proclamée » et de « La guerre civile en France »
Louise Michel, Jules Vallès, Karl Marx
P2577. « Je vous ai compris ! », *suivi de* « L'Algérie n'est pas la France » et de « Le droit à l'insoumission »
Charles de Gaulle, Gouvernement provisoire algérien, Manifeste des 121
P2578. « Une Europe pour la paix », *suivi de* « Nous disons NON » et de « Une communauté passionnée »
Robert Schuman, Jacques Chirac, Stefan Zweig
P2579. 13 heures, *Deon Meyer*
P2580. Angle obscur, *Reed Farrel Coleman*
P2581. Le Tailleur gris, *Andrea Camilleri*
P2582. La Vie sexuelle d'un Américain sans reproche
Jed Mercurio

P2583. Une histoire familiale de la peur, *Agata Tuszyńska*
P2584. Le Blues des Grands Lacs, *Joseph Coulson*
P2585. Le Tueur intime, *Claire Favan*
P2586. Comme personne, *Hugo Hamilton*
P2587. Fille noire, fille blanche, *Joyce Carol Oates*
P2588. Les Nouvelles Brèves de comptoir, tome 2 *Jean-Marie Gourio*
P2589. Dix petits démons chinois, *Frédéric Lenormand*
P2590. L'ombre de ce que nous avons été, *Luis Sepúlveda*
P2591. Sévère, *Régis Jauffret*
P2592. La Joyeuse Complainte de l'idiot, *Michel Layaz*
P2593. Origine, *Diana Abu-Jaber*
P2594. La Face B, *Akhenaton*
P2595. Paquebot, *Hervé Hamon*
P2596. L'Agfa Box, *Günter Grass*
P2597. La Ville insoumise, *Jon Fasman*
P2598. Je résiste aux personnalités toxiques (et autres casse-pieds), *Christophe André & Muzo*
P2599. Le soleil me trace la route. Conversations avec Tiffy Morgue et Jean-Yves Gaillac, *Sandrine Bonnaire*
P2600. Mort de Bunny Munro, *Nick Cave*
P2601. La Reine et moi, *Sue Townsend*
P2602. Orages ordinaires, *William Boyd*
P2603. Guide farfelu mais nécessaire de conversation anglaise *Jean-Loup Chiflet*
P2604. Nuit et Jour, *Virginia Woolf*
P2605. Trois hommes dans un bateau (sans oublier le chien !) *Jerome K. Jerome*
P2606. Ode au vent d'Ouest. Adonaïs et autres poèmes *Percy Bysshe Shelley*
P2607. Les Courants fourbes du lac Tai, *Qiu Xiaolong*
P2608. Le Poisson mouillé, *Volker Kutscher*
P2609. Faux et usage de faux, *Elvin Post*
P2610. L'Angoisse de la première phrase, *Bernard Quiriny*
P2611. Absolument dé-bor-dée !, *Zoe Shepard*
P2612. Meurtre et Obsession, *Jonathan Kellerman*
P2613. Sahara, *Luis Leante*
P2614. La Passerelle, *Lorrie Moore*
P2615. Le Territoire des barbares, *Rosa Montero*
P2616. Petits Meurtres entre camarades. Enquête secrète au cœur du PS, *David Revault d'Allonnes*
P2617. Une année avec mon père, *Geneviève Brisac*
P2618. La Traversée des fleuves. Autobiographie *Georges-Arthur Goldschmidt*
P2619. L'Histoire très ordinaire de Rachel Dupree *Ann Weisgarber*

P2620. À la queue leu leu. Origines d'une ribambelle d'expressions populaires, *Gilles Guilleron*
P2621. Poèmes anglais, *Fernando Pessoa*
P2622. Danse avec le siècle, *Stéphane Hessel*
P2623. L'Épouvantail, *Michael Connelly*
P2624. London Boulevard, *Ken Bruen*
P2625. Pourquoi moi ?, *Omar Raddad*
P2626. Mes étoiles noires, *Lilian Thuram*
P2627. La Ronde des innocents, *Valentin Musso*
P2628. Ô ma mémoire. La poésie, ma nécessité, *Stéphane Hessel*
P2629. Une vie à brûler, *James Salter*
P2630. Léger, humain, pardonnable, *Martin Provost*
P2631. Lune captive dans un œil mort, *Pascal Garnier*
P2632. Hypothermie, *Arnaldur Indridason*
P2633. La Nuit de Tomahawk, *Michael Koryta*
P2634. Les Raisons du doute, *Gianrico Carofiglio*
P2635. Les Hommes-couleurs, *Cloé Korman*
P2636. Le Cuisinier, *Martin Suter*
P2637. N'exagérons rien !, *David Sedaris*
P2638. Château-l'Arnaque, *Peter Mayle*
P2639. Le Roman de Bergen. 1900 L'aube, tome I *Gunnar Staalesen*
P2640. Aurora, Kentucky, *Carolyn D. Wall*
P2641. Blanc sur noir, *Kriss Nelscott*
P2642. Via Vaticana, *Igal Shamir*
P2643. Le Ruban rouge, *Carmen Posadas*
P2644. My First Sony, *Benny Barbash*
P2645. « On m'a demandé de vous virer », *Stéphane Guillon*
P2646. Les Rillettes de Proust. Ou 50 conseils pour devenir écrivain, *Thierry Maugenest*
P2647. 200 expressions inventées en famille, *Cookie Allez*
P2648. Au plaisir des mots, *Claude Duneton*
P2649. La Lune et moi. Les meilleures chroniques, Haïkus d'aujourd'hui
P2650. Le marchand de sable va passer, *Andrew Pyper*
P2651. Lutte et aime, là où tu es !, *Guy Gilbert*
P2652. Le Sari rose, *Javier Moro*
P2653. Le Roman de Bergen. 1900 L'aube, tome II *Gunnar Staalesen*
P2654. Jaune de Naples, *Jean-Paul Desprat*
P2655. Mère Russie, *Robert Littell*
P2656. Qui a tué Arlozoroff ?, *Tobie Nathan*
P2657. Les Enfants de Las Vegas, *Charles Bock*
P2658. Le Prédateur, *C.J. Box*
P2659. Keller en cavale, *Lawrence Block*
P2660. Les Murmures des morts, *Simon Beckett*

P2661. Les Veuves d'Eastwick, *John Updike*
P2662. L'Incertain, *Virginie Ollagnier*
P2663. La Banque. Comment Goldman Sachs dirige le monde
Marc Roche
P2664. La Plus Belle Histoire de la liberté, *collectif*
P2665. Le Cœur régulier, *Olivier Adam*
P2666. Le Jour du Roi, *Abdellah Taïa*
P2667. L'Été de la vie, *J.M. Coetzee*
P2668. Tâche de ne pas devenir folle, *Vanessa Schneider*
P2669. Le Cerveau de mon père, *Jonathan Franzen*
P2670. Le Chantier, *Mo Yan*
P2671. La Fille de son père, *Anne Berest*
P2672. Au pays des hommes, *Hisham Matar*
P2673. Le Livre de Dave, *Will Self*
P2674. Le Testament d'Olympe, *Chantal Thomas*
P2675. Antoine et Isabelle, *Vincent Borel*
P2676. Le Crépuscule des superhéros, *Deborah Eisenberg*
P2677. Le Mercredi des Cendres, *Percy Kemp*
P2678. Journal. 1955-1962, *Mouloud Feraoun*
P2679. Le Quai de Ouistreham, *Florence Aubenas*
P2680. Hiver, *Mons Kallentoft*
P2681. Habillé pour tuer, *Jonathan Kellerman*
P2682. Un festin de hyènes, *Michael Stanley*
P2683. Vice caché, *Thomas Pynchon*
P2684. Traverses, *Jean Rolin*
P2685. Le Baiser de la pieuvre, *Patrick Grainville*
P2686. Dans la nuit brune, *Agnès Desarthe*
P2687. Une soirée au Caire, *Robert Solé*
P2688. Les Oreilles du loup, *Antonio Ungar*
P2689. L'Homme de compagnie, *Jonathan Ames*
P2690. Le Dico de la contrepèterie.
Des milliers de contrepèteries pour s'entraîner et s'amuser
Joël Martin
P2691. L'Art du mot juste.
275 propositions pour enrichir son vocabulaire
Valérie Mandera
P2692. Guide de survie d'un juge en Chine, *Frédéric Lenormand*
P2693. Doublez votre mémoire. Journal graphique
Philippe Katerine
P2694. Comme un oiseau dans la tête.
Poèmes choisis, *René Guy Cadou*
P2696. La Dernière Frontière, *Philip Le Roy*
P2697. Country blues, *Claude Bathany*
P2698. Le Vrai Monde, *Natsuo Kirino*
P2699. L'Art et la manière d'aborder son chef de service pour lui
demander une augmentation, *Georges Perec*

P2700. Dessins refusés par le New Yorker, *Matthew Diffee*
P2701. Life, *Keith Richards*
P2702. John Lennon, une vie, *Philip Norman*
P2703. Le Dernier Paradis de Manolo, *Alan Warner*
P2704. L'Or du Maniéma, *Jean Ziegler*
P2705. Le Cosmonaute, *Philippe Jaenada*
P2706. Donne-moi tes yeux, *Torsten Pettersson*
P2707. Premiers Romans, *Katherine Pancol*
P2708. Off. Ce que Nicolas Sarkozy n'aurait jamais dû nous dire *Nicolas Domenach, Maurice Szafran*
P2709. Le Meurtrier de l'Avent, *Thomas Kastura*
P2710. Le Club, *Leonard Michaels*
P2711. Le Vérificateur, *Donald Antrim*
P2712. Mon patient Sigmund Freud, *Tobie Nathan*
P2713. Trois explications du monde, *Tom Keve*
P2714. Petite sœur, mon amour, *Joyce Carol Oates*
P2715. Shim Chong, fille vendue, *Hwang Sok Yong*
P2716. La Princesse effacée, *Alexandra de Broca*
P2717. Un nommé Peter Karras, *George P. Pelecanos*
P2718. Haine, *Anne Holt*
P2719. Les jours s'en vont comme des chevaux sauvages dans les collines, *Charles Bukowski*
P2720. Ma grand-mère avait les mêmes.
Les dessous affriolants des petites phrases
Philippe Delerm
P2721. Mots en toc et formules en tic. Petites maladies du parler d'aujourd'hui, *Frédéric Pommier*
P2722. Les 100 plus belles récitations de notre enfance
P2723. Chansons. L'Intégrale, *Charles Aznavour*
P2724. Vie et opinions de Maf le chien et de son amie Marilyn Monroe, *Andrew O'Hagan*
P2725. Sois près de moi, *Andrew O'Hagan*
P2726. Le Septième Fils, *Arni Thorarinsson*
P2727. La Bête de miséricorde, *Fredric Brown*
P2728. Le Cul des anges, *Benjamin Legrand*
P2729. Cent seize Chinois et quelque, *Thomas Heams-Ogus*
P2730. Conversations avec moi-même.
Lettres de prison, notes et carnets intimes
Nelson Mandela
P2731. L'Inspecteur Ali et la CIA, *Driss Chraïbi*
P2732. Ce délicieux Dexter, *Jeff Lindsay*
P2733. Cinq femmes et demie, *Francisco González Ledesma*
P2734. Ils sont devenus français, *Doan Bui, Isabelle Monnin*
P2735. D'une Allemagne à l'autre. Journal de l'année 1990 *Günter Grass*
P2736. Le Château, *Franz Kafka*

P2737. La Jeunesse mélancolique et très désabusée d'Adolf Hitler
Michel Folco
P2738. L'Enfant des livres, *François Foll*
P2739. Karitas, l'esquisse d'un rêve,
Kristín Marja Baldursdóttir
P2740. Un espion d'hier et de demain, *Robert Littell*
P2741. L'Homme inquiet, *Henning Mankell*
P2742. La Petite Fille de ses rêves, *Donna Leon*
P2743. La Théorie du panda, *Pascal Garnier*
P2744. La Nuit sauvage, *Terri Jentz*
P2745. Les Lieux infidèles, *Tana French*
P2746. Vampires, *Thierry Jonquet*
P2747. Eva Moreno, *Håkan Nesser*
P2748. La 7e victime, *Alexandra Marinina*
P2749. Mauvais fils, *George P. Pelecanos*
P2750. L'espoir fait vivre, *Lee Child*
P2751. La Femme congelée, *Jon Michelet*
P2752. Mortelles Voyelles, *Gilles Schlesser*
P2753. Brunetti passe à table. Recettes et récits
Roberta Pianaro et Donna Leon
P2754. Les Leçons du Mal, *Thomas Cook*
P2755. Joseph sous la pluie. Roman, poèmes, dessins
Mano Solo
P2756. Le Vent de la Lune, *Antonio Muñoz Molina*
P2757. Ouvrière, *Franck Magloire*
P2758. Moi aussi un jour, j'irai loin, *Dominique Fabre*
P2759. Cartographie des nuages, *David Mitchell*
P2760. Papa et maman sont morts, *Gilles Paris*
P2761. Caravansérail, *Charif Majdalani*
P2762. Les Confessions de Constanze Mozart
Isabelle Duquesnoy
P2763. Esther Mésopotamie, *Catherine Lépront*
P2764. L'École des Absents, *Patrick Besson*
P2765. Le Livre des brèves amours éternelles, *Andreï Makine*
P2766. Un long silence, *Mikal Gilmore*
P2767. Les Jardins de Kensington, *Rodrigo Fresán*
P2768. Samba pour la France, *Delphine Coulin*
P2769. Danbé, *Aya Cissoko et Marie Desplechin*
P2770. Wiera Gran, l'accusée, *Agata Tuszyńska*
P2771. Qui a tué l'écologie ?, *Fabrice Nicolino*
P2772. Rosa Candida, *Audur Ava Olafsdóttir*
P2773. Otage, *Elie Wiesel*
P2774. Absurdistan, *Gary Shteyngart*
P2775. La Geste des Sanada, *Yasushi Inoué*
P2776. En censurant un roman d'amour iranien
Shahriar Mandanipour

P2777. Un café sur la Lune, *Jean-Marie Gourio*
P2778. Caïn, *José Saramago*
P2779. Le Triomphe du singe-araignée, *Joyce Carol Oates*
P2780. Faut-il manger les animaux ?, *Jonathan Safran Foer*
P2781. Les Enfants du nouveau monde, *Assia Djebar*
P2782. L'Opium et le Bâton, *Mouloud Mammeri*
P2783. Cahiers de poèmes, *Emily Brontë*
P2784. Quand la nuit se brise. Anthologie de poésie algérienne
P2785. Tibère et Marjorie, *Régis Jauffret*
P2786. L'Obscure Histoire de la cousine Montsé, *Juan Marsé*
P2787. L'Amant bilingue, *Juan Marsé*
P2788. Jeux de vilains, *Jonathan Kellerman*
P2789. Les Assoiffées, *Bernard Quiriny*
P2790. Les anges s'habillent en caillera, *Rachid Santaki*
P2791. Yum Yum Book, *Robert Crumb*
P2792. Le Casse du siècle, *Michael Lewis*
P2793. Comment Attila Vavavoom remporta la présidentielle avec une seule voix d'avance, *Jacques Lederer*
P2794. Le Nazi et le Barbier, *Edgar Hilsenrath*
P2795. Chants berbères de Kabylie, *Jean Amrouche*
P2796. Une place au soleil, *Driss Chraïbi*
P2797. Le Rouge du tarbouche, *Abdellah Taïa*
P2798. Les Neuf Dragons, *Michael Connelly*
P2799. Le Mécano du vendredi (illustrations de Jacques Ferrandez), *Fellag*
P2800. Le Voyageur à la mallette suivi de Le Vieux Quartier *Naguib Mahfouz*
P2801. Le Marquis des Éperviers, *Jean-Paul Desprat*
P2802. Spooner, *Pete Dexter*
P2803. « Merci d'avoir survécu », *Henri Borlant*
P2804. Secondes noires, *Karin Fossum*
P2805. Ultimes Rituels, *Yrsa Sigurdardottir*
P2806. Le Sourire de l'agneau, *David Grossman*
P2807. Le garçon qui voulait dormir, *Aharon Appelfeld*
P2808. Frontière mouvante, *Knut Faldbakken*
P2809. Je ne porte pas mon nom, *Anna Grue*
P2810. Tueurs, *Stéphane Bourgoin*
P2811. La Nuit de Geronimo, *Dominique Sylvain*
P2812. Mauvais Genre, *Naomi Alderman*
P2813. Et l'âne vit l'ange, *Nick Cave*
P2814. Les Yeux au ciel, *Karine Reysset*
P2815. Un traître à notre goût, *John le Carré*
P2816. Les Larmes de mon père, *John Updike*
P2817. Minuit dans une vie parfaite, *Michael Collins*
P2818. Aux malheurs des dames, *Lalie Walker*
P2819. Psychologie du pingouin et autres considérations scientifiques, *Robert Benchley*

P2820. Petit traité de l'injure. Dictionnaire humoristique *Pierre Merle*
P2821. L'Iliade, *Homère*
P2822. Le Roman de Bergen. 1950 Le Zénith – tome III *Gunnar Staalesen*
P2823. Les Enquêtes de Brunetti, *Donna Leon*
P2824. Dernière Nuit à Twisted River, *John Irving*
P2825. Été, *Mons Kallentoft*
P2826. Allmen et les libellules, *Martin Suter*
P2827. Dis camion, *Lisemai*
P2828. La Rivière noire, *Arnaldur Indridason*
P2829. Mary Ann en automne. Chroniques de San Francisco, épisode 8, *Armistead Maupin*
P2830. Les Cendres froides, *Valentin Musso*
P2831. Les Compliments. Chroniques, *François Morel*
P2832. Bienvenue à Oakland, *Eric Miles Williamson*
P2833. Tout le cimetière en parle, *Marie-Ange Guillaume*
P2834. La Vie éternelle de Ramsès II, *Robert Solé*
P2835. Nyctalope ? Ta mère. Petit dictionnaire loufoque des mots savants, *Tristan Savin*
P2836. Les Visages écrasés, *Marin Ledun*
P2837. Crack, *Tristan Jordis*
P2838. Fragments. Poèmes, écrits intimes, lettres, *Marilyn Monroe*
P2839. Histoires d'ici et d'ailleurs, *Luis Sepúlveda*
P2840. La Mauvaise Habitude d'être soi *Martin Page, Quentin Faucompré*
P2841. Trois semaines pour un adieu, *C.J. Box*
P2842. Orphelins de sang, *Patrick Bard*
P2843. La Ballade de Gueule-Tranchée, *Glenn Taylor*
P2844. Cœur de prêtre, cœur de feu, *Guy Gilbert*
P2845. La Grande Maison, *Nicole Krauss*
P2846. 676, *Yan Gérard*
P2847. Betty et ses filles, *Cathleen Schine*
P2848. Je ne suis pas d'ici, *Hugo Hamilton*
P2849. Le Capitalisme hors la loi, *Marc Roche*
P2850. Le Roman de Bergen. 1950 Le Zénith – tome IV *Gunnar Staalesen*
P2851. Pour tout l'or du Brésil, *Jean-Paul Delfino*
P2852. Chamboula, *Paul Fournel*
P2853. Les Heures secrètes, *Élisabeth Brami*
P2854. J.O., *Raymond Depardon*

STEVEN ERIKSON

Das Spiel der Götter 11

Buch

Der Aufstand im Reich der Sieben Städte wurde niedergeschlagen; Dryjna, die Göttin des Wirbelwinds, wurde besiegt, Sha'ik ist tot. Und nach dem Fall von Y'Ghatan spielt auch Leoman von den Dreschflegeln, Sha'iks Feldherr und rechte Hand, keine Rolle mehr. Doch das heißt nicht, dass die Situation damit bereinigt wäre. Ganz im Gegenteil. Denn die Schergen des Verkrüppelten Gottes sind bereits unterwegs, und ihre Schiffe sind nicht die einzigen, die den Kontinent ansteuern, auf dem das Reich der Sieben Städte liegt. Mandata Tavore, die Befehlshaberin der malazanischen Strafarmee, hat zudem noch ganz andere Probleme. Denn selbst ihr sind mittlerweile viele Entscheidungen von Imperatrix Laseen unverständlich. Ihre Motive bleiben rätselhaft – genau wie die vieler Götter, fremder Wesen und ganz normaler Menschen, die auf irgendeine Weise alle am Spiel der Götter teilhaben – auch wenn sich inzwischen die Regeln geändert zu haben scheinen …

Autor

Steven Erikson, in Kanada geboren, lebte viele Jahre in der Nähe von London, ehe er vor einiger Zeit in seine Heimat nach Winnipeg zurückkehrte. Der Anthropologe und Archäologe feierte 1999 mit dem ersten Band seines Zyklus »Das Spiel der Götter« nach einer sechsjährigen akribischen Vorbereitungsphase seinen weltweit beachteten Einstieg in die Liga der großen Fantasy-Autoren.

Als Blanvalet Taschenbuch von Steven Erikson lieferbar:

DAS SPIEL DER GÖTTER: 1. Die Gärten des Mondes. Roman (24932), 2. Das Reich der Sieben Städte. Roman (24941), 3. Im Bann der Wüste. Roman (24940), 4. Die eisige Zeit. Roman (24997), 5. Der Tag des Sehers. Roman (24998), 6. Der Krieg der Schwestern. Roman (24271), 7. Das Haus der Ketten. Roman (24292), 8. Kinder des Schattens. Roman (24298), 9. Gezeiten der Nacht. Roman (24403), 10. Die Feuer der Rebellion (24469)